U0071798

Gaea

Gaea

大風颳過——著

龍緣

卷參

夢中的預示

龍緣

卷參

目錄

第十章

他注視著出城的兵馬，微微瞇起眼，
恍然明白了鳳君讓他前來的本意。
龍神這一局，必定滿盤死棋。

寧瑞十一年四月二十六，龍、鳳、麒麟和玄龜四大護脈神皆現身於九邑。

樂越這個龍神選中的皇帝人選初次暴露於眾目睽睽之下。

安順王與平北王忌憚於三大護脈神，帶兵後撤數里，再增調重兵，將九邑城四方團團圍住。

商景洗掉了城樓上兵卒看見琳箐和昭沅化成麒麟與龍的記憶，但四大護脈神尤其是龍神歸來之姿，已深深烙進九邑城中和城外所有人的心中。

寧瑞十一年五月初三，丞相澹台修下了早朝，到凰慈宮覲見太后。

昨日他的長女澹台容月回到京城，到了傍晚，丞相府外車轎如流水長龍，都是朝中官員家的夫人女眷前來拜訪，送上賀儀。

夜間，澹台夫人調侃他說，這番父憑女貴，紙糊的丞相要變成真金國丈。

澹台修唯有苦笑而已。

今日早朝時，皇上照舊未到，依然是在御座旁側置一椅，太子端坐其上，與百官議政。

西郡亂黨盤踞九邑，領萬餘兵，與朝廷兵馬對峙。有謠傳說，亂黨之首乃是和氏流落在外的血脈。更有人說，曾親眼看見龍神現身，鳳祥帝滅龍弒兄，一百多年之後，報應終於來了。

太子冊封大典剛過未久，突生此事，朝中人心動盪可想而知。

澹台修進了華清門，過得毓慶橋，凰慈宮已不遠。

上月中旬太子冊封大典時奢華的儀仗與氣氛在內宮中亦仍有殘留。橋欄上與廊柱間的鳳凰雕繪一塵不染，鮮活如生。

太后在凰慈宮的正殿中坐，座椅前並未設屏風，以示親厚。

澹台修整衣叩拜，太后命人設座椅，待澹台修落坐後，太后方才道：「聽聞澹台愛卿的千金昨日到了京城，哀家這裡正等著她來作伴說話呢。正好後天是端午，哀家便在後天上午著人接她入宮，卿意如何？」

澹台修道：「小女能得太后恩典入宮，臣感激涕零，但小女自幼疏於教導，愚笨口拙，於宮中禮儀更一竅不通，不知太后能否讓她在家多學幾日，以免進宮失禮，衝撞太后。」

太后笑道：「澹台卿家太自謙了，哀家早已風聞你家長女容月德才兼備，就算不熟宮中禮數，進了宮，到哀家身邊，甚麼學不會？你還不放心？」

澹台修忙站起身躬身道：「豈敢豈敢，太后願意親自教導，乃小女幾世修來的福氣。臣謹遵懿旨，後日即送小女入宮。」

太后笑了笑，接過宮女手中的茶盞撥了撥浮葉：「對了，前日聽得卿說，你家容月今年三月已行及笄之禮，尚未定親，哀家這裡倒是有個人選，想與丞相家結親。只不知澹台卿肯不肯？」

澹台修怔了怔，太后說出這番話，本在他意料之中，只道：「能得太后為小女作媒，臣受寵若驚。」

太后抿了一口茶水，抬眼笑道：「這門親事，我估摸著合適，絕對般配，澹台卿可知哀家所提之人是誰？」

澹台修順勢虛心請教。

太后向左右看了看，抬手一揮：「退下。」

一旁陪侍諸人遵旨退去。

待四周無人，太后將手中茶盞放到一旁桌上，道：「澹台卿爲相該有五年了吧。」

澹台修答道：「到今年年末，便是五年了。」

太后似有感慨地嘆了口氣：「令岳宋太傅亦是個極其難得的忠臣。宋太傅在先帝身邊做丞相時，也和現在的澹台卿一樣，沒甚麼實權，卻敢在適當時機直言勸諫，先帝但凡能聽進一些，也能少造些殺孽。之後他做了皇上的老師，可惜過世太早。皇上身體太弱，即便肯聽他的話，也……」

澹台修不知太后爲何將話題繞到此處，不便作答，唯有沉默聆聽。

太后再嘆息道：「本朝祖制後宮不得干政，所以哀家一直不問朝事，當日先帝的一些作爲，我看在眼中，縱若不贊同，亦不敢多言。本朝皇帝，自先祖鳳祥帝以來，大多都行事凌厲，可不管是皇帝家還是尋常百姓家，都在因果之內。你讓旁人斷子絕孫，總有一天，自己也會斷子絕孫。」

澹台修驀然變色：「太后……」

太后道：「澹台卿，你應該已猜到，哀家要替你女兒作的，是和太子的媒。但自提及此事以來，哀家每每見你似有猶豫，莫非你不願意？」

澹台修忙站起身：「太后，臣……」

太后繼續道：「澹台卿，哀家今日請你來，實則有一事相求，不管你願不願意，望你務必將容月嫁給太子。」

太后突然自座椅上站起，走到澹台修面前，跪倒在地。

澹台修大驚，急忙跪下叩首不止。

太后垂淚道：「今日請澹台卿前來，實在是沒有辦法的辦法，和氏江山如今已岌岌可危，皇上體弱無嗣、安順王與太師府把持朝政。如今太子已儼然一副即將登基之勢。滿朝文武，唯有澹台卿可信賴託付。倘若太祖時傳下的讖語在此代應驗，哀家或皇上他日到了九泉之下，將如何面對列祖列宗？」

日近中午，澹台修才回到家。

入內室換下官服後，夫人帶著女婢端上沏好的新茶，照例詢問：「老爺今日朝會有無大事？」

澹台修道：「朝會上無甚大事，皇上未朝，太子聽政。但之後太后傳我去凰慈宮，說是要容月在端午那日入宮。」

夫人瞭然，屏退左右，道：「固然是對我們的抬舉，也太趕了些。女兒一路舟車勞頓，又在西郡又遭人暗算，還恰遇九邑出事，目睹那些刀兵場面而受了許多驚嚇。好歹開恩讓她在家裡多休養幾日，起碼過了端午。」

澹台修不言，只簡略詢問了幾句容月的情況。他心下沉重，猶豫矛盾不已，還要留意不能流於神情中，以免夫人起疑，勉強笑道：「前日我託許侍郎尋得一隻玳瑁獅子貓，下午即可送到。妳記得拿去給容月，看她喜不喜歡。」

夫人應下，澹台修端起茶，剛飲了一口，夫人忽然道：「相公，你辭官吧。」

澹台修端茶的手一顫，放下茶盞。

夫人道：「相公，你難道真的想讓容月嫁給太子？後宮的女子哪一個能安樂太平一輩子？你真的想做國丈？」

澹台修疾步前去闔上房門，方才低聲道：「此話怎可亂說。」

澹台夫人亦壓低聲音：「我今日就是要亂說。女兒回來後，悶悶不樂，我知道她並非因爲受了驚嚇。你眞覺得太子是個好女婿？安順王是個好親家？現在朝局混亂，又出現甚麼亂黨、甚麼皇族血脈遺孤。你本就是個有名無實的丞相，倒向哪一方都不好過，倒不如趁機辭官，我們全家到某個山明水秀之處買棟宅子，安穩度日。」

澹台修苦笑：「夫人所言我何嘗沒有想過，但如今，只怕我想辭官也難。」

他緩緩坐回椅上。「晉萱，妳覺得世上所謂讖語是否可信？」

今日，凰慈宮中，太后問，澹台卿可還記得，開國之初，道人贈予太祖皇帝的讖語麼？

千秋業，萬古城，始於龍，亂於鳳，破於百里。

鳳祥帝不顧讖語，重用百里氏，到了先帝時，終因猜忌，在百里氏謀反證據未足前便滅了百里氏滿門，血覆涂城。

但，這句讖語並不完整，還有最後一句，唯有歷代皇帝與太子才可得知。可惜鳳祥帝不是太子，皇位靠弒兄得來，最後一句便從此失傳。

直到太子冊封大典之前，有內史官爲了查詢以往過繼及立太子的舊制，翻閱歷代典冊，偶然發現一本書上有段小字，疑似當年太宗皇帝閱讀此書時隨手做的批註——

占卜之言，可信？或不可信？譬如今一道人占卜本朝吉凶，言本朝必毀於二姓，父皇決意防備。但如若只是信口胡謅，此二姓豈不無辜遭殃？所謂天命，當眞有人可窺？千秋業，萬古城，始於龍，亂於鳳，破於百里，亡於慕，果然能應驗否？也罷，留於後人評判。

千秋業，萬古城，始於龍，亂於鳳，破於百里，亡於慕。

這眞是讖語的全句？

此讖語是否眞如典冊記載，乃一道人爲太祖占卜所得？

破於百里，亡於慕，究竟是讖語之言，還是其後有人故意添加？

澹台修猶豫萬分，無法判斷。

耳邊太后的哭求聲仍隱約繚繞：「慕氏如今已被立爲太子，眼看讖語即將成眞。望丞相爲和氏江山社稷，相助皇上。」

澹台修矛盾不已，他一向明哲保身、恪守中庸之道。正因如此，才能做上這個丞相。

皇帝體弱，政務無能，國師府把持朝政，和氏江山早已呈衰敗之相。

太子臨朝聽政這段時間，急功近利、氣量狹窄、手段毒辣，並非明君之選。

就算不出亂軍，整個朝廷也已如風中朽木，難以支持。

究竟該當如何？

下午，許侍郎派人送了玳瑁獅子貓來，澹台修信步踱到內院，只見女兒容月正和幾個丫鬟在廊下逗那隻幼貓玩耍。

容月手中提著個梔子花串成的花球，逗幼貓抬爪來搆，她穿著一身藕粉色的衣裳，笑得天眞爛漫，好像一枝盈盈盛開的芍藥。澹台修心頭的大石不由得更加沉重起來。

他走到近前，丫鬟們趕忙行禮，澹台容月拎著花球回過身：「爹爹。」

澹台修看了看那隻正在她腳邊扯她裙裾的幼貓，微笑道：「喜歡麼？」

容月開心地笑道：「喜歡，謝謝爹爹。」她彎下腰抱起幼貓，幼貓趁機一口咬住了她手中的花球。

澹台修道：「妳娘應該已經告訴了妳，後天妳就要進宮。到了宮中，可不能像在家這般淘氣了。我和妳娘一直太嬌慣妳，現在擔心妳在太后面前失了禮數。」

澹台容月臉上的神采漸漸黯淡，小心翼翼問：「爹爹，那我要在宮中住多久？是不是住兩、三天，太后就讓我回來了？」

澹台修無奈道：「妳還沒進宮，怎麼就先想著回家？」

容月垂下頭：「爹爹，我不想進宮。」

澹台修皺眉：「孩子氣。此次是太后親自下懿旨宣妳入宮，焉有抗旨的道理？」

容月頭低得更深，不說話了。

澹台修嘆了口氣，道：「妳好自爲之。」轉身背手走開。

容月突然又抬起頭道：「爹爹。」

澹台修停步回身，聽容月道：「爹，你能不能替我打聽一下若珊的傷怎麼樣了，現在好不好？」

澹台修道：「楚齡郡主現在國師府內，她身上牽扯的事太多，恐怕會在國師府住許多日。」

容月若有所思地點了點頭，又道：「爹爹，我覺得西郡的事情仍有蹊蹺。若珊之前和我說過，毒殺她父母的人是北郡，之後我遇刺，凶手也推論是北郡。那晚她從城牆上跳下後，卻忽然改口，說這些都是南郡和樂越所爲，實在讓人想不明白……」

澹台修猛地變了顏色：「樂越？妳怎麼會知道這個名字？」

澹台容月道：「爹，女兒的命就是他救的，我們其實十幾年前就認識了。你還記不記得當年我們在杭州歸雲觀時我遇見的那個小道士？他還給我風箏來著，他就是樂越。樂越三月才離開師門，他怎麼可能是甚麼亂黨，策反西郡的一萬兵馬？」

澹台修急忙呵斥道：「住口！妳可知道這些話被外人聽到會招來多大禍患？妳一個女孩子，論甚麼政事！從今之後，關於西郡的一切，只說妳被嚇得甚麼都忘了，一個字也不准多提起！」

澹台容月垂下頭，咬了咬嘴唇，小小聲道：「可爹也曾說過，不能冤枉好人。」

澹台修寒下臉，又嚴厲地訓斥她幾句，拂袖離去。

澹台容月默默看著父親漸走漸遠，沮喪地退了幾步，坐到廊下。那只花球早已被幼貓扯得七零八落，她鬆開手臂，將幼貓輕輕放在地上，白色的梔子花瓣頓時紛紛亂亂灑落在地。

幼貓甩甩頭，打了個噴嚏，澹台容月拿下沾在牠鼻子上的花瓣。數年前，樂越也曾這樣替她拿掉沾在頭頂的草屑，還會數落她一句：「妳眞笨，草沾在頭上都不知道。」

那時候他總愛挺著胸脯說，長大後我罩妳哦。後來他要離開時，她哭得稀裡嘩啦還曾喊過他是騙子。

樂越當時很肯定地說，將來他們一定會見面，到時候他一定會罩著她。

幾年後，那個喜歡揮著拳頭說要做大俠的樂越已經長大了，竟然眞的再次讓她遇見，那雙又黑又亮又精神又自信的眼睛一點都沒改變。他竟然眞的兌現了自己的承諾。

她會永遠記得四月二十六那天的晚上，西郡王府一片混亂，她不知爲何昏了過去，待醒來時，已經身在九邑城外。

轎子外，有數不清的兵卒和火把。

樂越站在高高的城牆上，一條金龍盤旋在他身周，異常耀眼的光輝讓天地間明亮勝過白晝。

澹台容月不由自主地翹起嘴角：「我知道他一定不是壞人，我知道他是光明磊落的大英雄。」她戳一戳幼貓的鼻梁。「樂樂，你說對不對？」

「簡直豈有此理！」

安順王府內，太子和禎怒氣滿面地將一本奏摺拍在案上。鳳桐抬手取過，打開。

這是今日從南郡快馬加鞭送來的奏章。

南郡王在奏章中道：聽聞西郡有動亂之事，臣很是震驚。又聽聞臣之逆子亦牽連其中，臣更震驚兼不解。西郡之事詳情尚未明朗，且臣之子也在其中，故而臣理應避嫌，不敢多言擅動，唯上奏請罪，聽憑朝廷調遣而已。

太子恨恨道：「定南王這隻老奸巨猾的老狐狸，甚麼理應避嫌，不敢擅動。分明是另有所圖！論武大會時，他的兒子就與青山派廝混在一處，此次謀逆，南郡王定然是主謀之一！」

鳳桐未開口。

太子來回踱了幾步，甩袖道：「本宮決定，由北郡兵馬攻打九邑，父……安順王率大軍直搗南郡，本宮再命師父速速替朝廷剿滅青山派。凡與樂越、南郡有直接牽連者，一概殺無赦！」

鳳桐按了按額角，道：「殿下，此事不宜衝動，先交給安順王爺處置就好。」

太子道：「但若坐視不理，豈不給了南郡和青山派籌備或逃竄的機會？本宮一定要趁火勢剛起，迅速剿滅，以免後患！」

鳳桐耐著性子向和禎解釋，南郡若要謀反，不可能假手於西郡。樂越不過是青山派的小弟子，傻之又傻的一個少年，怎能在西郡囤積一萬兵馬造反，想想便可笑。再則，幾個十多歲的莽撞少年號令兵馬誰會聽？他們又怎會懂？不消幾日自然一敗塗地。此事只是一場無聊鬧劇，不必大動干戈。

太子卻不同意，反駁道：「本宮以為，正是如此才要快而乾脆地斬草除根！那樂越在城牆上故弄玄虛，做甚麼金龍附體，又自稱是和氏血脈，這就是早有預謀直衝著本宮來的！就算其中有詐，也要將計就計，把他們剿滅乾淨，寧可錯殺，絕不錯放！」

鳳桐沉默片刻，微笑道：「那麼殿下便按照自己的意思辦吧。」

太子匆匆出府回宮。鳳桐待他走遠，折回靜室內，化為一道紅光而去。

再轉眼間，他已身在城東國師府中。

庭院裡，有婢女正在修剪花枝，見鳳桐突然出現，並不驚訝，只微笑行禮道：「今日為何桐君親自前來？」

鳳桐走到廊下：「我來探望一個人。」

婢女瞭然地笑道：「正好，算算時辰，她該要醒了，請隨我來。」引著鳳桐走到一側廂房，推開房門。

懸著淺紅色紗帳的床上，沉睡的女子正是楚齡郡主。

婢女走到床邊，籠上一爐淡香，低聲道：「大約盞茶工夫她就會醒了。」

鳳桐在桌邊坐下：「那我在這裡等一等，給我沏一壺茶來。」

楚齡郡主醒轉時，敏感地察覺到屋內有人，她微微轉頭，發現靠窗的桌邊竟坐著一個正在品茶的紅衣男子。

楚齡郡主坐起身，微掀帳簾。她身上的傷已好轉不少，做這些舉動並不吃力。

鳳桐聽到動靜，放下茶杯向她望來。

楚齡郡主輕聲問道：「閣下可是國師？」她住進國師府後，一直待在這間房內養傷，從未見過國師馮梧。

鳳桐微笑道：「我是安順王府的幕僚，並非國師。」

楚齡郡主道：「原來閣下就是輔佐太子和安順王的鳳桐先生。那麼我稱呼先生爲國師亦未算說錯，只少加了『來日』二字。」

鳳桐道：「郡主果然蕙質蘭心，想必也猜到我拜會的目的，關於西郡一事，我想再詢問一下郡主。」

楚齡郡主臉色蒼白，她的神情雖保持平靜，血色全無的雙唇卻在微微顫抖：「西郡王府中……接連遭逢慘禍……我……抱歉，我心中太亂……有些失禮……請問先生要問些甚麼？」

鳳桐溫聲道：「請問郡主，如何發現孽龍及樂越一行人的身分？」

楚齡郡主垂下眼簾：「我……我一直以爲，陷害西郡、殺我父母的，是北郡之人。所以，招親會一開始，我便懷疑前來參加的人中有平北王府的探子。之後容月遇刺，我更加肯定懷疑得沒錯。」

鳳桐道：「據說還有刺客冒充鎮西王府的暗衛。」

楚齡郡主點頭：「不錯，我當時被這些細節擾亂了視線，還想著幸好那幾人誤打誤撞地救下容月，揭露了刺客的眞實身分……現在想來，他們出身江湖，亦與幾大江湖世家有牽扯，甚麼表面的花樣做不出來。後來，在浴堂中，有人發現那個叫樂越的少年隨身帶著一隻龍妖，我才發覺之前的懷疑很可能不對；可惜的是，尙未來得及詳查，便出了中毒事件。連我弟弟也……」

楚齡郡主說到此處，兩隻手抓緊了床單。鳳桐若有所思地點了點頭，繼續聽她說。

楚齡郡主掙扎著下了地：「請先生將此事告知太子和安順王爺，務必替我鎮西王府報此冤仇，否則我爹娘、幼弟在九泉下，日日不得安寧！」她想要倒身下拜，身體卻支持不住般，又跌坐回床上。

鳳桐悠然道：「郡主放心，本朝凡與龍有關者，一概殺無赦。」

楚齡郡主的眼中閃動出安慰的光。

她像是又想到了甚麼，先垂下眼，咬住嘴唇，面露猶豫，欲言又止片刻後，方才道：「先生……我還有一件事要說……」

鳳桐很感興趣地揚眉。

楚齡郡主猶豫地道：「容月她……和澹台丞相……似乎與樂越十餘年前就認識……交情甚篤……容月小時候更與樂越青梅竹馬相伴。容月和我是好姐妹，澹台丞相亦是個正直君子，我相信他們一定不會做出有損朝廷之事。但事關緊要，風聞容月要做太子妃了，我想還是先說出此事較好。」

鳳桐微笑道：「郡主說得好。」起身撣一撣衣袖。「我最想問的還有一件事。鎮西王府的一萬兵馬如何被樂越策反，歸他所用？我查過軍報，那一萬軍本是西郡兵馬的精銳。」

楚齡郡主的臉色又蒼白了幾分，神色惶惶，雙眼中頓時盈滿了淚水，待要開口，鳳桐抬手制止道：「不過，郡主身體不好，這個問題就不用答了。我知道郡主一定能告訴我十個以上天衣無縫的答案。」

楚齡郡主神色大變，雙瞳中厲芒一閃，又迅速消失在垂下的眼睫後，她啞聲開口，語氣中盡是委屈：「鳳先生此言何意？」

鳳桐微微瞇起雙眼：「與太子和安順王府利益無干之事，我並無興趣參與，郡主請放心。」他回轉身，向房門外行去。「而且，我對郡主究竟想做甚麼、能做出甚麼，也十分感興趣。」

楚齡郡主目送他出門，臉上楚楚可憐的神情早已消失不見，眼中的淚水更無影無蹤。她微微揚起下巴，攥緊了床單。

兩刻鐘之後，又有一個人大步走進楚齡郡主的房門。

楚齡郡主不動聲色地打量對方。

來人穿著淺金色長袍，袍服上繡著一隻兩根尾羽的鳳凰。三根尾羽金鳳是皇帝之徵，雙尾羽金鳳便是太子專用的紋飾。

他走到屋子中間，打量著看到他進屋後便從床邊站起，虛弱地低聲喘息的少女，皺眉問道：「妳就是鎮西王府的楚齡郡主？」

她盈盈拜倒在地：「參見太子。」

太子怔了怔，笑起來：「妳倒是機敏。本宮此次前來是要問妳有關西郡亂黨之事，妳務必一五一十地詳細道來。」

方才離開安順王府後，太子本欲徑直回皇宮中下旨，但上了馬車後左思右想，又命人調轉方向，先到國師府。

所有膽敢企圖奪位之人都要一一查出來，一個也不放過！

楚齡郡主睜大了眼：「我所知之事已盡數告訴了鳳桐先生，莫非殿下還覺得有遺漏……」她的眼睛又睜大了一些，露出急切惶恐的神色，掙扎著膝行到太子腳邊，扯住他的袍角。「殿下，容月她只是從小和樂越在一處玩而已，他們當時還是孩子，不可能有兒女私情。澹台丞相亦只是對樂越多有照拂，我相信他並沒有幫助樂越造反啊！」

她眼眶中再次盈滿了淚。

透過淡薄的淚霧，她滿意地看到，太子的神色如她期待地變了……

□

樂越最近過得很不自在，四處走動時，城中的所有人都用異樣的眼光看他。

三大護脈神護住九邑一事讓城中百姓振奮不已，他們以爲，九邑乃上天選中的天命之地。一代帝王註定要在此發跡。

楚齡郡主雖在安順王面前成功地誣陷了樂越，但因城樓上的兵卒作證，九邑城的所有人都知道了真相。

行館中的郡馬參選們各個嗟嘆，沒想到竟被一個妙齡少女玩弄在手心裡。西郡王府的親兵和僕役們更難以相信，郡主竟然就是殺掉郡王夫婦和小世子的凶手。

以南宮夫人和南宮苓爲首的幾人，便代表被困在九邑城中所有江湖人士來見樂越，商量眼下該如何是好。

北郡和安順王的大軍已將九邑團團困住，而目前九邑城中只有參與郡主選婿的江湖人士、少許親兵，還有滿城手無寸鐵的百姓。

樂越思來想去，唯有楚齡郡主預先安置在城外的一萬兵馬是最後的希望，他們被楚齡郡主當作最後栽贓的工具，硬生生被打成了叛軍，現今亦在朝廷大軍的包圍之中。

想到此處，樂越道：「不然我去會會那一萬兵馬，看他們是否願意幫忙。」

南宮夫人道：「樂少俠不必如此冒險，可著人將他們的將領請過來商談。倘若你親自前去，他們或會扣下你交給朝廷，藉此證明清白。」

樂越認爲自己不去拜會不足以顯示誠意，堅持道：「若想請他們眞心與我們聯手，自然要以誠換誠。如果我們先不信他們，他們又怎麼會信我們？」

杜如淵很是贊同，表示願和樂越一起前去。

樂越搖頭：「杜兄身分特殊，不去反而更好，我和琳箐一同去就行了。」

有琳箐在，基本可以保證萬無一失。

「倘若我有甚麼閃失，九邑城中就要仰仗各位了。」他衝在座的幾人團團抱拳施禮。

南宮苓充滿欽佩地道：「樂少俠慷慨仁義，在下欽佩不已，請樂少俠放心，我們會盡力幫忙，有甚麼差遣，只管開口。」

鎮西王府的親兵首領高統領出乎樂越意料地痛快答應了替他引薦。

當天傍晚，樂越和琳箐進入九邑城的地下運兵道，順利見到了那一萬兵馬的主帥李將軍和錢副將、馬副將。

原來高統領和李將軍是世交好友，楚齡郡主跳下城牆後道出了這一萬兵馬在郊外的藏身所在，高統領聽到消息後，立刻著人從地道前往通知李將軍。李將軍爲求謹愼，帶著手下立即隱藏進運兵道中，還有一些兵卒其實已經轉進了九邑城。

李將軍和一萬兵卒莫名成了楚齡郡主的棄子，皆很悲憤。但又拿不定主意，是否將錯就錯就此眞當了叛軍，與龍神護體、反朝廷奪皇位的人聯手。

正搖擺不定時，高統領突然領著那位傳說中被龍神選中的皇帝前來拜會，李將軍訝然發現此人不過是個年未及冠的少年。

而且，這個少年居然只帶著一位少女前來，李將軍越發驚詫，不由得油然生出一股欽佩。

待樂越開口說明來意時，李將軍發現他言語爽朗、態度誠懇，言行舉止十分實在，沒有一絲浮誇和架子。

樂越最後說道：「我們如此舉措，並不是造反，而是朝廷不分青紅皀白便要判我們死罪，我們總不能洗乾淨脖子等他們來砍，如今九邑城的所有百姓都等著李將軍和諸位兄弟救命。」言至此，樂越躬身行了一個大禮，沉聲道，「在下懇請諸位，不要讓九邑城成爲第二個紫陽鎮。」

高統領道：「不錯，樂少俠的話，我字字贊同。李兄，你我追隨王爺近十年，本以爲北郡不是東西，沒想到竟是郡主殺父殺母殺幼弟。本以爲我們忠心朝廷和王府就能得到重用，光宗耀祖，想不到平白無故變成了叛軍。現在已經沒了活路，坐等是死，投降也是死，還不如放手一搏！」

錢、馬兩位副將亦都贊同。軍中兵卒人心浮動，他們早已建議過李將軍不如徹底反了算了。

李將軍垂首沉思，片刻後終於下定了決心：「好，本將與眾弟兄聽憑少俠差遣！」

樂越連忙道：「說到行軍、布陣、守營、突圍的，李將軍是內行，所以一切還要靠李將軍拿主意。在下對打仗之事一竅不通，差遣二字萬不敢當。」

李將軍怔了一怔，高統領打個哈哈：「樂少俠眞是個實在人。」

樂越成功說服李將軍，回到九邑城中，眾人皆歡欣鼓舞。

南宮苓道：「有兵在手，要快快籌劃打退城外的朝廷軍隊才是。」

樂越沉吟不語。

眼前的事兒就像一團亂麻千頭萬緒，根本不知該從何處下手。現在眾人都望著他，儼然以他爲首，讓他感覺自己如同一隻穿上衣帽的野猴子，渾身難受。

杜如淵及時開口：「如何用兵須詳細籌劃，務必做到萬無一失，我們本爲救人自救，不能有無謂的失敗和犧牲。」

李將軍、高統領等人都深以爲然。

杜如淵便提議道：「眼下我們不妨先分好各人的司職，遭此變故，城中百姓必然不安，亦須安定民心。再則，更急須統算城中還有多少糧食，夠我們維持多少時日。還有，急救所需的藥材也要備好。」

於是各人便自薦或按所長分配當下急需要做的事情。

高統領、原郡王府的內務總管負責安撫鎮西王府的親兵、侍衛、暗衛及各僕役。

綠蘿夫人和南宮夫人負責郡王府的丫鬟、女眷及全城的所有婦女。

杜如淵與鎮西王府的外庭總管、馬副將及萬卷齋等一些江湖人士盤點計算城中尚存的糧草。

洛凌之和江湖人士中通曉醫理者開始點算、歸集城中的藥材，向城中各藥館醫官打好招呼，記錄每家的人手和每位大夫擅長醫治的病症，屆時打起仗來，如有傷兵，可及時調用人手。

待到分配點查城中還剩多少刀箭及可用馬匹時，樂越躍躍欲試，剛要開口，門外突然有嘈雜聲，把守的親兵來報，有人要硬闖入內。和嘈雜聲混在一起的，隱約是飛先鋒嘎嘎吱吱的怪叫聲。

樂越無奈：「是熟人，讓他進來吧。」

孫奔帶著飛先鋒施施然入內，大剌剌站到大廳正中，環起手臂：「聽說樂少俠弄到了那一萬兵馬，有仗可打，要人手麼？」

他自薦得如斯張狂，高統領、李將軍、錢馬兩位副將等人不由得側目。

杜如淵笑吟吟一拍桌子：「孫兄來得太好了！眼下正有件事急需你這種人才！盤點城中兵器馬匹之事，就由孫兄和南宮兄帶幾個人幫助錢副將前往吧。」

樂越愕然。

杜如淵環顧一周，道：「事情差不多已分配妥當，最遲明日傍晚，所有查點清單都要做好，諸位應該沒甚麼問題吧？」

眾人紛紛保證絕無問題，樂越半張著嘴看他們即將四處散去，連忙道：「且慢！是不是還少了甚麼事情？我還沒事做。」

杜如淵微笑道：「越兄，我們皆以你爲首，你須坐鎮於此，統籌一切。具體事宜及一些細末之事，由我們執行。」

說罷，與眾人各自匆匆離去，留下樂越傻坐在案几後。

琳箐笑嘻嘻地道：「不要緊，我和傻龍還有應澤陪著你一起坐鎮。」

樂越喃喃道：「甚麼統籌坐鎮啊？事情都被別人做了，我乾杵在這裡，就是統籌坐鎮？」

應澤自開會起就趴在樂越身邊吃茶點，此刻淡然地往嘴裡塞了一塊芙蓉糕：「坐鎮，就是鎮定地坐著不動。統籌，就是統統交給別人去愁。」

樂越最終還是不能鎮定地坐著不動看別人去愁，他四處去轉，竭力想搭把手。

等到各項事宜準備就緒、眾人集合起來，正式商討是等著朝廷兵馬來攻還是主動出擊，由樂越做最後決定。

「打，還是不打？」

杜如淵闔上手中書冊，如斯詢問坐在上方案几後的樂越。

樂越雙臂支在案上，抱住頭。孫奔環著雙臂斜靠在廳柱上：「眼下情況，這句話不必問了吧。想活命，只有一個字，打。」

樂越煩躁地刨刨頭，九邑城已被困數日，城中糧食越來越少。打是一定要打，但，怎麼打，如何打？

以前聽說書時，故事裡那些赫赫有名的英雄大將領兵數萬，馳騁疆場，好不威風。等眞的到了今天，手中捏著一萬兵馬和整城人的性命，樂越只覺得手心冒汗、心裡發虛，暗罵自己沒有出息。

眾人都在看著他，等他做決定。

樂越狠狠刨頭，猶豫不已。

孫奔道：「給我五千兵馬，至多耗掉兩千，我能暫時開出一條路，讓城裡的人先走。」

杜如淵立刻反對，道：「不可取。城中之人就算逃得出去，朝廷也不會放過，現在叛軍之名已然坐實，無路可退。只能以九邑爲據，開出自己的局面。」

孫奔冷笑：「嘴皮子一開一闔，想到哪裡說到哪裡，容易得很。請世子現在帶兵出去，開個局面出來如何？」

杜如淵道：「吾只是以全局而論。」

孫奔不屑地嗤笑：「眼下都顧不得了，還全局。」

兩人隱隱已生僵持之勢。

樂越依然猶豫掙扎萬分，不由自主將目光轉向琳箐、應澤和洛凌之那方。

琳箐剛要開口，洛凌之先道：「這件事唯有越兄你自己決定，最終定下主意。」

樂越攥起拳重重敲在桌上：「打，一定要打。但怎麼打，我還要想想。」

孫奔道：「樂少俠最好果斷點，沒時間讓你慢慢想了。」帶著飛先鋒，大步離去。

樂越起身來回走了兩步，再抓抓頭：「我去外面轉轉。」

琳箐待要跟上，洛凌之拉住她衣袖，杜如淵頭頂的商景對她搖了搖頭。

樂越出了大廳，到後花園一個僻靜角落席地坐下。西郡王府現在已變成了他們的大本營，只保留了西郡王夫婦和小世子的靈堂。各處懸掛的喪飾仍在，在悶熱的天氣中散發著一股獨特涼意。

樂越深感自己無用，長長地嘆了口氣。

昭沅趴在樂越懷裡小聲安慰道：「不要緊，慢慢學就好了，就像我現在也不太懂護脈神到底要做甚麼，怎樣才能幫到你。應澤說過的，這些事情，要靠自己慢慢領悟。」

這話沒安慰到樂越，反而讓他更愁苦了。是啊，他和他的護脈龍根本連半吊子都算不上。

他坐了半晌，沒想到甚麼方法，再回到廳內，眾人都散了，只有琳箐和應澤還在。

琳箐看到他，立刻跳起來，詢問他有無想到辦法。

樂越搖頭。

琳箐笑道：「哎呀，打仗如何用兵是最費腦筋的。這樣，」抬手拉住樂越的胳膊。「出去散散心吧，說不定走一走就想出辦法來了。」

出了鎮西王府，樂越左右四顧，思索該到何處去。琳箐向他提議：「不如我們去城樓上，看看外面的軍情吧。」

站到城牆上極目遠眺，九邑城外一片寧靜安詳，看不到安順王和北郡大軍的影子。

那天晚上的大軍壓城也罷，之前參選郡馬進出城時那熙熙攘攘的景象也罷，都好像在作夢。

琳箐戳戳樂越的手臂：「喂，下面有人在看你耶。」

樂越順著她指著的方向望去，城內城牆附近聚集著三五成堆的人，正抬頭往他這裡看，還在議論紛紛。

琳箐小聲道：「他們在談論咱們，猜那天晚上圍在你身上的那條護體金龍在哪裡，還叫你龍少君。」

樂越驚訝地向下看，一種從未有過的感覺從腳底蔓延到了頭頂。

琳箐笑道：「怎樣，這種體驗很新鮮吧？是不是有種與以前不同的感受？」

樂越不由自主地點了點頭。

昭沅恍然道：「哦，原來剛才洛凌之是要妳帶樂越來城樓啊。」

琳箐頓時豎起眉毛：「我才不是聽了他的話才帶樂越來的。他只是說如果樂越坐不住的話讓我帶他四處走走，感受一下城中百姓對他的期待。帶樂越來城樓是我的主意！」

昭沅晃晃腦袋，他隱約聽到洛凌之說甚麼感受之類的，方才又聽琳箐提到這兩個字才反應過來。城樓這個主意明顯是受了洛凌之的啓發，他這樣說並沒有說錯。

琳箐彈了他的腦袋一記：「你！縮在樂越懷裡耳朵倒是靈便啊！拜託你快點變回正常的樣子行不行？像條蚯蚓一樣只能趴在樂越懷裡，你不要總讓我來激勵樂越，替你做你該做的事情！」

昭沅心虛地向樂越衣襟中縮了縮。在城樓上現出金龍之形後，他便維持著一尺不到的龍形，變不成人形了。樂越只能每天把他藏在懷內，對外聲稱他被人暗算受了傷，在某廂房的床上被窩內塞了幾個枕頭冒充是他在養傷。

他蜷縮進樂越的衣襟深處，琳箐哼道：「一說就學商景扮烏龜。」

夜晚，昭沅好不容易等到樂越翻來覆去完畢，進入夢鄉，才悄悄爬出被窩，他鑽到屋外僻靜的角落處，鼓起白天積攢起的法力，唸動駕雲訣，爬到招來的小雲上，拍打尾部升到半空。

今晚是陰天，無月也無星，昭沅照例飄到城外，小心地湊近圍困九邑的朝廷兵馬營帳。營帳內很安靜，不像要突襲的樣子。昭沅謹慎地繞了一圈，再飄回比較靠近九邑城的上空，靜靜地趴在雲上。

最近他每晚都這樣做，琳箐曾帶他來查探過朝廷兵馬的情況，不過轉了個圈兒就走了。但是他聽說，他們可能突然在某時，尤其是夜裡，對九邑發動襲擊，會讓樂越他們措手不及。

於是他便每晚這樣把守。到了天將亮時，他才匆匆拍雲回到城內。

他的法力一直恢復又用掉，總也存不多，今天尤其覺得疲倦。

剛飄到城樓附近，他渾身乏力，想停下歇一口氣，誰料竟不由自主打了個盹，神智恍惚時，法力聚集的雲朵驀地一散，竟然「噌」地從半天空掉落下來。

昭沅大驚，拚命想聚攏法力，已是來不及了，小小的龍身「砰」地跌落到城牆上。

耳邊聽見人的聲音道：「是不是有甚麼東西從天上掉下來了。」

昭沅的腦中頓時一片懵，突然有道陰影從他頭頂罩下。

下一瞬，他已被迅速輕輕抓起，合在一個溫暖的手掌中。

而後他聽見一個熟悉的聲音道：「沒有，可能是天上落下的露水吧。」

是洛凌之的聲音。

洛凌之將他藏進衣袖內，昭沅感到對方帶著自己走下了城樓的台階，又走了很遠的路。最終到了一處安靜的所在，洛凌之將他從衣袖中取出，托到手掌上。

洛凌之的聲音非常溫和：「原來你的法力總也養不好，是因爲如此。」

昭沅的龍鬚動了動，輕輕點點頭。

「你很擔心樂越？」

昭沅再動動鬍鬚。

洛凌之道：「但你若總養不好法力，就總也幫不上大忙，還會徒然分散樂越的精力，令他憂心。」

沅耷拉著腦袋：「我怕朝廷的兵馬在夜裡突襲九邑。」

洛凌之微笑道：「你放心，朝廷的兵馬眼下只會困住九邑，讓城中的人慢慢耗盡糧食，尚且未到他們會突襲的時候。」

昭昭沅蠕動了一下，點點頭。

他道：「那你也每夜在城樓上巡視？」

洛凌之每天都起得很早，但現在好像還不到他習慣起床的時辰。

洛凌之淡淡道：「我只是今夜出來看看。」他將昭沅放回衣袖內。「不過你今後不要再做這種事了，抓緊時間養法力。我們在街上走走，等天亮後，帶些早點回去吧。」

洛凌之帶著昭沅和早點回到鎮西王府，讓樂越、琳箐和杜如淵很是詫異。

樂越抓過昭沅放到身邊的桌上：「怪不得起床後尋不見你，竟然是和洛兄一道出去買吃的。你還是多睡點覺，早點讓我們不用往被子裡塞枕頭吧。」

昭沅嗯了一聲，湊到樂越放到他面前的淺碗邊喝粥。

洛淩之歉然地笑了笑，道：「今天是我突然想讓昭沅幫忙，請他去查探了一下朝廷兵馬的狀況，好像耗掉了他不少法力。」

樂越扯扯昭沅的龍角：「唔，原來你已經能爬雲了，看來是快好了。」

杜如淵欣然道：「那正好，吃完早飯後，請昭沅幫我們再重畫一次形勢圖，看看朝廷大軍的部署有無變動。」又問昭沅道，「兵營中那些帥旗上寫的字，以及所在的方位，你都記得吧。」

昭沅每晚查探，早已爛熟於胸，立刻用力點頭。

□

京城，安順王府。

太子和禎再次怒火中燒。

今日朝會上，他本欲責問澹台修是否與叛軍首領有故交，誰料對方竟稱病未朝，顯然是做賊心虛！

鳳桐照例前來詢問，今日朝會上有無大事須要商討。

太子恨恨道：「澹台修竟然稱病未朝，倘若本宮發現他的確與叛軍相關，一定加倍重責！」

鳳桐淡淡道：「殿下，澹台丞相稱病未朝，是我知會他的。」

太子陡然色變。

鳳桐道：「太子昨日是否在臣之後去了國師府，見過楚齡郡主？」

太子冷笑道：「本宮正想問先生，你昨日已知澹台修與樂越相識，其女更和他青梅竹馬，爲何不告訴本宮？」

鳳桐安然坐在椅上品茶：「依澹台修的脾性，不至於裡通叛軍。殿下登基之日將近，正須籠絡朝中人心，澹台修還是殿下未來的岳丈，何必因區區小事壞了大計？」

太子高聲道：「怎麼可能是區區小事!?那澹台容月若眞與樂越有染，本宮再娶她爲妃豈不是大笑話！」

鳳桐沉默片刻，終於還是悠然道：「凡事皆要有實證，不可隨便聽信一人之言。倘若殿下僅被一女子言語挑撥，就與自己的岳丈反目成仇，那才是大笑話。」

太子的臉色徹底青了，他盯著鳳桐半晌，一甩衣袖，案几上的茶壺哐噹跌倒在地，粉身碎骨。他磨著牙道：「先生，你須明白，安順王府雖敬你三分，但這裡是太子府，本宮已是太子。」

鳳桐慢悠悠站起身：「我如此勸阻，只爲了殿下能當好這個太子，將來更能當好皇上。但聽與不聽，由殿下自己決定。」

太子臉色鐵青，站在一地瓷屑中，目送鳳桐的身影走遠。

下午，太子又到了國師府。

他坐在桌前，臉上怒氣未消，向楚齡郡主道：「妳再將澹台父女與樂越可能相關之事，詳細說一遍給本宮聽。」

楚齡郡主虛弱地道：「我所知之事，已盡數告訴殿下。殿下，容月與澹台丞相絕不可能裡通叛軍的。容月雖與樂越私下相會過一、兩次，我想她亦只是想答謝樂越的救命之恩而已。她即將成爲太子的王妃，絕不會如此不自愛……」

太子慢慢慢慢慢慢地捏緊了桌布：「甚麼？她還曾與樂越私下相會？」

楚齡郡主急忙跪倒在地：「只是在我西郡王府的廂房中待了約一個時辰……」

一個茶杯「哐噹」碎在她身側，楚齡郡主瑟瑟發抖。她匍匐在地將碎片一片片撿起，早有女婢聞聲進來，及時整理乾淨，再送上茶水。

太子的怒氣似乎消了一些，楚齡郡主察其顏色，輕聲道：「殿下，假如因我說錯了話，才令殿下如此生氣，請殿下儘管責罰……」

太子抬手道：「罷了，不干妳的事，妳起來吧。本宮只是不明白，如此女子，桐先生爲何還要本宮娶她！澹台修在朝廷中不過如同一個紙做的傀儡，丞相之位純屬擺設，本宮爲何還要對他有所顧忌！」

楚齡郡主站起身，替太子斟上茶水：「桐先生或是爲太子登基後考慮，今日的太子妃，便是來日的皇后，要統領後宮，母儀天下，定要賢良淑德的名門之女。」

太子冷笑：「與男子廂房內私會，足有一個時辰之久，好一個賢良淑德！」

楚齡郡主垂首不語。

太子繼續道：「若說出身高貴，朝中多少大臣的女兒都不遜色於她，即便是妳，身分亦比她強出許多。」

楚齡郡主訝然地睜大眼，再羞澀無措地低下頭。

可惜太子恰好正望向別處，自顧自繼續道：「若論及美貌，更與……無法可比。」一個緋紅色的身影浮現在太子眼前，他一時不由得走了神。

轉瞬清醒過來時，太子自覺方才微有失態，輕咳一聲站起身：「也罷，本宮今日暫且問到這裡。」起身向門外去，走了兩步後，又折轉回身。「是了。妳住在國師府，本宮想找妳問話，總有些不方便。問了幾次、問出了甚麼，絕對會一滴不漏地落進鳳桐耳中。」

他對本宮，似乎知道得太多了些。

太子在袖子中握緊拳頭，面上卻是一片不動聲色：「這樣，太后想找幾個人進宮陪她說話，澹台容月明日就要過去了。不如我也送妳進宮去，如何？」

唯有皇宮之中，鳳桐尚且不能自由走動，亦掌控不了許多。

楚齡郡主的手在袖中微微顫抖，垂下眼簾猶豫道：「多謝殿下恩典。可，我是戴孝之身，入宮恐怕……」

太子皺眉道：「也是，太后恐怕會忌諱。那麼送妳去太妃那裡好了，陳太妃久居佛堂吃齋，應該不會忌諱這些，妳不要四處亂走便是。」

楚齡郡主俯身謝恩。

□

新的朝廷兵馬布局圖畫完，杜如淵擱下筆、讓開身，任樂越、孫奔、琳箐和洛凌之端詳。

樂越摸著下巴左右看，杜如淵道：「不用再琢磨了，兩次都是吾畫的，並無一點差別。」

無差別，說明甚麼？

琳箐道：「說明既沒有增也沒有減，都在原地待命，慢慢和我們耗。」

杜如淵點頭：「不錯，是在等我們城中糧草全部耗光。再則，可能安順王正上書朝廷，等待朝廷示下。」

樂越道：「安順王就快變成太上皇，現在的皇上病得半死不活，根本無法過問政事。他還要向朝廷裡的哪個請示？」

昭沅小聲插嘴：「還有鳳凰。」

樂越露出「大概被你說中了」的神情。

杜如淵道：「我記得曾聽父王說起過，安順王這個人極其謹小慎微，和我們所見到的這些毒辣果決的作風很不相符。」

樂越頓時想起，那天在樹下，安順王指點他如何謀局遣兵的情形。

倘若不知身分，再次遇見此人，他依然只會當他是個普通的商賈而已，怎麼也不會想到他就是那個權傾朝野的王爺。

而論武大會上那個圓潤富態的安順王又是另一個模樣。

究竟哪個才是此人的真面目？

對了，太子可能是他和綠蘿夫人的私生子。這可是天下第一大祕聞！要是把這條消息賣給萬卷齋，一定能賺不少錢。

知己知彼方能百戰不殆，可這位對手實在段數太高，太叵測難辨。

杜如淵這等熟知各路祕辛的人，也只能說出少數關於安順王的事蹟。

安順王慕氏一族從鳳祥帝弒兄奪位後開始發跡，第一位安順王慕凌本是鳳祥帝的兄長，太子和熙的護衛，鳳祥帝奪位後改效忠於新帝。如今的安順王在朝中一向表現得謹慎小心，待人和氣，不結黨不受賄，做事滴水不漏，十分對得起「安順」兩個字；即便與國師串通把持朝政，若說成是他對國師以皇帝之名義所下的命令言聽計從，亦說得過去。

為甚麼這樣的一個人物會生出太子那種兒子……

杜如淵無奈地道，本以為是兒子隨娘，安順王過世的正室王妃，太子名義上的母親，是先帝最寵愛的公主。所以太子才能順利改姓和，過繼給今上。

但，如今得知，太子的母親實際是綠蘿夫人……

那麼，只能說，太子幼年疏於教導。

杜如淵結束八卦，重新鋪平布陣圖，眾人開始商討這場仗如何打。

杜如淵指著圖上四方道：「毛、吳、尤、郭，這是分別鎮守四方的四個主帥。其脾性用兵手法，李將軍等人應該知道吧。」

孫奔道：「不用李將軍，這些消息，我便知道。」

他點著紙上的姓氏一一道，毛旺福，安順王帳下偏將，擅步兵。九邑城北多山，宜用步兵。因此安順王派他在前方，自己率大隊騎兵於步兵之後駐紮。

吳之鳴，平北王帳下大將，擅布陣弓弩，九邑城西有密林，適宜弓弩埋伏，故其奉命駐紮此處。

尤長孟，平北王帳下大將，本擅長水軍，九邑城東有條河，但不至於用上水軍，此人乃朝廷調派入平北王帳下，並非嫡系，這次統帥步兵與騎兵混合的兵馬駐守在城東。

郭閬，安順王帳下大將，擅騎兵布陣，驍勇善戰，名聲在外，安順王派他駐守九邑城南，一則是城南地勢平坦，宜用鐵甲騎兵；再則將最驍勇的一員大將放在城南，亦有提防定南王出兵之意。

四人資料大略講盡，孫奔吊起嘴角：「依諸位看，若要主動出擊，我們先攻哪一方為上？」

樂越仔細思量：「若按孫兄提供的情報，尤長孟一方較為容易。」

孫奔露出白牙：「就知道樂少俠會如此說。」

□

五月初五，丞相澹台修之女澹台容月奉太后懿旨入宮。

宮中正在慶賀端午，太后住的凰慈宮內懸掛蒲艾，宮女們的身上都佩戴著各色香囊。

澹台容月暫時被安排住在凰慈宮的一處偏殿。

宮女先引她到偏殿中，另有內宦送來衣服釵環，還有太后特意賞賜的五彩絲帶一條、香囊一個。

在宮裡，從衣裙鞋襪到釵環配飾，樣樣都要合乎規矩。

待沐浴更衣後，方得以拜見太后。

皇宮之中，畢竟與別處不同，種種奢華陳設、精巧布置，澹台容月只覺得眼花繚亂，但不敢多看，不能失儀，只能目不轉睛、一派端莊地跟著宮娥向前。

太后正在夏景閣中聽樂賞花，近得涼閣前，便聞到一股沁入心脾的幽香。她在閣外站立，宮女替她入內稟報，挑開珠簾時，香氣尤甚，澹台容月悄悄細看，原來那珠簾每根都均勻串著鏤空掐花的金絲球，內中擱置著香料，方才能夠如此香氣馥郁。

太后待她很親切，特意讓她坐在一旁，一同食粽聽琴。

琴樂後，上來一群披著五彩斑衣的宦官，有意扮作怪模樣，耍雜耍逗趣。有宮女悄悄至太后身側稟報道：「太子殿下已經進宮了，差人來先向太后請安，說他有事要先往太妃那邊去一趟，稍後才能過來，望太后莫怪。」

澹台容月聽見太子兩個字，心裡咯噔一下，但面上只能不動聲色，假裝沒有聽到。

太后奇道：「太子有何事要去找太妃？」

那宮女悄悄向澹台容月望了一眼。

澹台容月起身，只說要去淨手，告退避出，走出涼閣前，聽得剛才的宮女更小聲向太后道：「太子殿下帶了個姑娘進宮，就是鎮西王府的楚齡郡主，但因西郡變故，郡主全家皆遭不幸，太子怕有忌諱，所以先送到太妃那邊，不敢驚擾太后。」

澹台容月心中又是一驚，楚齡郡主居然也進宮了，不知她的傷勢好些了沒有，又爲甚麼突然被送進宮來，不知在宮中這幾日能否見她一見。

涼閣之中，太后也甚是驚訝：「哀家聽說此女被安置在國師府，太子爲何要將她送進宮來？由太子送進宮，禮體上亦有些不合。」

宮女回說不知。太后沉吟不語。

澹台容月淨手完畢，回到席中，剛坐了不久，就有通報說，太子來了。澹台容月又再起身告退回避，太后笑道：「不用了，太子年歲只比妳大一、兩歲，尚未及冠，都還算小孩子，不用如此拘禮。」

澹台容月只得再坐回去，少頃，珠簾挑開，一個身穿淺金色長衫的人入內，向太后行禮請安。

澹台容月悄悄向太子望了一眼，只覺得他儀表堂堂，但眉眼稍嫌淩厲，看起來不是很和善。

太子早已看見了太后身邊的澹台容月，亦猜出了她的身分，但見澹台容月相貌溫婉嫻雅，舉止端莊，與他想像的大不相同，的確像個深閨之中的大家閨秀。

他暗暗思忖，要麼是這女子太善僞裝，要麼是她的確和楚齡郡主所言有出入。

她雖然美貌，但始終不如那個穿著紅色衣裳、揮舞長鞭的明艷身影，因爲那般明亮的雙眸，那般甜美的笑容，乃是舉世無雙。

五月初五中午，鳳桐到梧桐巷中向鳳君請安。

出來迎接的小童道，商玄神君來了，正在和君上下棋，讓他稍等片刻。鳳桐站在廊下，凰鈴從拐角處轉出來，歡歡喜喜跑向他：「鳳桐哥哥。」

鳳桐微笑道：「出了一趟遠門，玩得開心麼?西郡那件大事恰好讓妳趕上，看了不少熱鬧吧？」

凰鈴撇撇嘴：「不要再提了，提起我就上火。那個麒麟族的甚麼公主，嘴巴刻薄得要命。還有阿黃，丟死人了，見到那條龍就撲上去。被那些傢伙以爲他是母的，還說我們倒貼。」

鳳桐失笑。

凰鈴接著道：「不過，那條龍太傻了，又傻又小，根本不可能是鳳桐哥哥你的對手。」

鳳桐不語。

凰鈴再道：「對了，我聽說，太子把楚齡郡主送進宮裡去了。他……不會看上了楚齡郡主吧，那位郡主的手段和心眼可不一般，澹台容月在她王府中的時候，她表面有說有笑，一轉臉到了別人看不見的地方，立刻就是另一個表情。她滿嫉妒澹台容月能做太子妃的，來日說不定還會爲了太子和她爭鬥呢，鳳桐哥哥你要不要去和君上說，給楚齡郡主也配一位凰神算了。」

鳳桐的表情卻未爲之所動，淡淡道：「我來找君上，是爲另一件事情。」

凰鈴疑惑地睜大雙眼。

約莫一盞茶的工夫，小童來傳話，請鳳桐去後園。

鳳君和商玄一局剛罷，正在收拾棋盤。

鳳桐上前跪下：「君上，國師之位我不想接任，我不想再管太子了。」

鳳君拿起棋子的手頓了頓：「爲何？」

鳳桐簡潔地答道：「太子太傻。」

一旁的商玄哧地笑出聲。

鳳君神色未變，道：「那你覺得誰不傻？樂越？」

鳳桐道：「樂越也傻，但與太子傻在不同之處，各有千秋。我本以爲，太子能比樂越稍強，卻沒想到……」

鳳君將棋子放入棋盒，闔上盒蓋：「凡人都有這樣那樣的問題，否則何必要我們護脈神？」他微微笑道。「今日下午，九邑城外有戰事，你可以過去看看情況。」

鳳桐站起身：「遵命。」他本想告退，但還是忍不住問出了憋在心裡很久的問題。「君上，爲何下任皇帝一定要是慕禎？」

鳳君道：「因爲必須是他。」

□

樂越在鎮西王府的廳中走來走去，猶豫不定。

再過半個時辰就要開戰，樂越的手心不由微微出汗，他突然很不確定，自己做的決定是否正確。

昨日在房中大致商討完敵軍布局之後，他們又和李將軍及各位江湖人士共同分析敵情。以城中糧草的儲備狀況來看，李將軍、兩位副將和杜如淵的意見都是在兩、三日內盡快打一仗，最好趁敵軍損耗、兵力不待補時，奪得戰爭主動權。

孫奔道：「要是樂少俠能果斷些，下得了主意，我們明日打一場最好。」

杜如淵贊同道：「明日是端午，妖魔魍魎不敢妄動，我們明日開戰，更能破朝廷污蔑龍神爲龍妖的流言。且過節時，敵軍深入西郡腹地，難免心浮氣躁。」

李將軍提議，出戰時間選在午時之後，一般這種四面被困的局面，主動出戰以清晨、傍晚或半夜爲上，這次反其道而行之，大約能殺個對方措手不及。

孫奔道：「想殺安順王措手不及，大概不太可能。不過午時確實是最佳時辰。只是……」斜眼看了看樂越。「用多少兵、往哪裡出，還要樂少俠給個主意。」

樂越回想早飯後的兵力分析，四方主帥中，以平北王手下的兩個將軍，鎮守西方的吳之鳴和東方的尤長孟稍弱。

而尤長孟一方，尤其顯得薄弱些。

便道：「眼下唯有先攻東側尤長孟一方較為容易。」

見李將軍、高統領等人都點頭稱是，樂越心中稍稍多了些主張，道：「但我不知宜用多少兵，按照線報，尤長孟帳下有五千兵……」

李將軍道：「我們出五千或六千兵，稍多過他，兵力不佔劣勢，速戰速決。」

孫奔哂笑數聲。

李將軍與兩位副將均有些不快，錢副將道：「這位俠士，若有高見不妨直說，何必在一旁袖手嘲笑？」

孫奔卻偏不說，只看著樂越和洛凌之：「樂少俠，還有這位據說專門負責打仗的洛少俠有何看法？」

洛凌之道：「城中只有一萬兵馬，一次出兵五千或六千未免太過草率，但在下未曾打過仗，不敢妄言。」

樂越猶豫道：「也是，要麼，我們出四千兵？」

孫奔再度哂笑不已，大步走到沙盤前：「尤長孟處不宜出兵。若要打，就打這裡。」拿起一根紅標，在沙盤上代表城北的方向插下。

四周一時寂靜。片刻後，樂越道：「呃……孫兄，你這樣是否太激進了一些……」

錢副將笑道：「孫少俠真是英雄豪傑，想來熟讀兵書，深諳用兵先射將，擒賊先擒王之道。帶著五千兵長驅直入，先殺毛旺福，後誅安順王，將一萬兵打個落花流水。下一步便能揮師直指京城矣。」

孫奔不以爲意地挑挑眉毛：「各位如果不肯聽我的忠告也無所謂。不過別怪我沒事先提醒，尤長孟處當眞要打，以兩千兵爲上，至多不過三千。」

錢副將依然掛著冷笑道：「多謝費心提醒。」快步行至李將軍面前單膝跪下。「屬下懇請明日出戰，請將軍派予我三千騎兵，明日黃昏前，必定拿下尤長孟。」

李將軍轉而躬身向樂越道：「樂少俠……」

樂越站起身：「明天我和錢副將軍一同出戰。在下沒打過仗，頭一次上戰場，還望錢副將軍多多擔待，把我當個普通小兵就好。」

眾人都怔了怔，繼而紛紛勸阻。

杜如淵又搬出了那套首領統籌論，李將軍和兩位副將則說，第一次只是小小出兵，沒必要樂越親自出馬，以南宮夫人和南宮苓爲首的江湖人士紛紛贊同杜如淵的說法，認爲樂越只須坐鎮規劃便可。

樂越擺手道：「各位不必替我找藉口，封城這幾日，最無用的就是在下，此城被困，一半原因在我，怎能再縮在後方，連個仗都不打？」既然反已經造了，怎樣都得到戰場上去搏一搏。

孫奔在一旁拖長聲音道：「勇氣可嘉，奈何太傻。」飛先鋒跟著吱吱叫了兩聲，但被眾人有意忽略。

昭沅在樂越懷中用龍角輕輕頂頂他的胸口，小聲道：「我支持你，我和你一起去！」

杜如淵待要再勸，一直沉默的洛凌之向前一步道：「這次還是由我去吧。」

樂越張張嘴：「洛兄……」

洛凌之攔住他話頭：「越兄，我既然已主管刀兵之事，這場仗便該先由我去；否則，我在此處豈不更是一個無用之人？」

琳箐也猶豫起來，她本想支持樂越前去，可是眼下看起來，洛凌之的確是更應該去的人。

杜如淵道：「我們貿然出兵，其他三方可能會趁機偷襲，越兄還是留在城中，由洛兄先去。」

眾人亦都贊同。

南宮夫人道：「樂少俠，你如今既已是我們的首領，要多聽聽眾意才好。」

樂越只得作罷，最終決定由錢副將和洛凌之領三千兵出戰。

孫奔聽完結果後，哂笑一聲，帶著飛先鋒揚長而去。

出兵時間定於未時初刻，此時兵卒已整裝待發。

洛凌之脫下長衫，換上鎧甲，與錢副將商量出戰事宜，樂越卻有些猶豫了。

若是由他前往，他一定只等著跳上戰馬，揮鞭出城，甚麼也不多想。但現在要出城的卻是洛凌之和錢副將以及三千名兵卒，且是聽了他的最終決定才出戰的，樂越心中突然七上八下起來。

這些人的性命全扛在了他的肩膀上，他記起當初在九邑城中應澤曾道，成大事者，要擔得起無數的人命，他終於有了切切實實的感受。

他甚至有些懷疑，自己的判斷是否錯了，這場仗是否該打，是不是應該喊停。

琳箐走到他身側低聲道：「你放心啦，等下我會跟著洛凌之，照應著他，有我在不會有事。」

可是身爲護脈神，琳箐不能直接插手戰事，這仗是輸是贏，最終還要靠上場的兵將本身。

孫奔站在遠處衝樂越喊：「樂少俠，你最好別犯傻，現在採納我的辦法還來得及。」

杜如淵在另一側道：「越兄，身在此位，請決策果斷，切忌自亂陣腳。」

樂越忐忑難安，爲了強裝鎮定，他不由自主多喝了些茶水，加之緊張莫名，一刻鐘之內，跑了兩趟茅房。

第二次從茅房出來時，樂越在迴廊處遇見了綠蘿夫人，從那晚九邑城被困後，樂越一直沒機會向綠蘿夫人道謝，便上前道：「前日郡主下毒，多虧夫人用蓮子羹救了在下性命，一直未來得及道謝，慚愧慚愧，望夫人莫怪。」

綠蘿夫人這幾日形容憔悴了許多，神色中帶著幾分憂慮，勉強微笑道：「那日樂少俠你說肋下疼痛，我便猜想你大約是中了毒。我在江湖中許久，看此還算有經驗，當時也覺得王府中可能有人要毒害澹台小姐，方才用膳食做解藥，卻沒想到，下毒的竟然是郡主。」

她輕嘆一口氣：「郡主雖不是我師妹親生，但總算是她一手帶大，我有時來看望師妹，她常姨母、姨母叫個不住，誰知竟然……」

樂越只能道：「夫人節哀，所謂人心難測。」

綠蘿夫人再嘆道：「是，凡事都難預料，就像我亦沒想到樂少俠還有這樣一層身分一樣。」

她突然轉了話題，樂越已知，這才是她特意在這裡等候的本意。

果然，綠蘿夫人接著道：「樂少俠，我特意在這裡等你，是有些不中聽的話要說……」她沉默片刻，才道：「你們眼下，根本不可能是安順王的對手，暫且不要出兵爲好。」

樂越心裡一揪，勉強道：「多謝夫人提醒，但，不管輸贏，這場仗，我們都要打。我們已無退路，不打就是束手待斃。」

綠蘿夫人苦笑道：「我知道樂少俠一定聽不進去。不過……不瞞樂少俠說，我有位故人，與安順王是舊識。對安順王，我亦瞭解一二。他心機深沉，行事狠辣，絕非常人所能想像。」她說此話時，眼神落向別處，顯然回憶起了甚麼痛苦的往事。

「樂少俠此時與他硬碰，十分不明智。倘若可以和談……」

樂越道：「夫人，妳方才已說，安順王行事狠辣，即便我們和談，可能成功麼？夫人可記得昔日血覆涂城？」

綠蘿夫人微微變了臉色。

樂越道：「夫人，倘若我們不抵抗，九邑的下場也只能是第二個涂城。不論如何，一定要打。」

樂越不待綠蘿夫人再次開口，道了聲告辭，急步走開。綠蘿夫人在他身後道：「樂少俠，我看到了那日九邑城上金龍現身。若樂少俠來日果然做了皇帝，可否看在那碗蓮子羹的份上，答應我一個請求。」

樂越默然，綠蘿夫人這個請求，十有八九是為了保太子的性命，他道：「我並不想做皇帝，現在打仗亦是逼不得已，只不過是想讓我自己和整城的人活下去而已。夫人於我有救命之恩，無論有甚麼請求，都儘管開口。」

綠蘿夫人靜默片刻，搖了搖頭：「樂少俠這句話，讓我想起了一位故人。他當時最常說的就是，他身在其位，本是情非得已，其實他只想泛舟江河，淡泊度日……」她的視線又落到遠處，再收回到樂越身上。「樂少俠，等你到我這個歲數，就會明白，所謂不得已，很多都是自己加諸於己身。」

樂越回到廳中時，洛凌之與錢副將即將出發。

他轉目四顧，廳中已沒有琳箐的蹤影，只有她的聲音在耳邊輕輕響起：「我要和洛凌之一起出發了，我一定讓他打個勝仗回來。」

剛才與綠蘿夫人談話之後，樂越心中反而堅定了許多，洛凌之和錢副將向他辭行，樂越只吐出兩個字：「保重。」

洛凌之微微笑了笑，輕輕點頭，與錢副將前後出門，翻身上馬，披風和鎧甲折出一抹耀眼的日光。

號角響，城門開。

鳳桐向著九邑城的方向展翅而來。

他用了鳳凰本形，雙翅劃過流雲，不消片刻，就從京城來到九邑城上空。

他化回人身，站在雲端，只見九邑城東城門打開，一騎兵馬馳出城門東。

他們出兵，果然是選了尤長孟，鳳桐微笑起來。

他注視著出城的兵馬，微微瞇起眼，恍然明白了鳳君讓他前來的本意。

龍神這一局，必定滿盤死棋。

樂越在鎮西王府中忐忑等待，每一刻鐘，都好像一輩子那麼長。

杜如淵握著書一派鎮定地等待，但他手中的書，過了兩刻鐘，仍然停在那一頁上。

寂靜的大廳中，只有應澤吃點心的聲音格外清晰。

昭沅悄悄爬到應澤的袖子中，小聲問：「這一仗，會不會贏？」

應澤咬著點心：「哼。」

哼，是甚麼意思？

昭沅小心翼翼問：「該不會輸吧……」

應澤再吞了一塊點心，依然道：「哼。」

半個時辰過去，商景忽然抬頭道：「報信的人回來了。」

馬蹄聲近，樂越奪門而出，正看見一個渾身是血的人從馬上滾落在前廳外的空地上：「報……尤長孟……處……有埋伏……我們……撐……不住……援兵……」

樂越腦中一片空白，大步奔到那名兵卒身邊：「埋伏？甚麼埋伏!?」

城東戰場處，血流遍地，橫屍處處。

從河水中，草叢裡，冒出無數身穿水靠藤甲的兵卒，手執圓刃，先斬馬腿，後擊兵卒。九邑城的無數兵士在馬腿折斷時即被亂刀斬殺。

錢副將調轉馬頭，待要撤兵，卻見路邊樹叢中突然冒出密密麻麻、身披草皮樹枝的兵卒，手執弓弩，箭矢如雨。

琳箐在半空中，只能揮袖捲起狂風，捲落箭雨，暫時迷住敵軍雙目，讓錢副將與洛凌之得以抽身退離。

但，箭雨剛落，四周突然瀰漫起異味，洛淩之揮劍掃落一片飛箭，高聲道：「是桐油，敵人要火攻，快撤離！」

話音未落，那些披著草皮樹枝的兵卒身上已冒出火光，他們迅速將燃火的草甲拋到一旁，草甲下竟然是烏黑的水靠，再一瞬，已紛紛跳入河中。一張張弓弩從水面上撐了起來，錢副將高喊：「快！向水面放箭！」

對方的箭如飛蝗而來，九邑兵卒在慘呼中落地。而九邑兵射出的箭尚未近敵身，敵人已沒入水下，箭落浮到水面上，被水兵們撈起，再度架上弓弩。

琳箐咬牙，忍不住想要一道落雷劈到河中去，突然感到附近有熟悉的鳳凰氣息。她猛地轉身，只見鳳桐袖著手優哉游哉地站在雲上：「琳公主放心，我只是過來看看熱鬧，並無插手之意。」

琳箐冷冷掃他一眼，揚鞭一甩，滿天陰雲起，地上飛沙走石。

洛淩之趁機斬滅了一帶火舌。但密集的箭雨仍然射倒不少兵卒。

鳳桐望了望：「看來凡人太弱，琳公主再強也無用。此戰敗局已定。」

琳箐的臉色更難看了，握緊了手中鞭。

鳳桐閃後數丈，輕笑道：「琳公主個性太過火爆，休怪在下多嘴提醒，護脈神有護脈神的分寸，凡人之事不可太過參與。」

琳箐冷冷道：「不用你管。」

地面上，錢副將肩已中箭，縱若洛凌之武功高強，亦受了幾處輕傷。他揮劍再度斬落一簇飛箭，喝道：「錢副將軍，此處由我暫時支撐，你帶人快撤回城中！」

「尤長孟出身川軍，擅長埋伏弓弩，他雖是平北王手下，但此次布局乃安順王一手調度，他怎會留下一個如此輕易被人看出的弱項？」

孫奔的聲音冷冷響在耳邊。樂越握緊拳頭，有血腥味從牙齦處瀰漫開。他疾步走向李將軍，聲音嘶啞地道：「借我些援軍，我要去救他們！」

李將軍的神情有些沉重，沉吟不語。

孫奔再度道：「樂少俠覺得自己有把握救得出他們？」

樂越的拳頭攥得更緊了，昭沉在他懷中，感到他的心在劇烈地跳動，身體都在微微顫抖。他只能輕聲道：「樂越，冷靜一些。」他憑直覺說出自己的看法。「孫奔知道解圍的方法。」

樂越沉默了片刻，向孫奔轉過身：「孫兄，此刻，應該如何做。」

孫奔揚了揚眉：「從此刻起，城中兵卒全部聽我調度，由我指揮。」

樂越僵住，李將軍等人的臉上亦變了顏色。杜如淵忽然道：「我贊同。」用手中書冊輕輕敲在樂越肩頭。「聽孫兄的吧。」

樂越平靜片刻，重重點頭：「好。」

李將軍遲疑道：「既然樂少俠無異議……」

樂越截住他話頭：「孫兄要如何救？多少兵？」

孫奔簡短道：「李將軍，點五千兵。」

五千精兵整列完畢，孫奔換上鎧甲，翻身上馬，黑色披風帶起一陣燥熱的風。

「吹號，擊鼓，開城門。」

南宮苓道：「五千兵被他帶走，城中只有兩千兵馬，倘若他投靠安順王，我們只有死路一條。」

李將軍唉聲嘆氣，來回踱步：「倘若再入埋伏，我們便是此城百姓的罪人。」

樂越一言不發，靜靜站著。

「報——！」突然有一騎人馬闖入大門，馬上的兵卒在空地處滾鞍下馬。「孫……孫奔領著五千兵馬折轉向北，直奔毛旺福和安順王大軍方向去了！」

樂越眼前金星閃爍：「他……」

杜如淵的聲音極其冷靜：「他以洛兄和錢副將為餌，讓敵軍以為我們要派兵援救，實際卻殺往北方，給安順王出其不意的一擊。」

敵軍萬想不到，他會捨三千兵卒性命於不顧，這個辦法異常狠毒，卻異常有效。

樂越重重一拳砸在石欄上，大步跨到李將軍面前：「借我一千兵馬！我們是為活命，不是為贏為殺人，我去救錢副將和洛兄！」

四周的人大驚失色。

南宮苓搶先一步道：「越兄，你考慮清楚，九邑城中只有這兩千兵，倘若此時西、南兩路敵軍來襲……」

李將軍從懷中取出了一樣東西，緩緩捧到樂越面前。

那是一枚令符，臥虎形。

持虎符，可調動全軍。

「本將自打算追隨樂少俠起，便已將生死置之度外，能爲九邑城而死，雖死猶榮。剩餘兩千兵馬，全聽憑樂少俠調度。」

樂越接過虎符。

杜如淵淡淡道：「剩一千兵馬在城中，和沒有沒甚麼兩樣，這次我們便賭一把，這兩千兵馬，越兄你都帶去。」

樂越攥緊虎符：「好！就賭天意！」

城東的大門再度打開，樂越騎在馬上，引著兩千兵卒奔馳出城門。

他初穿戰甲，只覺四肢沉重，戰馬狂奔向前，他聽到天上琳箐的聲音驚道：「樂越！」

前方，鮮血滿目，屍橫遍野。樂越拔出長劍，迎著箭雨和利刃而上，大聲道：「不要戀戰，保命要緊！走！」

昭沅使用隱形術，爬到樹頂扯雲飛起，鼓起腮拚命吹起風，將樂越的呼喊遠遠擴散開：「洛兄——錢副將——快——調轉馬頭——隨我撤——」

琳箐氣急敗壞一把扯起他：「你們怎麼來了？城裡還剩下五千兵馬留給孫奔、杜書呆和那個老將軍守了？」

鳳桐笑吟吟地遠遠觀望：「一團亂啊一團亂。」

昭沅來不及解釋，又有流箭向樂越射來，眼看將抵擋不及，幸好有長劍從斜刺裡揮出，斬落流箭，樂越一把拉住那個熟悉的人影：「洛兄，快，上我的馬，撤！」

洛凌之渾身血跡，傷痕處處，一旁的錢副將亦傷勢慘重。錢副將被兵卒護著上了一匹馬，猶在遙遙向樂越嘶聲問：「城中防守無礙麼!?」

樂越大聲回道：「另五千兵被孫奔帶走，去打毛旺福和安順王了！」

此話剛落，密集的箭雨忽然停了。

樂越急忙催馬狂奔，他所帶領的兩千兵卒幾乎全身而退，護著之前的殘兵退出戰場，奔出約兩里遠，身後突然響起一聲尖嘯，樂越回頭望，只見一枚焰火隱約綻開在半空中，狼煙頓起。

錢副將神色青黃，狂咳數聲，噴出一口鮮血：「這是……傳訊進攻的信號……他們要等九邑城空……出兵九邑……」

李將軍在議事廳中來回踱步，廳中眾人皆面帶憂色，又憂色各異。

唯有杜如淵袖著一卷書靜靜地看。

傳訊的焰火炸開在半空，滾滾狼煙在大廳門前即能望到。

李將軍臉色大變，手微微顫抖：「這……這是攻城的信號……九邑城休矣！」

杜如淵放下書，向廳外看了看：「唉，果真如此麼?算了，是命躲不過。不動，不變，任他進之，任他砍之。」

廳中其餘人沒有動靜，沉默地坐著。

又過了半晌，有紛亂的馬蹄奔馳聲如滾雷般而來，李將軍渾身一抖。

杜如淵再度闔起書：「應該是樂兄和那兩千兵把洛兄他們救回來了。」

李將軍顫聲道：「兩千兵，又能頂多久？」

杜如淵嘆氣道：「也是，不用頂了，大家一起袖手不動，看看龍神是否庇佑。信神龍，不怕砍。」

李將軍苦笑道：「杜世子眞是臨危不亂。」

兩千人帶著折損的殘部順利歸來，樂越扛著渾身是血的洛凌之進入王府，有預備好的擔架上前將洛凌之和傷兵們一一抬到耳房中救治，大夫、藥材都早已預備妥當。

杜如淵看著渾身血跡、緩緩向議事廳走來的樂越，自言自語般道：「經此一役，越兄應該明白了些居上位者的責任與不易。」

他站起身，將手中書冊丟在身側案上，突然大喝一聲：「來人！」抬手指向李將軍。「將此人拿下！」

李將軍神色大變，南宮苓等人的長劍已橫在他的頸上。

杜如淵微微笑了笑：「你等的安順王大軍不會進城。城中的運兵道在城外五里處皆被斬斷。若沒算錯，孫奔此刻正在甕中捉鱉。」

「李將軍」已被五花大綁，不敢置信地掙扎了幾下。

不可能，絕不可能。

沒人可以在一天之內斷掉運兵道。

除非……

是，還有除非。

他曾親眼看過。

杜如淵負手站在他面前，神色平靜：「我們差點便忘了你，幸虧想起時，尚且亡羊補牢，爲時未晚。李將軍、文霽，都是閣下冒充的身分，不知能否請教閣下的眞名？」

被繩索縛住的「李將軍」不甘心地掙扎了兩下，杜如淵伸手在他臉上探了探，扯下假眉與假鬍鬚，揭下一張薄如蟬翼的面具，露出一張二十四、五歲左右的男子面容，五官甚是平庸，膚色略嫌蒼白。

杜如淵緩緩道：「想來這便是閣下的眞面目了。」

一旁的高統領大驚失色：「趙炎？」

杜如淵退後一步，細細打量這個男子：「趙炎？在下這幾日查點西郡王府名冊，對這個名字倒是印象深刻。西郡王府暗衛蘭花會的首領，名不虛傳。」

樂越邁進議事廳時，恰巧看到眼前這一幕，不由得停下腳步。

杜如淵走到樂越身側，微嘆道：「這次就當作是初入戰場的一個教訓吧。」

樂越僵直地站在原地，臉色青灰。他身上的鎧甲今天第一次穿上，就已染透了血。有洛凌之的、錢副將的、其他連名字都叫不上來的兵卒的。洛凌之和錢副將一行帶出去了三千兵卒，折損大半，得到這個教訓所付出的代價，未免太大。

高統領和幾位江湖人士按捺不住，紛紛喝問趙炎，眞正的李將軍和文霽現在何處，趙炎閉口不言，冷笑不已。

不過，樂越單憑猜想也知道，眞正的李將軍和文霽恐怕已凶多吉少。

高統領久問不出，悲憤之下斷聲道：「趙炎，你摸著良心想想，當年是誰從拐子手中將你救回王府？是誰教你根基武功？是誰引薦你入蘭花會？李兄這些年把你當兒子看待，你這個小畜生倒眞是知恩圖報！」

趙炎抬起眼，惡狠狠看向高統領，冷笑道：「呸！背叛王府的叛徒還敢提知恩圖報！我只知我的主人是郡主，若無郡主，沒我趙炎今日。」怨毒的目光一一掃視眾人，最終落在樂越身上。「你們這些烏合之眾，還妄想對付安順王的大軍？啊哈哈！就算沒我，你們也必定一敗塗地！凡是與郡主作對的人，最終都不得好死！」

杜如淵道：「我們日後如何不勞閣下費心，不過閣下必定想像得到自己的下場。」他俯下身和聲道。「若閣下告知我李將軍與文霽屍骨的下落，我可暫保你性命，說不定你還能看到安順王破城，我們兵敗身亡，如何？」

高統領帶人在西郡王府後花園假山石下挖出了李將軍的屍體，他的屍首尚未腐爛，雙眼圓睜，臉上的表情帶著驚愕與不安。

文霽的屍首則在西郡王府的冰窖隱祕角落中，冰封得完好無損。楚齡郡主留下他的屍體，大約是想利用他文氏少爺的身分再做一做文章。

南宮夫人向樂越道：「請樂少俠暫且將文少爺的屍首保存此處，倘若九邑城之困能解，再通知文家的人前來吧。」

樂越默許。

出了冰窖，天邊突然響起焰火訊號聲。高統領驚喜地喊道：「是西郡王府的傳令訊號！孫少俠帶的那隊人馬得勝了！」

眾人群情鼓舞，一場慘敗後，幸而又有一場勝利，而且孫奔戰勝的還是兵力最重、由安順王親自鎮守的北方。

唯有樂越仍然神情沉重。

「越兄，去把戰甲換下來吧。」杜如淵溫聲向樂越道。「為洛兄他們療傷的大夫說，他們身上傷處雖多，但無性命之憂，越兄不必過於憂慮。」

樂越沉默著點點頭，折回房中去。片刻，有西郡王府的僕役送了大桶水進來，樂越脫下沾滿血的戰甲，昭沅從他懷中爬出來，和他一道泡進桶中。

昭沅知道，依樂越的脾氣，定然會把洛凌之和錢副將的慘敗歸在自己身上，心裡肯定不好受。他想了半天，找出一句凡人常在這種情況下說的話，期期艾艾地安慰道：「勝敗乃兵家常事。」

樂越往臉上潑了一把水：「但一、兩千條人命，不能用這句話就打發了。」

昭沅怔了怔。

樂越用手巾蓋住臉，仰頭靠在浴桶沿上。這次如果沒有孫奔和應澤救場，九邑城恐怕已經變成了第二個紫陽鎮。

當日安順王在樹下指點他用兵之道，其實就是在講調遣將士要因材而用的淺顯道理，這樣的安順王又怎會眞的留下西方尤長孟一個偌大的弱點？

除非是故布疑陣，引敵上鉤。

仔細一想就可以想到，這是個最簡單的陷阱，可他偏偏徑直鑽進了這個陷阱，還自以爲很高明。

昨天夜半，將近三更時，孫奔帶著飛先鋒來敲他的房門，劈頭第一句話便是：「樂少俠有無想過，若兵敗，該如何挽救？」他的牙齒在月光下白晃晃地扎人眼。「樂少俠要不要和孫某打個對你有利無害的賭？」

孫奔說，假如樂越的判斷正確，洛凌之和錢副將眞的大敗尤長孟，孫奔便從此完全聽從他差遣；假如樂越輸了，就要按孫奔的方法出戰，並且斷掉城外的運兵道。

待聽到兵敗的消息，樂越驀然陣腳大亂，杜如淵告訴他李將軍可能有詐，樂越不得不承認孫奔的才能，對自己的愚蠢痛心疾首。

假如應澤沒有出手截斷地下運兵道，大約安順王大軍的鐵蹄已經踏平九邑了。

沐浴完畢，樂越換上便服，把昭沅放進懷內，剛剛打開房門，就看到一個火紅的人影站在門外，很顯然是在等他，是琳箐。

琳箐看了看他的臉色，輕快地道：「我聽杜書呆說你心情不好，就過來安慰安慰你。你頭一次打仗嘛，判斷有些失誤是正常的，當時書呆他們也沒看出來呀，犯錯的不是你一個人。何況現在孫奔贏了，我們算是扳回一局。」

樂越沒有回話，琳箐接著又道：「我剛從洛凌之他們那邊過來，洛凌之中了幾箭，但沒傷到要害，錢副將比他傷得稍微重一點，都沒大礙了。」

樂越神情木然，微微點了點頭。

琳箐擰起秀眉，輕快表情突然一變：「樂越，我一直覺得你是大丈夫，沒想到你這麼輸不起！」她不知從哪裡噌地變出一面鏡子，舉到他面前。「看看你現在這張臉！優柔寡斷，婆婆媽媽！哪有一點大丈夫氣概！現在是甚麼時候？兵臨城下！姓孫的仗著老龍幫忙，僥倖勝了一場，之後還不知道會怎麼樣！是，那些人是因爲你決斷失誤死掉了，難道你現在能去陰曹地府把他們的魂魄搶回來？抱著已經無法挽回的事兒唧唧歪歪，是不是要等城裡所有人都死了你才甘心！」

樂越眉頭抽搐地跳了跳，琳箐踮起腳尖，以迅雷不及掩耳之勢一把拎住他的領口，惡狠狠道：「你、最好、現在、給我振作起來，像個大丈夫！」

樂越表情扭曲，雖還是沉默不語，但萎靡頹然的神色卻漸漸消退了。

空氣一時凝固，忽然，一旁傳來甚麼東西落地的劈里哐啷聲。

琳箐側過頭，只見一個西郡王府的小侍女正手忙腳亂地收拾地上的茶盤和茶壺茶碗碎片，偷偷摸摸一抬頭，正好對上了琳箐的目光，急忙手足無措地結巴道：「奴……奴婢……甚麼都沒看到！甚麼都沒看到！」連地上的東西也不顧撿，提著裙子嗖地跑走。

琳箐眨眨眼，愣怔了片刻才察覺，現在她和樂越鼻尖的距離不過一片油菜葉的寬窄！大窘之下，她立刻甩開手，噌地後退一步，臉隱約有些泛熱，口中仍然強硬地道：「別讓我再看見你婆婆媽媽的樣子！我先去前廳看看孫奔回來了沒，你快點過來啊。」急匆匆跑走。

樂越凝視著琳箐的背影，又在原地站了片刻，輕輕按了按懷中的昭沉，挺直脊背，大步向前廳趕去。

孫奔在前院翻身下馬，鎧甲上的血跡和破爛的黑色披風昭示著他這一場仗打得也極其不容易。

樂越與杜如淵迎下台階，樂越心悅誠服地抱拳道：「孫兄辛苦了。」

孫奔取下頭盔，難得謙遜地道：「險勝而已。」但眉眼之間卻有一絲掩不住的喜悅。他將韁繩扔給一邊的侍從。「孫某領五千兵馬出戰，損五百餘，剿滅毛旺福兵卒約三千餘，敵兵倉皇敗退五十里。」

高統領眞心誠意地歎服道：「在下之前對孫俠士多有不敬，著實有眼無珠，孫俠士能以五千兵馬大敗安順王與毛旺福，無聲無息斷掉城外運兵道，眞乃武曲星臨世也。」

孫奔笑出一口白牙：「高統領過獎，斷運兵道之功，還是要歸於樂少俠。」視線在樂越身上打了個轉兒，挑眉道。「孫某今日所剿唯有毛旺福兵馬而已，並無安順王。果不出我所料，安順王在毛旺福部後的大營，乃是僞營。」

孫奔來不及換下鎧甲，便到了議事廳中的沙盤前，詳細解釋。

前日他看到敵軍布陣圖時，便心有疑惑，安順王素來用兵詭詐，這般布局不符合他一貫作風。北郡與安順王大軍既然率先到了九邑城北，便表示城北到北郡的主要道路都在安順王和北郡的掌控之中，安順王在城北著得力心腹毛旺福率重兵鎮守，沒有必要親自在毛旺福之後再領重兵。

「再則，城外兵馬號稱有兩、三萬，依我推測，只是虛報數目的攻心之計，實際兵力不超過一萬五。」

孫奔用竹棍在沙盤上畫了幾道。北郡中了西郡郡主的圈套，猜測她在城內藏兵，郡主當時布下疑陣，令北郡以爲藏兵數目至多不過六千。之後北郡打著爲朝廷平亂的旗號出兵西郡，自然不敢出動太多兵馬，怕引起朝廷尤其是安順王的忌諱，頂多調兵一萬。安順王前來名爲調停，領兵至多五千。所以分守九邑城四方的兵馬應在一萬五千之內，不論北郡還是安順王的屬地都距離遙遠，後續兵力尚未來到。

孫奔手中轉著一支標記用的小紙旗，環顧四周：「那麼各位若是安順王，會重點防守哪裡？」

樂越恍然，望向沙盤上城南的方向。

孫奔咧開嘴：「不錯。」將紙旗在城南處重重插下。

樂越全都明白了。安順王要防備南郡的大軍突然殺到，假意派副將郭閬領兵防守，實際親自坐鎮城南。安順王知道他們這邊有三大護脈神在，定然會從空中探查兵力，爲了造成九邑城已被重兵包圍和安順王在城北的假象，便在毛旺福兵馬之後搭起空帳營。

孫奔環起手臂：「這也是孫某開始懷疑李將軍的由頭。」

尤長孟分明不是北郡王嫡系，卻可以領兵鎮守一方，很顯然他是朝廷和安順王特意安插在北郡的人。

「樂少俠沒打過仗看不出倒罷了，李將軍身爲西郡大將，與北郡對峙多年，不可能連這點消息都沒掌握。」

杜如淵點頭：「是，他當時甚至要給越兄五千兵馬攻打尤長孟，那時我亦覺得他有些蹊蹺。」於是，他想到了在城樓上三大護脈神現身後，突然消失不見的西郡郡主心腹「文霽」。

孫奔接著道：「當時我就判斷，安順王是想利用尤長孟引我們出戰，再趁機攻打九邑。但安順王此人素來謹慎，不會動用防備南郡來援的城南兵馬，那麼最有可能攻打九邑的，便是北方的毛旺福部。」他聳聳肩。「可惜諸位當時都不肯相信孫某，還好我在昨天晚上和樂少俠打了個賭。」

孫奔的本意是想找琳箐相助，卻根本找不到琳箐，這才去找樂越，樂越亦考慮到琳箐和孫奔實在太不對盤，於是轉去懇求應澤斷掉運兵道。說盡好話，許下應澤三年的飯食點心，應澤才勉強答應。

孫奔又看了一眼沙盤，道：「這次樂少俠判斷失誤，倒是給堵剿毛旺福部行了個方便。鎮守北方的兵卒已所剩無幾，如無意外，此時是由吳之鳴和尤長孟部暫補。」

馬副將跟隨孫奔出戰，經此一役後信心大增，建議道：「那麼我們再趁機一鼓作氣向北殺去，佔幾個城鎮？」

其餘人都沉吟不語，樂越仔細思索，不再隨便下論斷，南宮夫人插話道：「我們江湖人不懂戰事，不過九邑城本來兵卒就少，這次又損耗近兩千，假如又出兵，城中空虛，不是給了敵方可乘之機？」

杜如淵道：「這就要請問馬副將和高統領了，除了你們這一萬兵馬外，西郡其他兵馬分布如何？」

高統領立刻道：「王爺的書房中有西郡兵力分布圖。」便著人去取。

孫奔道：「不用忙，出兵之事還要再斟酌商量。孫某要先洗涮洗涮這一身的污血跟塵土。」他一邊說，一邊解開破爛的披風，解下上身的鎧甲，丟給樂越。

高統領連忙喚護衛過來，要接過樂越手中的盔甲，孫奔抬手阻止：「這是孫某和樂少俠的賭約條件之一，他輸了，就要替鄙人擦洗盔甲。」嘿嘿笑道。「樂少俠，有勞。」

樂越道：「自然，孫兄放心，我這個人願賭服輸。」

西郡王府南側處是下房、伙房等地所在，還有個頗大的菜園，菜園園口有口水井，樂越抱著孫奔的盔甲到了水井旁，搬了個小凳，打了一大盆水，又找了把刷子，蘸著水和皂角粉，仔細擦洗起來。

擦洗盔甲是一件頗費工夫之事，孫奔穿的這件是西郡王的鎧甲之一，用銀與銅片打製，而非鐵甲，可以沾水。先用冷水去了血污之後，還要再用軟布擦乾，最後再上一層特製的油護養。這些都是樂越專門詢問過王府中負責保養盔甲的下人才知道的。

昭沅藏在他懷中，用靈力查探四周無人，便使用水訣，將盆中的水捲成小小的水龍，來回沖刷盔甲，省了樂越很多工夫。

經過許久修煉，他對這些小法術的掌控越來越得心應手，只是不知為何，依然無法變成人形。待有人的氣息逼近，他便收起法術，他體內的靈力已經恢復到相當充沛的狀態，在城牆上現出龐大金龍之形後，甚至還隱隱有突破，相當遠距離內的風吹草動都能察覺。

此時，他聽見不遠處有人在竊竊私語。

「……那位龍少君有金龍護體，怎麼還會敗？」

「該不會金龍護的不是他，是那個姓孫的吧。」

「我當時看得明明白白，絕對是他！」

「可能是障眼法，他要真的是真命龍君，怎麼會在這裡替那個姓孫的洗盔甲？」

「說不定人家正是用這種方法表示自己禮賢下士哩。若他真是真命龍君，就憑認賭服輸，能幫下面人洗盔甲這件事，就算他打兩場敗仗，我也佩服他。」

……

昭沅默默地聽著，正在用布擦乾盔甲的樂越突然出聲道：「不行。」

昭沅有點驚愕地蠕動了一下，樂越自言自語般道：「我還是要去找幾本兵書來看，就算臨陣抱佛腳，看了也總比不看好。」

西郡王府中，應該有不少兵書吧。

樂越到議事廳中將擦好的鎧甲交給沐浴完畢的孫奔，順便向高統領詢問，西郡王府有沒有收藏兵書。

高統領很痛快地回答，有，然後更痛快地直接把樂越帶到一間屋子前，打開門鎖，指著屋內四壁整牆高的書櫃上密密麻麻的書道：「這些，都是郡王府收藏的兵書。」

琳箐、杜如淵和商景，還有滿臉看戲表情的孫奔帶著飛先鋒都跟在樂越身後。

見到樂越僵立在門前時，孫奔嗤笑道：「樂少俠，恐怕一時半刻沒工夫讓你勤學苦讀了。」

杜如淵邁進門內四處打量，從書架上抽出一本書翻看，滿臉興致盎然：「西郡王府藏書之豐，大出吾之所料。浩翰山海中，必有珍寶。」

高統領搔搔頭：「王爺生前不愛看書，但王妃與郡主卻酷愛收集，尤其是郡主……幾乎成了個癖好，她其實也不怎麼看，但聽說有兵書，就非要弄到手不可。」

杜如淵興致勃勃地在書架前踱步，忽而轉頭道：「對了，越兄，我正好想起有個陣法，可配兵書，不如你我與孫兄幾人先在此研究一二。」

高統領立刻很識趣地道：「那麼樂少俠、杜世子和孫俠士幾位在此先商討，在下還有事要做，先走一步。」他留下藏書室的鑰匙，帶著隨行的侍衛們告辭離去。

等到他們走遠，杜如淵闔上房門，一改對滿架兵書的興致之色，鄭重地道：「越兄，我們商量一下今夜如何出兵吧。」

樂越微微一怔，杜如淵解釋：「郡王府中耳目眾多，除了趙炎之外，恐怕還有別的奸細，不得不謹慎。」

樂越道：「趙炎忠於楚齡郡主，與安順王恐怕沒甚麼瓜葛，但據孫兄對四方兵力的分析，尤長孟部的兵力明顯遠遠高於應有，那些埋伏的弓弩，更像是西方吳之鳴所擅長的。按理說，就算做套等我們，也是毛旺福部就近增援更便捷，卻大老遠讓吳之鳴部與尤長孟部一同埋伏，像是早已知道我們的部署。」

孫奔道：「不錯，我一聽弓弩，就知道郡王府中一定有細作。」

就算趙炎是安順王派來的臥底，爲保證消息迅速穩妥地傳過去，也不可能只他一人，必然有同黨。

那麼，同黨會是誰？

樂越皺眉，錢副將、馬副將、高統領，甚至南宮夫人、南宮苓還有安順王的舊情人綠蘿夫人，都有可能……

即使樂越對戰事仍一知半解，亦知道，接下來一場仗的時機和目標異常重要，甚至關乎全局的生死成敗。

毛旺福部被孫奔殺個措手不及，損耗過半，其餘三方必然要派兵增補，而此時安順王和北郡增援的兵力都沒有趕到，假如能在此刻給調度增補的兵力迎頭一擊，對敵方的影響必然是巨大的。

樂越用力撓撓頭：「安順王相當謹慎，他大概不會把布在城南的重兵調去增援北方。所以分兵增援毛旺福的應該是吳之鳴或尤長孟？」

杜如淵道：「越兄，不管是你、我還是孫兄，現在都遠不夠資格揣測安順王的用兵之道。我們只能多方考慮，然後盡量挑選對我們最有利的做法。」

甚麼才是最有利的做法？

樂越道：「再打北方？」

毛旺福部已經損耗大半，假如此時乘勝追擊，還可以截斷從北郡趕來的援軍。

孫奔乾脆地道：「行不通。毛旺福對安順王忠心耿耿。今日在地道中圍剿，他爲了保存實力才沒和我硬拚，假如再攻北方，就算只剩下一個人，他也會頑抗到底。」

樂越悟了，所謂再橫的都怕不要命的，目前他們應以保存兵力爲主，攻打北方固然能勝，但假如毛旺福抱定了同歸於盡的決心硬拚，定會折損不少兵力。

「那麼，直接攔截援軍？」

孫奔挑起一抹微笑，點頭道：「樂少俠終於說對了一回。」一旁的琳箐不爽地瞪了他一眼，孫奔假裝看不見，繼續道：「不管是東西南三路人馬的哪一路增援北方，」他從懷中摸出了一張九邑城草圖鋪在地上，手指在東西向北的兩條道路上各一點。「都要從這裡或這裡經過，我們的伏兵自然也要埋伏在這兩處。」

孫奔摸了摸下巴：「現在有一個問題，這兩隊人馬都必須由絕對可靠的人帶領，其中一隊自然是交給孫某。至於另一隊……」他看了眼樂越，飛先鋒配合地嘎嘎怪笑兩聲。「樂少俠身邊，由琳箐姑娘親自挑選的不世將才洛凌之少俠，好像已身負重傷，在病榻上無法起身。那麼帶隊人選……」

樂越立刻道：「在下經驗雖淺，沒奈何也只好上了，還望孫兄指點一二。」

孫奔滿意地笑了笑：「此仗事關重大，希望樂少俠不要耽誤了大事。」

琳箐冷冷瞟了孫奔一眼，大聲道：「樂越，我陪你一起去。」

孫奔咂咂嘴：「麒麟姑娘這次可要盡心些，別再釀成洛凌之少俠那樣的悲劇。」

琳箐驀然變了顏色，待要發作，又硬生生忍住，只露出冷冷的笑容道：「多謝提醒，也希望某些人不要小勝生驕，記得驕兵必敗，別誤了大事。」

孫奔哈哈大笑兩聲，並未作答，只向樂越道：「那便這樣決定，你我各領兩千兵馬，天黑出發。」帶著飛先鋒推門離去。

五月的天分外長，此時夕陽剛剛沒入地下，漫天紅霞猶在，離入夜尚有一段時間。

樂越先去洛凌之的臥房，見他正在沉睡，臉色已經好了許多。樂越在他床邊站了片刻，輕手輕腳轉身離開。

琳箐小聲向他道：「你放心吧，洛凌之吃過我的麒麟丹，連郡主的毒都對他沒作用，這點小傷肯定很快就能好。」

樂越點點頭。

離開洛凌之的房間後，琳箐閒不住，使用隱身術風風火火地四處查探去了。樂越則決定暫時回自己的臥房休息片刻，走了幾步，卻見高統領正在他臥房門前的空地處轉悠，似在專門等他回來。

高統領望見樂越，便快步迎上來笑道：「方才從藏書閣中離開後，在下忽然想起有本十分稀罕的書，樂少俠大概用得上。」從身側皮囊中取出一個錦緞包，遞給樂越，壓低聲音道。「這本書，是當初王爺剛封王時，先帝讚賞他滅百里氏有功，特別賜給他的。據說是從前朝流傳下來，一位神通廣大的高人寫的玄法書冊，裡面有玄法布陣之類，可惜王府中無人懂得玄法之術，都參不透其中奧妙。樂少俠是玄法門派出身，我想這本書說不定正是在等待樂少俠這樣的有緣人。」

樂越道謝接下。昭沅用靈力探了探，盒子中不像有甚麼暗器毒藥之類。待高統領告辭離去後，樂越回到房中，闔上房門，才將布包打開細看。

錦緞包袱中是個雕琢甚爲精細的木盒，盒蓋上設有暗鈕機括，還刻著一個陰陽八卦的花紋。樂越擺弄了半晌，盒蓋都紋絲不動，昭沅從他懷中鑽出來，使了點法力，灌注於八卦花紋之上，盒蓋的機括咔嗒一聲，開了。

盒子中墊著厚厚的淺黃色錦緞，一本墨藍色書冊躺在正中。

屋中的光線有些暗，昭沅渾身冒出金燦燦的光亮，映照出書面上題著的幾個方方正正的字——《奇玄法陣書》。

樂越拿起書冊，翻開，發現這本書的封皮好像是重新糊上去的，內頁紙質十分樸素，字跡也與封面大不相同。

第一頁上，有瀟灑不羈的筆跡寫的一行字——

東南西北亂七八糟怪陣隨記

落款的幾個字讓樂越和昭沅大驚失色。

清玄派卿遙

樂越立刻將書揣進懷中，迅速向四周看了看。還好，應澤不知蹓躂到甚麼地方覓食或消食去了。假如這本書、這行字被他老人家看到，不知道會引起他怎樣狂暴的反應。

樂越和昭沅對望了一眼，同時打了個哆嗦。

倘若陡然被應澤發現這個，大概不用安順王出手，整個九邑就會變成一堆廢墟。樂越心裡頗爲疑惑，爲何卿遙師祖的隨記會被先帝當作寶書賜給了西郡王府？

他繼而猜測，這本書冊極可能是當年盜走天下第一派令牌和清玄派之名、自立門戶的德中子，叛出門派時捲走的典冊之一。後來被拿來獻給朝廷，再被先帝賜給了西郡王府。

昭沅小聲向樂越道：「我把靈力放出來探測周圍了，假如應澤回來，能立刻感應到。你放心。」

樂越這才重新把書冊拿出來，大略看了看書的內容，竟然是一張張陣法圖。雖然圖中用文字簡略標出了布陣訣竅和破解陣眼，但幾乎都要用到一些玄法祕術和符文，整個陣法須灌注靈力才能啓動，也只能使用靈力破解。而且離奇古怪，深奧難懂，利用的全是山地、密林、亂石等自然之物布陣，甚至是因機緣巧合生成的天然陣法，而非兵卒布置的兵家陣形。

這本書冊對修道之人可能甚有用處，但對行兵布陣和不懂玄法的尋常人來說，等於一疊廢紙。

怪不得高統領搜到了此書也沒有據爲己有，肯大方地送給樂越做人情。

樂越忍不住想嘆氣，再翻了一翻，突然，一行字跳入眼中——保命陣。

此陣只是個簡單的圓圈加上四方的幾個符文，倒是簡單好記。一旁的註解道，此陣是卿遙偶然在一個山洞中發現的，疑似某位修道前輩甚至是仙者所留。卿遙曾親眼看到此陣法之玄妙，匪夷所思，但他沒有細說，只寫道，此陣可以使人瞬間遁隱無蹤，實乃一大保命寶陣。但同時也寫明，這個陣法需要法力催動，施法者使用的法力和法力的高低與遁隱的效果息息相關，連卿遙師祖都嘆息道：所需法力非凡人修煉所能及，故而吾只可觀而未能嘗試矣。

樂越剛剛看到「保命陣」的興奮之情化爲了失望，昭沅道：「這本書說不定適合洛凌之。」

樂越經他提醒，頓時精神一振，喜道：「對哦，雖然洛兄和本少俠在武功上修爲相當，但他是昔日清玄派首徒，玄法應該修煉過一點，加以研究的話，說不定還能把這些法陣融進兵法布陣中。」

昭沅把腦袋搭在樂越的手腕上：「唔，這本書上寫的，我也能學，我有法力。」

樂越抓抓頭：「但是，你是龍，這個是凡人的書冊……」

昭沅再弱，畢竟是龍神，龍神來學凡人寫的東西，感覺有點怪怪的。

昭沅動動鬍鬚：「反正我懂的不多。」就算是凡人寫的東西，亦比現在的他強。

樂越想想也是，便道：「好吧，反正洛兄受傷了，這本書你先看，然後再給洛兄不遲。」昭沅欣喜地點頭，樂越見他迫不及待地爬到了書冊上，忍不住彈彈他的龍角：「話說，你甚麼時候才能化成人形啊。」

屋內漸漸昏暗，天色近黑，差不多已接近與孫奔商定的出發時刻，樂越輕敲昭沅的腦袋：「該走了。」昭沅立刻乖巧地鑽進他的懷中。樂越闔起書冊，將之貼身收妥後，前往議事廳。

議事廳內空蕩無人，樂越向守衛門口的侍從道：「有勞將杜世子、孫俠士、馬副將、高統領、南宮夫人和南宮公子等請到廳中來。」

侍從依言而去，不多時，眾人便聚集在議事廳中。

樂越衝他們抱拳一禮，開門見山道：「毛旺福部今日潰敗，料想其餘三部必定派兵增援，在下想調三千人馬，兵分兩路，由孫少俠與我各領一隊，趁夜伏擊援兵。」

眾人俱都贊同。

臨行前，孫奔忽然偷偷向樂越道：「樂少俠，能否借你懷中的昭小弟一用？」

樂越一愣。

已經隱身在空中，準備跟隨樂越前往戰場的琳箐不客氣地道：「連護脈龍你都敢借，姓孫的你也太豪放了吧。」

孫奔無奈道：「此次夜晚行軍，帶兵不多，爲保穩妥，最好半空中能有雙眼睛監控四周。琳姑娘跟定了樂少俠，在下只得借昭小弟一用了。」

孫奔的飛先鋒是妖獸，雖然能飛在半空中，但無法做到昭沅、琳箐這般駕雲隱形。

孫奔的語氣很誠懇，但琳箐仍然隱隱感到其另有圖謀，她正要開口，樂越已經贊同地點頭：「琳箐，妳和孫兄一道去吧，我有昭沅在，沒問題的。」

琳箐立刻看到孫奔的嘴邊迅速閃過一抹奸計得逞的微笑。

此時已不容再多做耽擱，琳箐只得忿忿地飄到孫奔一方，不放心地叮囑：「樂越，你多小心。」孫奔笑咪咪地向天上瞟了一眼：「琳姑娘，有勞了。」

馬副將迅速地將人馬調派妥當，因爲此次是伏擊戰，兵卒都換了輕甲，攜帶著弓箭或輕便的長劍、長矛。樂越和孫奔各領一千五百兵馬，不吹號角，不鳴戰鼓，分別自東、西兩方悄悄出城而去。

負責在城西埋伏的樂越與兩名熟悉地形小路的兵卒走在隊伍的最前方。

昭沅早已爬雲升到了半空中，用法術掃視四周。突然，他感應到一股強大的靈氣，下一瞬，一頭巨大隼鷹便闖進了他的視線中。這隻隼鷹和那日被琳箐滅掉的兩隻一模一樣，定然是被安順王派遣，負責護送前往城北的援兵。

昭沅急忙向樂越示警。

此時隼鷹也已發現了雲上的昭沅，他只是略有法力的靈禽，按理說見到龍神，應該感到一股無形的畏懼，但，昭沅的原身實在太小，隼鷹瞇著眼睛打量了一下雲上那一尺來長的小身體，目光中流露出蔑視。

他驀地厲啼一聲，雙翅浮現幽藍的電光，直向昭沅撲來！

地上，樂越收到昭沅的警示後，立刻指揮兵卒們分散到道路兩旁埋伏。道路正前方，一隊人馬正在快速行進中，爲首一人手中牌符冒出紅光，他收住馬勢，抬手向身側的一人道：「前方有埋伏，通報全隊，備好弓弩，小心防備，準備應敵。」

天上，昭沅在隼鷹撲過來的瞬間身形隨心念而動，避開數丈，躲過一擊。隼鷹一抓未中，側頭瞄了昭沅一眼，不疾不徐地在天上繞了個圈兒。

昭沅一瞬不瞬地盯著隼鷹，渾身的每個鱗片都繃得緊緊，這是他初次獨自對敵，隼鷹蔑視的目光讓他身體中的龍珠油然冒出一股灼熱，蔓延全身。眼看隼鷹再度惡狠狠直撲過來，昭沅不閃不避，一縷灼熱張口噴出，竟化作一面金色光壁，隼鷹急撲的身勢撞在其上，被重重彈開，同時，那小小的龍軀金光蔓延幻化，眨眼變成一個十五、六歲的少年，立在雲端。

隼鷹目光中的不屑變成了驚詫，雙翅一搧，無數根羽毛挾著耀目的藍色電光直射向金色光壁後的少年。昭沅雙手合在胸前，金色的光壁凝聚成一團光球，接著，他衣袖一揮，光球霎時散作數顆金色的流星，將激射而來的羽毛裹在其中。昭沅唸動「破」字訣，數根鷹羽在金光中消散無影。

樂越趴在草叢中抬頭看天，四周狂風呼嘯，原先星光密布的夜空現在已是暗沉一片，隱隱雷鳴，藍色的電光和金色的電光蜿蜒閃爍。樂越盯著電光，知道昭沅可能碰見危險了，不由擔心他是否應付得了。

正在擔心掛念時，有隱約的腳步聲和馬蹄聲傳來，聽聲音，人數不少，樂越沉聲喝道：「敵兵來了，弓弩準備。」

砰，隼鷹又一次的疾撲再度被金光擊退，鷹毛也被擊落數根，他又驚又怒，眼前的金光越來越明亮，竟讓他不由生出一股敬畏。他的頸羽根根豎起，渾身藍色電光暴漲，再度尖利地啼嘯。

與此同時，昭沅感應到樂越已經與敵軍交戰，箭矢呼嘯，人馬慘嘶。他心中急切，衣袖再一抖，金光化作一道大網向隼鷹迎頭罩下，金絲緊扣，隼鷹正在掙扎，突然靈識一空，身體碎成了數片，隨著四散開的金光在空中化成煙粉，只剩下一個藍色的光點，急切地調轉方向，逃竄而去。

昭沅並未追擊，他立在雲上，對可以瞬間擊敗隼鷹也很意外。從方才化出那道金網到碎裂隼鷹，彷彿是他體內的法力自發自動而爲。

這些時日以來，他聽從應澤的教導不斷地積累和修煉法力，而前日在城牆上化成巨龍的時刻彷佛像是衝破了一個關口，讓積存的法力宣洩而出，充盈在全身各處，他的龍珠中更盈滿了一種從未有過的陌生力量。

他想起琳箐曾告訴過他，龍珠中的龍脈蘊藏著天帝賜予的力量和歷代護脈龍神積存的法力，但是，若想隨心所欲地操控使用，則必須具有足以與之匹配的法力。

難怪他幻化成巨龍之後，又重新變回原本大小，雖然感覺得到體內的法力躥來躥去，從未有過的充沛，卻不能使用，變不成人身。想來是他一時不懂如何操控被觸發而出的龍脈法力。

現在，全部的法力已融會貫通，充盈在全身各處，任他支配。昭沅抬起雙手，看著應念而出的淺金色光芒，不由浮起微笑。

他正要降下雲頭，去看樂越的狀況，方才藍色光點逃竄的方向突然又靈力大盛，三個影子以不可思議的速度洶洶而來。

昭沅的目力也強了很多，瞬間便看出這三個黑點是三隻同樣的隼鷹，其中一隻渾身浮現著和剛才那隻一樣的藍色電光，另外兩隻則周身籠罩著一股黑氣，是風的氣息。

三隻隼鷹在空中分散開來，以三角之勢將昭沅圍在中央。

無數根羽毛在狂風與電光中射出！

地面上飛沙走石，狂風捲亂了樂越指揮兵卒們射向敵軍的箭，敵軍的火把被捲落到地上，沾上荒草，熊熊燃燒起來，藏匿在草叢中的兵卒身影頓時暴露無遺，紛紛躍起身，避閃和拍打要捲到身上的火舌。

昭沅對操控體內的法力已越來越得心應手。他指尖輕彈，金色的光焰化爲數點流星落在羽毛上，羽毛頓成煙粉。

他感覺到地面上的情勢很嚴峻，樂越可能有危險，他很急，不想在這三隻隼鷹身上再浪費時間。

他記起當日琳箐擊滅隼鷹的方法，忙唸動操控法力化形的法訣，一條金色的長鞭出現在他手中，昭沅唸動驅雷訣，長鞭驟然暴漲，像金色的長蛇一般自空中蜿蜒而過，一隻冒著黑氣的隼鷹只覺得眼前一閃，身體已消融成粉塵。另外兩隻隼鷹尚未來得及反應時，金鞭已甩到了另一隻黑氣隼鷹身上，隼鷹連哀鳴都來不及發出，已身形俱碎，兩顆黑色的光球分別向兩個方向迅速逃竄。

昭沅操控著長鞭，再轉向另一方，那隻隼鷹瞇起眼睛，忽然一頭扎向地面。

因爲他屬雷系，比剛才的兩隻風系隼鷹扛得住施了雷訣的法鞭，待昭沅急趕而上的長鞭甩到他身上，在身體粉碎前，他已吐出一道藍色雷電，直擊向地面！

昭沅清晰地看到，雷電光芒籠罩下的，正是樂越的身影！

樂越正手執長劍與數個敵人混戰，突然覺得周身光芒大作，天靈蓋一麻，失去意識之前，耳邊有一聲震耳欲聾的雷鳴。

昭沅的腦中瞬間空了，好像被雷劈中的不是樂越而是他自己。

雷電散去，地面上出現了一個偌大深坑，裸露著漆黑的焦土，幾具焦黑屍體橫在其中，昭沅眼前一黑，差點栽下雲頭。心神慌亂間，他感覺手腕上一緊，有甚麼東西動了動。

是那道分別繫在他和樂越左手腕上的法線，此時再度顯露了出來，從他的手腕上冒出淡淡的光暈，流水般向下蔓延，轉眼間流動到地上一個臃腫的焦黑「屍體」之上，那「屍體」動了動，一層黑色的焦土在光暈中散開，竟然是樂越！

完好無損的樂越！

他一動不動地躺在一個七彩流光的光蛹中，淺金色法線繫在他的左手腕上，穿過光罩，與昭沅相連。方才那層焦土是被雷電擊起的泥土，覆蓋在光蛹上，故而昭沅在半天空中看來，好像一具臃腫的焦屍。

昭沅又驚又喜，飛快隱去身影撲向樂越，七彩流光在他撲到樂越身邊後驀地消失不見，金色的法線也再度隱沒。

昭沅化成龍形，一頭扎進樂越懷中，聽到樂越清晰的心跳，方才徹底鬆了口氣，有種從未有過的虛弱的心安。

這時，他聽到了人的聲音。

「……大人，這個姓樂的小子到底會甚麼妖法，竟然雷都劈不死他！我們幾個兄弟連屍首都被劈沒了！」

這個聲音帶著顫抖，充滿了極度驚惶，片刻後一個低沉的中年男子聲音道：「此人既然能在城牆上引來孽龍附體，定會些歪門邪道的妖法。不用急，臨行前，王爺給了我這把伏靈劍，一劍扎進心中，料想他會怎樣的妖術也該斃命了。」

噌，利劍拔出劍鞘的聲音。

沉穩的腳步聲。

昭沉伏在樂越懷中，心念急轉，身爲護脈神，他不能傷害凡人，唯一的辦法就是帶樂越迅速離開，但他沒學過平空攝物的法術，倘若現出身形拖起樂越就跑……

忽然，樂越師祖寫的那本書冊中的保命法陣浮現在他的腦海中。昭沉抱著試試看的念頭，唸動法訣……

敵軍的首領正握著寶劍走向樂越，突然看到樂越身周浮出了一個金色的光圈。

此人在昏迷中，竟然還能使用妖術？

他瞇起眼，停下腳步，謹慎地舉起手中的劍，金色的光圈四方接連浮起四個古怪的符文，冒出刺眼的光芒！

□

從昔日越王築城至今，金陵一向被視作風流繁華所在。

無數世家望族、文人名士皆居於此。城中的每塊青磚都是詩詞；每抹飛檐中都吟著歌賦；秦淮河中流淌著歷朝的浮華與典故；烏衣巷中，似乎仍能見到昔日王謝世家的子弟們著黑衣從容優雅的身影。

江湖第一世家南宮家的府邸，就在金陵城內。

南宮宅邸位於城北的碧衣巷。據說，因南宮世家的子弟喜著青衫，南宮家的家主便借鑒了烏衣巷如斯命名，希望南宮世家能和昔日王謝兩家一樣，成為千古望族。

清晨，一乘華車馳入了碧衣巷中，停在南宮府恢弘氣派的大門前，兩個穿紅衣的小童自車中走下，向門前的僕役亮出一塊玉牌。

一刻鐘之後，南宮家的現任家主南宮贏親自端著茶盞，放到正廳上座中紅衣男子身側的案几上。

那人只是微微笑道：「南宮大俠太客氣了，今日鳳某前來，是有與九邑城相關之事，想與南宮大俠商議。」

南宮贏面上不動聲色，作洗耳恭聽狀，內心卻微有忐忑。他日前已收到消息，二弟媳與侄兒南宮岑都被困在九邑城中，且牽連進了九邑亂黨之事，今日這位安順王府的幕僚鳳桐先生打著國師府的名號登門，定然是來者不善。

果然，鳳桐接著便直截了當道：「南宮家的二夫人與五少爺好像正在九邑城中。」

南宮贏斟酌半晌，道：「大人所言不錯，我剛剛收到消息，弟妹與小侄被困九邑。小侄是為參加郡主招親前去九邑，不知卻為何會生此變故。」

鳳桐笑了笑：「九邑城有亂黨埋伏，趁郡主招親時作亂，其中詳細緣故錯綜複雜，非三言兩語可以說得清楚。朝廷知道，南宮二夫人、五少爺與其他前往郡主招親會的人士皆是被無辜牽連。」

「無辜牽連」四個字從鳳桐口中吐出，壓在南宮贏心頭的大石驀然被搬去，面上依然滿臉憂色：「敢問公子，朝廷打算如何處置。」

鳳桐道：「鳳某今日來，正為了此事。朝廷不日便會與亂黨商談，將無辜被困在城中之人盡數放出。我對江湖中事不甚熟悉，恐怕不能一一告之，便煩勞南宮大俠幫忙知會。」飲了一口茶水，悠然道。「江湖人士皆本領高強，雖然二夫人與五少爺被困在城中，相信貴府仍有與他們消息往來的方法，如若能盡快知會到，則再好不過。」

南宮贏拱手道：「便依公子所言。」

九邑城南，一座營帳中，兩黑一藍三顆光球在一個華服男子身前來回盤旋，那男子指尖放出紅光，在空中畫了道符咒，符咒化作了三道光束，將三顆光球包裹其中，片刻後幻化出三隻隼鷹，在帳中盤旋一周，落在一旁架上。

華服男子身側幾步處，赫然站著安順王。他將三隻隼鷹一一看過，微笑著向華服男子道：「國師閉關數年，道術愈發玄妙了。」

華服男子哼了一聲，與鳳桐七分相似的面容上覆滿冰霜：「可惜雷鷹與兩隻火鷹的神識盡毀，即便是我，也不能復原。」

安順王很惋惜地嘆了口氣。

鳳梧抬起手，緩緩撫摸著一隻隼鷹的羽毛：「數年過去，爲何王爺用兵之術不進反退了？九邑這場無聊鬧劇，明明不需一兵一卒便可輕易拿下，你竟率萬餘兵圍守數日，損耗數千，還連敗兩局。」

安順王道：「本王本是前來調停西郡與北郡的恩怨，卻不想突生此事。未得朝廷命令前，本王不敢擅自用兵，只好分守九邑四方按兵不動，近日的兩、三場戰事，亦都是亂黨主動出擊而已。」

鳳梧嘴角勾出一抹冷笑：「吾既然已到，王爺心中有何主張，便可實行了。鳳桐此時亦應在金陵南宮世家內。」

安順王含笑道：「那本王知道如何處置了。」

被鳳梧撫摸的隼鷹靈氣尚未完全恢復，神態目光都有些呆滯，鳳梧面上的寒色不由更重了幾分。

麒麟與玄龜在孽龍那方，風、火、雷幾隻隼鷹的隕落本在意料之中。

倒是安順王，讓隼鷹出戰的用意何在，尚有待斟酌。

看來不管是精明父親還是傻瓜兒子，都有凡人皆有的毛病，不甘心聽從擺布，偷偷摸摸搞些小動作。也不想一想，他們能有今日，不過是因爲借了護脈鳳神之勢而已。

反正君上中意那個傻瓜慕禎，以後輪到鳳桐頭疼，與己無干。

唯有當日留下的禍根，須要鏟除。

雙翅中血覆涂城當日留下的傷仍時常隱隱作痛。

假如當日不是那道士突然從中作梗。

假如當日斬草除根……

鳳梧的眉間寒霜愈重。

當年沒清理乾淨的禍根，這次絕不能再放過。

□

昭沉似乎沉入了一個深深的夢中。

不知過了多久，他才從夢中醒來，發現自己仍在樂越的懷中，樂越的心臟有力地跳動著，好像並沒有發生甚麼意外。

那麼，那個法陣眞的管用了？他和樂越現在在哪裡？

昭沅感應到，他和樂越附近有個陌生凡人的氣息。

可這股氣息中卻帶著凡人不該有的靈氣，十分奇怪。他爲求謹愼，沒有探頭出去看，此時，樂越的身體動了動，亦從昏迷中醒來。

樂越睜開雙眼，第一眼看到的是碧藍的天空。

唔？已經天亮了？他記得自己好像被一道炸雷劈中，緊跟著就……

樂越猛地翻身坐起，頭暈目眩中，聽到一個陌生的聲音道：「咦？兄台，你醒了？」

樂越扶著額環顧四周，發現自己身在一處郊野中，遍地長草，遠處樹林茂密，清澈的溪流自他身邊不遠處流過。

一個藍衣人從溪邊石上站起，向他走來：「敢問兄台是何人？爲何從那個法陣中突然冒出來？」

樂越的頭仍有些眩暈，一時不知該如何回答，懷中的昭沅蠕動了一下，讓他安下心來。難道是被雷劈中時傻龍大顯神威，將自己帶到了這裡？

那麼這裡又是哪裡？

樂越客氣地反問那藍衣人：「請問……是否是閣下救了我？此處乃是何地？」

藍衣人笑了笑，他看起來年紀不過十八、九歲，相貌異常俊秀，笑容更讓人不由自主有種如沐春風的舒適：「嗯，此事說來有點複雜了，我偶然路過此地，昨夜就宿在那邊的山洞中，誰知兄台你突然從山洞中的一個法陣裡冒出來，嚇了我一大跳。我看你陷入昏迷，便將你從山洞搬到這溪邊，正想打點水時，你就醒了。」

藍衣人手中果然拿著一個取水的水囊，樂越覺得這水囊有些眼熟，好像和他常用的有些相似……

藍衣人也在打量他，笑道：「還有一事要請問一下，我之前替兄台把過脈，發現你似乎練過玄道門派的心法，不知能否稱呼兄台一聲道友？」

此人竟然是玄道門派中人？樂越努力回憶，在論武大會上，若有他這樣出彩的人物，自己一定會注意到，但他想了又想，卻對此人毫無印象。，遂答道：「在下的確在玄道門派長大，只是不久前被逐出師門，不知還能否當得起閣下這『道友』二字。」

藍衣人卻興致勃勃地道：「凡曾修過道法者，皆是道友。果然我沒有猜錯。我方才看道友起身時的動作，和我們清玄派基礎功法中的一式有些類似，說不定我從師的門派和道友昔日的師門還有些淵源……」

樂越頓時愣住：「你……你是清玄派的？」

藍衣人點點頭：「是啊。」隨即拱手。「在下清玄派卿遙。」

樂越第一個反應是，要麼自己還在作夢，要麼頭殼被雷劈壞，幻覺了。

他拍拍頭，謹慎地問：「請問道友，此處是何地？」

藍衣人道：「這片林地在下也不知道叫甚麼，不過，從這裡向西，就是九邑。」

還好還好，貌似沒有幻覺。

也是，清玄派那麼多人，有一、兩個他不認識也理所當然。想來眼前這人只是名字唸起來比較類似某位師祖而已。

藍衣人有些不好意思地笑道：「我有個不情之請，道友可否告訴我，山洞中的那個法陣有何用處？」

法陣？樂越隨藍衣人到了山洞中，看到山洞中的一個角落裡有個熟悉的圓圈，四方寫著符文。

「這個法陣是個保命法陣……」樂越抓抓頭，斟酌著道。「我也不知道爲甚麼會從這裡冒出來，這個很耗費法力，具體我說不太清楚，道友可以自己試一下。」

他的答案含糊，藍衣人的神情有些遺憾。

樂越假裝隨口地問道：「對了，道友，你有沒有聽到甚麼關於九邑的消息？」

藍衣人的雙眼頓時又亮了：「你也是爲九邑之事來的？那麼你我可以一同上路，聽說九邑城中雖已無人居住，卻常有離奇古怪的事情發生，結伴前行可以多個照應。」

樂越臉色大變：「九邑怎了？」

藍衣人驚訝地看著他：「道友難道不是來九邑廢墟中探祕的……」

廢墟!?

他話音未落，手臂已被樂越一把扣住，樂越腦中混沌一片，抓住殘存的一絲理智道：「敢問，今天是何年何月何日？」

藍衣人的目光中包含的好奇更多了，清晰地答道：「今天是明昌三年五月初六。」

明……明昌三年？

樂越兩眼發直地道：「本，本朝的國號是……？」

藍衣人道：「道友，你還好吧？本朝國號自然是齊。」

樂越蹬蹬蹬連退數步，靠在石壁上，面無人色。

齊！明昌三年！清玄派！卿遙！

難道……難道這裡是四百多年前？

樂越抱住頭，被這個念頭嚇到了，他懷中的昭沅也用爪子扣住了腦袋。

不對，樂越抱著頭想，現在不是在作夢，就是被雷劈到出現了幻覺……

藍衣人再次關切地問他是否安好，樂越虛弱地答應，心中各種念頭卻如風車般旋轉。不管是作夢還是幻覺，都須先弄清楚眼前的情況。

樂越按住額頭：「卿遙道友，我只記得昏迷前遭遇雷劈，現在一片混亂，連身處何年都難以想起，不知道友能否告訴我眼下大概的情況。」

名叫卿遙的藍衣人對樂越的狀況很是同情，很爽快地簡單告訴了他一些事情。樂越卻是越聽越心驚。

據卿遙講，這裡是離九邑城不遠的郊野，他離開師門遊歷天下，聽聞九邑城中有怪事發生才特意前來。

九邑城在「此時」只是個小縣城，數年前城中發生了一場地震，百姓死傷慘重，倖存的人搬離了家園，城中只剩下一片廢墟。

但，漸漸地，有人傳說，九邑裂開的地縫中有件寶貝，新月乍現之時，此寶貝會吞吐仙光，映出不可思議的景象。

有許多人聞訊前往九邑廢墟中尋寶，都無結果，但尋寶的人頗有不少信誓旦旦地說見到了難以置信的異象。

有人說見到仙人飲宴，有人說見到仙子月下舞蹈，還有人說看到了兵戈廝殺，總總說法不同。

「我聽聞此事，便親身過來一探，想看看是否眞有那麼玄妙。」卿遙目光灼灼地盯著樂越。「我覺得，道友應該也是爲了此事而來，說不定已經遇到過甚麼詭奇之事。」

樂越乾笑兩聲，心道，不錯，我是遇到了詭奇之事，夢遊回到了四百多年前。

卿遙興致勃勃地向樂越道：「道友，你既然一時想不起昏倒前的事情，說不定與我同去廢墟中探探會有收穫。」

樂越此時一片混亂，更不知該何去何從，心想答應卿遙的邀請說不定還有轉機，更可查探出此人是否有詐。

眼前的「卿遙」是受鳳凰指派，有意作戲欺騙的可能亦不是沒有。

幾天的九邑城坐鎮生涯讓樂越比以前果斷了許多，迅速思量後，立刻道：「好，那就有勞卿遙道友了。」

卿遙笑道：「客氣，對了，還不曾請教道友的姓名。」

樂越道：「在下名叫樂越。」

「卿遙」對這個名字毫無反應，只是拱手道：「那麼一路上還望樂道友多擔待了。」

樂越不敢相信地站在草叢中望向前方。

眼前的九邑城眞的是一片廢墟，假如這裡的確是九邑的話。

跨過殘破的城牆進入城內，滿目斷牆殘垣，蒼涼寂靜。

樂越和卿遙在碎瓦殘壁中穿行，地面上有橫七豎八縱橫的裂縫，卿遙道：「因地基嚴重被毀，此城就沒再重建，不知道再過數年，這裡能否重築樓閣，再起城池。」他找了一塊還算平整的石頭，用衣袖掃了掃灰坐下。「九邑是座古城，據說，上古仙魔大戰時，有天將率兵大破魔陣，在此處接受天庭封賞，天將行轅處建起城池，故名曰九邑。」

原來九邑竟有這等來歷，樂越心中驀然一跳，*這位天將，別就是應澤吧*。

這裡，眞的是九邑？

昭沅好像感應到他的念頭，用爪子在他懷中撓了撓：「這裡的確是九邑，味道沒有錯。」凡間的每處地方、每座城池都有獨特的氣息，這塊土地的味道，的確是九邑的。

而且，昭沅察覺到，這裡除了九邑的味道之外，還有種特別的氣息，若隱若現。究竟是甚麼，他無法判斷。

樂越若有所思地皺起眉，傳奇話本中有樵夫誤入山林，遇見神仙對弈，觀一局棋世間便過了數百年的事情。道書上也說，天庭有四個門，通往現世、過往、未來、無常四界。如果這裡眞是四百多年前，那麼他該如何回去？他不見了，九邑城中會出現怎樣的混亂狀況？安順王有沒有出兵攻城？

樂越心急如焚，想得出神，隱約聽見卿遙的聲音道：「道友，你在想甚麼？」

樂越猛地回過神來，連忙道：「啊，沒甚麼，我在想凡人終究難逃天災，不過九邑若眞是九邑，來日必定能重建城池，再度繁華。」

只是，沒有了天災，卻要遭兵禍。

卿遙頷首道：「道友說的極是。」

他們在廢墟中繞了一圈，除了碎磚亂瓦外，一無所獲。樂越道：「這裡有寶貝之事恐怕是以訛傳訛。」

九邑城罹難者眾多，又荒廢數年，有人從此經過，尤其在夜晚時，難免生出些別樣的聯想，流出點神鬼之說並不奇怪。

卿遙卻仍不放棄：「假如只是以訛傳訛，傳出鬼神之事便可，何必加上有寶物，或看到仙人飲宴如此格格不入之事？不如等到天黑再看看吧。」

樂越一時也無處可去，只得奉陪。

天已近黃昏，兩人在九邑廢墟旁的河流邊打水覓食。

樂越去撿樹枝生火，卿遙打開隨身的包袱取出乾糧，很隨意地向樂越道：「對了，道友，你懷中的那隻靈獸食葷食素？」

樂越吃了一驚，昭沅也嚇了一跳。

卿遙見樂越神色有異，笑了笑道：「道友放心，我只替你號過脈，將你拖出山洞，並沒有翻檢過你的衣物，只因你這隻靈獸的靈氣很特別，加之他在你懷中曾經動過，所以我才會發現。」

樂越神色不變地看著眼前的人，對他的話沒有相信多少，但，對方發現了昭沅，便沒有隱藏的必要。

樂越把手伸進懷中，將昭沅抓出來，托在掌心上。

卿遙立刻噌地湊過來，驚詫地打量昭沅：「道友，你的靈獸居然是龍。」他圍著樂越的手，上上下下仔仔細細地將昭沅看了一圈，嘖嘖讚歎：「是龍，眞的是龍。」昭沅感到此人目光充滿了好奇，但的確無惡意，末了，卿遙抬起右手，伸出一根指頭。「樂道友，我能否摸一摸？」

樂越道：「這個要看他願不願意。」

昭沅輕輕點點頭，感到卿遙的指尖小心翼翼地碰了碰自己的龍角，又碰碰鬍鬚，摸了摸他的脊背，最後還摸了一把他的龍爪，才戀戀不捨地離開。

「在下此生第一次見到眞龍，雖然小了點，卻果然如傳說般神奇。樂兄，不知道你從哪裡得到這條幼龍？」

卿遙滿臉羨慕，對樂越的稱呼直接從樂道友變成了樂兄。

樂越呵呵笑了兩聲：「昭沅是我的兄弟，偶然結識，卻曾同生共死。」

他話音剛落，手掌上的昭沅周身金光一閃，眨眼間，一個少年便站到了樂越身邊。

卿遙臉上的驚訝之色更甚：「原來，這位龍兄竟是位龍仙。」

昭沅站在樂越身邊，微微笑了笑，並未回話。他知道，卿遙客氣地稱他爲龍仙，實際十有八九是把他當成了龍精。他這樣以爲倒也好。

卿遙抬袖向他拱了拱手，向對待平常人般請教他姓名，昭沅也抬手回禮，簡單報上自己的姓名。

卿遙對見到昭沅之事很是興奮，道：「假如今晚九邑城眞有寶物現世，我們兩個再加上昭兄，一定可以將之輕鬆拿下。」

樂越有點無語，眼前這位仁兄，若是假扮卿遙師祖，未免太不敬業，種種舉止表現與可以降伏魔頭（應澤）、飛升成仙的師祖應有的形象相差太遠。

不過，這位卿遙的廚藝很好，一手烤野味尤其出神入化，樂越和昭沅差點連舌頭一起吃下去。他的習慣與洛凌之有些類似，隨身攜帶著幾個裝調味料的小瓶，一個皮囊中還裝滿了美酒，慷慨地分給樂越和昭沅喝。樂越謹慎地嚐了兩口，與平常的酒大不相同，充滿了野果的甘甜，醇厚濃郁，不由得問：「這是何酒？」

卿遙道：「猴兒酒。」

猴兒酒？樂越詫異：「這竟是猴兒酒？」他聽說過猴兒酒，據說是山林中通靈的猴子用野果釀的酒，尋常人極難得到。

卿遙道：「此酒並非一般的猴兒酒，去年我在西南一帶遊歷時，在山林中遇見一種靈猴，肋生雙翼，靈性極強。我隨行的包袱險些被它們摸去，後來僥倖擒住幾隻小猴，翼猴的首領就用猴兒酒向我換回小猴。」

樂越不由又直了眼，眼前浮起拍打著翅膀的飛先鋒。

吃飽喝足後，天早已入夜，頭頂的蒼穹好像一塊墨色琉璃，鑲嵌點點星芒，熠熠生輝，一彎弦月懸掛其上，九邑城的廢墟清冷寂寞，卻並無甚麼詭祕的氣息。

卿遙在前，樂越在中，昭沅在後，兩人一龍再度進入了廢墟中，搜尋許久，仍沒甚麼發現。

卿遙嘆了口氣道：「可能樂兄所言不錯，亦可能此寶貝與我們沒有緣分。」

樂越隨口問道：「卿遙兄是修道之人，凡俗世間之物應無罣礙，爲何對九邑的寶物如此執著？」

卿遙站在一道殘壁前，環視周圍，道：「不瞞樂兄說，我在修眞門派長大，從記事起便開始修習道法。兩年前，修爲突然凝滯不前，心中疑惑無法參破。浩浩大千，洋洋世界，道從何來，法從何生。何以爲仙，何以爲人，何以爲玄法，何以爲修煉。於是我便下山遊歷，尋覓種種玄妙之事，希望能開闊胸懷，參透一二。倘若不能看開根本，便永遠無法通曉眞正的道法含義。」

樂越聽得有點暈。他在青山派十幾年，名義上是修眞門派弟子，其實連基礎功法都沒好好修煉，幾乎全在爲了餬口奔波，到如今又摻和進皇位戰亂中，對於修道之人來說，簡直已墮落到萬丈紅塵最底層，與這種深邃的問題實在距離太遙遠。

他只能道：「這些疑惑的確只能自己慢慢開悟。」總算還記得道德經的兩句，不管驢唇是否對得上馬嘴，先拖出來道。「所謂道可道，非常道，名可名，非常名。」

卿遙微笑道：「今天遇見了樂兄和你的這位龍友昭兄，我心中的疑惑又能開解一二。」

他不知從何處取出一根竹笛：「此番有緣得見，我以一曲相贈。」

樂越見他沒頭沒腦祭出一桿樂器，警惕心油生，在江湖中，樂器往往等於兵器，樂曲往往是危險的魔音。

昭沅不動聲色向樂越身邊靠了靠。

卿遙已將竹笛橫在唇邊，一縷清揚的笛聲滲透進空中，婉轉悠然，樂越的心竟像被蕩滌過一樣，漸漸清明，數日來積壓在胸懷的煩愁鬱結淡化消融，在笛聲與和風中無影無蹤，胸懷中有了許久未現的開闊坦蕩。

好像天上的星星，也格外明亮了。

嗯？星星？

樂越忽然發現，天上的星星似乎漸漸大了起來，愈來愈大，白色的星光幾乎要連成一片……

笛聲戛然而止，樂越的手臂猛地一麻，是昭沅用法術電了他一下，同時聽到一聲沉喝：「樂兄當心。」樂越驀然清醒過來，卿遙已收起竹笛，抬首看向天上：「好像有事要發生，樂兄和昭兄請小心。」

有事？難道不是你吹笛子有意吹出來的事？樂越握住昭沅的胳膊，和他一起看向天上，那片星光已徹底連成一片，漸漸變得朦朧模糊，鋪展至整個天空，星光中，漸漸顯露出一副圖景。

有一名身著薄紗長裙的女子在天空中舞蹈，她身側有玉欄桂樹，似月宮的嫦娥，舞蹈所踏的樂曲悠悠蕩蕩，竟就是卿遙方才吹的那首，只是配合這女子的舞蹈，清澈全無，另生出嫵媚噬魂的味道。

昭沅白天感到的那股特殊的氣息慢慢濃烈起來，卿遙斂眉道：「是妖。」他身形一動，那根長笛已被他踩在足下，踏笛而起，直升入半空，一道劍光從他袖中直掃向天上的幻象！

樂越愕然。只這一瞬間的工夫，卿遙使了御器飛天與化氣爲劍兩種絕學，都是玄法中較高的招術，就連洛凌之也無法達到這種境界。

劍光直奔天上而去，半路化作一支銀箭，直射向女子身側的桂樹。

這是隨意化形術？化氣而成的兵器可以隨自己的心意幻化成各種形態，樂越只是聽說過，今天方才初次得見。

昭沅也聚集起法力，準備隨時迎戰，天上的幻象在銀箭尚未到達時驀然一變。

白色的星光瞬間蔓延出黑氣，黑氣眨眼間匯聚成了身穿黑甲、騎著黑色駿馬的萬千兵卒，鋪天蓋地直奔他們而來，無數張弓弩舉起，飛箭如雨。

昭沅的雙手聚出金色的光球，變幻成一個光罩，推上半天，飛箭頓時消失不見。

那些兵卒卻仍以千鈞之勢直衝而來，捲起的狂風連昭沅的光罩都微微顫抖，似乎頃刻間就要把他們踏成肉醬。

正在此時，卿遙卻突然在空中猛地一轉身，抬手間一道劍光徑直落到地上的某個方向，只聽噭的一聲慘呼，滿天的黑甲士兵和黑雲都開始扭曲變形，漸漸消散不見。

卿遙落到地面上，站定，向著腳下笑吟吟道：「終於抓住你了。」

昭沅收起法罩，和樂越一道走上前去，只見卿遙腳邊的某條裂縫中，正冒出熒熒的紅光。

卿遙從袖中取出了甚麼，向裂縫中一丟，手再一抬，一張白色的網兜網著一個冒著紅光的東西升出了裂縫。

此物渾身堅硬黝黑，居然是隻大蚌，兩扇蚌殼一張一闔，從殼內發出幽幽的紅光。

難道是附近河中的水妖爬到廢墟中作怪？

昭沅疑惑地道：「它……好像是隻海蚌。」對水族，他異常熟悉，尤其是海中的水族，絕不可能認錯。

卿遙和樂越都怔了，這裡是內陸，離海邊有十萬八千里，怎麼會有一隻海蚌藏在地縫中作怪？

海蚌在網兜中蹦跳了幾下，口吐人言，居然是女孩子的聲音：「龍君，救救我！龍君，救救我！我是西海蚌仙府的小蚌，被困在此處，無奈之下只好變幻幻術引人注意，希望水府能夠發現將我搭救。我並未傷過人，請龍君救救我，饒我性命。」

眞是一隻自報家門十分順溜的妖怪，樂越道：「我們也沒說會殺妳，是妳想殺我們吧。」

那隻蚌又跳了兩下：「那些只是幻術而已，根本傷不了人，只是膽小者會被嚇傷神魂而已。我眞的沒有傷人之意。」

卿遙道：「妳好端端一隻海裡的蚌精，怎會到內陸的九邑城廢墟中？」

蚌精的殼抖了兩抖，蔫聲道：「一言難盡。十幾年前，人間有位仙君投胎臨世，據說有妖魔覬覦，想趁他剛出世不久，奪他仙元。天庭派仙者保護，那位仙者恰好在西海作客，因妖怪會火術，就從西海借了一些海水，我當時正偷偷溜出水府玩耍……結果一不小心就……」

一不小心就被連水一起裝進了仙者的法寶袋，走到半路仙者與妖魔遇上，在九邑上空打了起來，使用水術時蚌精跌落凡間。

蚌精低聲下氣地道：「假如各位肯放了我，我定以寶物相贈。」

這隻蚌看來是個小角色，剛剛它蚌殼開闔時樂越瞄了幾眼，裡面連顆珍珠都沒有，能拿出甚麼像樣的寶貝？

蚌精急於保命，蚌殼抖了兩抖，撲地噴出一口紅煙，幾件東西從煙霧中掉落在地。

「這些都是我昔年在海底時撿到的東西。」

樂越看了看那些東西，有點無語。

銅鏡、鑲嵌著明珠的簪子、象牙梳、銀質掐絲的小妝盒，只有兩、三塊亮晶晶的東西貌似是紅藍寶石，應該還值幾個錢。

這些東西約莫都是它從海底的沉船中撿到的。樂越於是正色向蚌精道：「若妳果眞沒傷過人，這位卿遙道長當然會放過妳，豈會平白要妳的寶物，快快收起來吧。」

卿遙手一抖，收起了網兜，那隻蚌精得以脫身，重獲自由，激動得蚌殼亂顫，道：「多謝幾位不殺之恩，我願意做兩位凡人俠士的靈使，聽憑調遣。」

樂越連忙一口回絕道：「不用了。」

這隻蚌精一看就很傻，絕對成事不足敗事有餘。

樂越清清喉嚨：「我們行俠仗義而已，不圖回報的，是吧，卿遙道友？」

卿遙的眼角彎起：「樂道友說的極是。不過總要將這隻蚌精送回西海，眼下我正好也沒事，就走一趟吧。」他很期待地看看樂越和昭沅。「兩位要不要同往？」

樂越抓抓後腦：「呃，不了，實在抱歉，我們還有火燒眉毛事要辦。」

卿遙的神情有些遺憾：「那便算了，等天亮在下就出發，樂道友保重。」

樂越抱拳道：「卿遙道友你也保重。」

他轉身想趁夜趕回那個山洞去，他總覺得這件怪事的關鍵說不定在那個法陣上。

卿遙卻道：「樂兄請留步。」從袖中抽出一本書冊，遞到樂越面前。

「樂兄靈根甚佳，雖不從屬於玄道門派，亦同道法有緣。這裡有本書冊，也是我偶然得到的，說不定對樂兄有所幫助。」

樂越詫異地接過書冊，夜色中看不清楚字跡，他也無心去看。

今晚的事情，及這個和師祖同名的人的作爲，總讓樂越覺得有點奇怪。

接過書冊的一瞬間，他竟有了種奇怪的感覺，面前的人，千眞萬確是卿遙師祖。

在樂越的記憶中，這位師祖的事蹟如傳奇般精彩。

他是公侯世家幼子，因出生時天有異象，八字奇特，在襁褓中就被送進了天下第一派清玄派修習玄法。

六歲通讀諸經，八歲劍法小成，可御器飛天，十歲時練成化氣爲劍，十二歲氣形隨意，十四歲仗劍誅妖，十六歲遊歷天下。

他遊歷數年，寫出數本修習心得、四海見聞，二十餘歲時助天庭剿滅大魔頭，就是應澤，飛升成仙。

清玄派自創派以來，有如此輝煌人生的，他是唯一一個。

從年齡到方才使出的武功，都只有眞正的卿遙師祖全部符合。

可爲何卿遙師祖會和他在四百年前的九邑廢墟中遇見，還吹曲結交、贈送書冊？

樂越心中團了一團亂麻，他打算回去找到法陣後再慢慢梳理。

昭沅拋出兩團光球，當作燈籠替樂越照亮腳下，卿遙道：「樂兄能結識昭兄，眞是難得的奇遇。」

樂越心中一動，向卿遙道：「道友來日有緣，說不定會比在下的奇遇更甚。」

應澤殿下那條老龍可是異常珍稀的上古龍神。

卿遙淡淡笑了笑，一陣風吹過，昭沅拋出的兩顆光球繞著他和樂越轉了個圈兒，劃出一道圓形的光圈。

樂越眼前的卿遙身形竟然模糊起來，藍色的衣衫似乎變了顏色，不光是卿遙，四周的一切都模糊起來，昭沅猛地抓住了他的手臂，揮袖想收回光球，金光異常刺眼起來，樂越眼前一片純白，腳下驀地一空——

砰，他急速地墜落，最終重重落到了甚麼東西上。

漫天金星閃爍，眼前的景色突然一變。

一個熟悉的聲音充滿喜悅地道：「醒了，終於醒了！」

樂越茫然地轉動眼珠，一張張熟悉的人臉出現在他的視線中。

琳箐、杜如淵、杜如淵頭頂的商景、洛凌之、孫奔、飛先鋒……

琳箐撲上來，一把抓住了樂越的手臂：「你睡了三天三夜，總算醒了！」

樂越動動僵硬的腦袋，掙扎著坐起身，洛凌之上前扶了他一把，其他人都用一種慎重的眼光盯著他，好像他是個重病號。

樂越心中一驚：「昭沅不在？」

琳箐嘴角抖了抖：「果然被雷劈傻了，他就在你懷裡你感覺不到？」

樂越的懷中應聲蠕動了一下，昭沅從他的衣襟中探出頭。

琳箐拍手道：「好了，他也醒了，你昏迷他也昏迷，可嚇死我們了。這幾天商景沒少耗費法力，生怕你們醒不過來了。」

樂越拍拍自己混沌的腦袋：「今天，是哪年哪月？」

琳箐眨眨眼：「寧瑞十一年五月初九啊，現在是半夜，馬上就到五月初十了。」她跺跺腳。「說起來安順王眞夠狡猾，派了幾隻鷹對付你們。鳳桐的哥哥，那個甚麼國師鳳梧親自對付我和孫奔。

倘若孫奔身邊沒我在，他一定完蛋了。不過那隻花鳳凰怎麼會是我的對手，只是我被他纏住，一時沒顧及到你們那邊的狀況。等我趕過去的時候，你已經被劈暈了，有幾個敵營的兵舉著刀子往你們那邊走，傻龍居然蹲在你懷裡畫圈圈。畫圈圈頂個鬼用！要不是我來得快，樂越就真的完了！」

她一口氣說完，一把從樂越懷中揪出昭沅：「你呀，這次能打敗那幾隻鷹把樂越從雷劈中救出來，本來是應該讚你長進飛快的。切記下次不要畫圈圈了，不行就使個遁術嘛，火遁我教你，土遁商景教，水遁應澤教，等你畫完一個圈，刀子早砍下來了，話說你從哪裡學的畫圈圈啊！」

昭沅扭動了一下身體，從琳箐連珠炮似的話中插進一句疑問：「妳……是在我畫法陣的時候救樂越的？」

琳箐點頭：「是呀，確切來說，你還沒畫完我已經到了，等你畫完一個圈，我已經把那幾個兵用法術迷暈了拎起你們跑了，難道你畫完圈就暈了，沒感覺到？」

昭沅愕然，樂越也僵在床上，這麼說，四百多年前的九邑、名叫卿遙的人、廢墟、蚌精，真的都只是夢？

樂越和昭沅不由自主互望一眼，都從對方的目光中明白到，他們兩個，同時經歷了那個夢。

樂越用力地抓抓頭，琳箐急忙制止道：「你的頭被雷劈過，不要亂抓呀！」

樂越索性翻身下床站起，一本書冊突然啪嗒從他懷中掉落地上，樂越抓起那本書冊，卻不是他藏在懷中的《奇玄法陣書》，墨藍的書皮上寫著三個字——太清經。

《奇玄法陣書》還好端端地在他的懷中。樂越怔住。

琳箐驚訝道：「樂越，原來你現在還在練道法，你想學的話，我讓人從崑崙山給你送一些來，我們崑崙山的道經，要多少有多少……」

孫奔向前一步，打斷琳箐的話：「樂少俠，現在不是研究道法的時候，你即將自身難保，還是想想今後該怎麼辦吧。」

杜如淵點點頭：「越兄，其實你昏迷的這幾天，九邑城出了點亂子，朝廷與江湖門派達成了協議，南宮家的兩位和其他江湖人士都要撤出九邑了。」

杜如淵頓了頓，露出更嚴肅的神情，接著道：「安順王已經發下招安令，九邑之亂，純粹因你和龍神而起，百姓將士都是無辜受牽連，只要將你押解送官，九邑全城及參與此戰的所有將兵人等，皆可無罪，朝廷還有安撫賞賜。」

九邑城中人心浮動，安順王的招安令一發，動搖者不在少數。

大多數的平民百姓都懼怕戰亂，因為戰亂一起，他們是首當其衝的炮灰。

琳箐恨恨道：「這些凡人真不值得相幫，若不是我們，九邑早就被滅城了，他們現在竟然相信安順王的話，以為官兵攻城是因為樂越，要把樂越交給安順王換自己的平安！還有那些江湖人士，甚麼江湖義氣呀，一聽可以離開，個個恨不得騰雲駕霧離開九邑，現在行李都收拾好了。」

昭沅在琳箐手中掙扎兩下，渾身光華一閃，變化成人形模樣，只是衣領還被琳箐拎在手中。

琳箐詫異地鬆開手，彈彈他的額頭：「不錯呀，竟然恢復了。」忽而又皺起眉，手掌擱在昭沅頭頂和他比了比身高。「我怎麼覺得你好像比之前高了一點。」

是嗎？昭沅抓抓頭，他只覺得身體中的法力比以往充盈了許多，但沒察覺自己人形有甚麼變化。他憂心忡忡地開口道：「那我們現在該怎麼辦？」

琳箐哼道：「那群凡人再修煉一萬年，想從我手中搶出樂越交給安順王也是作夢！既然樂越醒了，乾脆我們走掉算了，九邑城的人和那些江湖人愛怎樣怎樣吧，看看沒了我們，朝廷和安順王是不是眞能饒了他們。」

杜如淵搖搖扇子：「琳公主，妳這話太過偏激了，正如妳所說，這些人不過凡人而已，愛惜性命乃人之常情。」

樂越開口道：「不錯，像南宮夫人他們更因爲是大門派或世家中人，假如眞的得罪朝廷，可能會連累整個門派遭殃。」

杜如淵接著補充道：「就好比琳箐公主妳，假如要和天庭作對，大概也會考慮一下會不會連累整個麒麟族吧。」

琳箐被噎了一下，拉下臉別過身：「好吧，樂越你和杜書呆一唱一和，話說得冠冕堂皇又偉大，難道你要拿根繩子把自己捆了獻給安順王？」

樂越笑道：「當然不會。」他雖自詡俠義，但還沒偉大到這個份兒上。他打算天亮後先去見見那些江湖人再說。

清晨，樂越步入議事廳，江湖人士已候在廳中，樂越請高統領派人通傳他們而來，此時見到樂越，紛紛賀喜他平安無事，但神色之間皆隱隱帶著羞慚和不安。

樂越落坐後，南宮夫人躊躇了下，道：「大約……樂少俠已經知道了，我等明日將要離開之事……」

樂越點頭，南宮夫人嘆息道：「我們實在愧對少俠，但事關整個家族門派……」

樂越道：「夫人不必如此，九邑被困以來，如果沒有夫人和各位幫忙，可能早就城破。現在能贏得安順王下招安令，戰亂可免，是件好事。」

在座的江湖人面上愧色更重，南宮夫人道：「樂少俠胸懷坦蕩，不愧是龍神選中之人，不知少俠接下來如何打算？」

樂越尚未開口，一旁的杜如淵道：「越兄昨天半夜剛醒，知道安順王下了招安令後，就打算拿自己去換九邑的平安，我等勸他到天亮，唉！」

廳中的江湖人士連同一旁站著的親兵僕役皆變了顏色，南宮夫人道：「安順王此舉，顯然是離間計，樂少俠千萬三思，不要中計！」

樂越被眾人崇敬的目光看得渾身寒毛根根豎起，剛張了張嘴，杜如淵又搶在他之前道：「我等昨天就這樣勸過越兄了，可是他執意如此，說既然是安順王親口所言，相信不會違諾，即便是計策又如何？」

眾人看向樂越的目光頓時更加崇敬了，好像在看一頭自願爬上烤架供人果腹的豬。樂越渾身越發不自在，他一向心懷大俠夢，希望能憑自己的實力讓眾人心悅誠服，杜如淵的這番謊話和強按在他身上的「偉大」光圈，讓他渾身難受。

坐在他身邊的昭沅一派迷茫，忍不住也想插嘴，一旁的琳箐不動聲色地在他胳膊上擰了一把，豎起眉毛，昭沅識趣地牢牢閉上嘴巴。

眾江湖人士感動之下圍著樂越懇切相勸，杜如淵一隻手按在樂越肩上，動情地道：「樂兄，你看，所有的人都不贊同你這樣做，你一定要考慮清楚……」

樂越只得乾巴巴笑道：「眾位放心，就算到了安順王軍中，我也未必有事。」

南宮夫人搖頭道：「聽聞國師馮梧正在安順王府中，他的手段世人皆知，即便樂少俠你有龍神護身，恐怕也……請務必三思。」

樂越僵笑著搖頭，頓了頓，突然站起身道：「呃……在下感覺還是有些不適，想再回去躺一躺。」

眾江湖人士紛紛向樂越道「保重」，目送他腳步沉重地離開，杜如淵等人已追了上去。

一行人剛走到迴廊拐角處，南宮苓自後面急急趕來，將一塊玉牌遞到樂越面前：「樂兄，嬸娘讓我送這塊令牌給你，待九邑之事平安解決後，樂兄若有難處，可拿這塊令牌到金陵碧衣巷，我南宮世家上下聽憑差遣。」樂越接下，剛要開口道謝，南宮苓滿臉漲紅，低頭道：「樂兄，我……有時恨不得我不是南宮家子弟……這次事後……我實在無顏再見樂兄，更沒臉再讓樂兄拿我做兄弟……唉！」轉身匆匆離去。

眾人回去樂越的房間，杜如淵闔上房門，頭頂的商景周身綠光一閃，在門上加了道法術屏障，杜如淵笑道：「好了，越兄，你若有不贊同，可以儘管說了。」

樂越拉把椅子坐下，難得鄭重地凝起神色：「杜兄，南宮夫人等人與我們眞心相交，唱一出劉備摔兒子一般做作的戲碼有些不大地道。」

杜如淵在他對面坐下，敲了敲扇子：「越兄，安順王招安令一發，九邑城中的兵馬不會再爲你所用，如今之計，只有走仁義這步棋，多多籠絡人心而已。」

樂越皺起眉：「我不是那種眞的會自己送上門去讓安順王抓的聖人，這般做作，不算大丈夫。」

杜如淵揚眉：「那麼請越兄告訴我，何爲不做作？何爲大丈夫？如今你的身分天下皆知，叛黨兩個字就刻在腦門上，不快快培養實力歸攏人心，難道眞束手等死？」

琳箐插嘴道：「是呀，這次我贊同杜書呆，以詐換詐而已，難道他們在你面前的表現就都是眞的？」

樂越沉默。廳中氣氛一時有些凝結，昭沅默默地在樂越身邊坐著，洛凌之一言不發。孫奔抱著手臂在一旁看熱鬧，應澤滿臉肅然地和飛先鋒一起剝核桃。

樂越再開口道：「我們這次在九邑，純粹爲了保命，本就沒有謀權奪位的打算，此時此刻假意做作，倒把事情搞變味了。」

杜如淵笑了一聲：「原來越兄還當自己沒有造反，這讓我等和你同被打作亂黨的人情何以堪。罷了，樂越少俠若不齒在下作爲，從今之後，在下便不再多管閒事。只是我覺得樂少俠此刻也頗有幾分做作之嫌。」起身開門，揚長而去。

昭沅愕然，樂越和杜如淵竟然吵架了？

從這天上午起，杜如淵和樂越沒再說過話，氣氛十分尷尬。

昭沅很愁苦，他去找琳箐和洛凌之商量，琳箐只搖頭：「他們兩個的臉現在都拉得好像驢頭那麼長，去勸肯定會碰一鼻子灰，算啦。」

洛凌之則語重心長：「越兄和杜兄這次的事情看似小事，實則卻是根本的觀念分歧，倘若不能自行解開，定然會留下隱患，今後無法融洽相處。」

昭沅似乎有些明白，又似乎不明白，只能去找應澤解惑，應澤含著核桃糕摸摸他頭頂：「凡人小兒吵架而已，實在無聊，無須理會。來替本座捏捏肩膀。」

於是昭沅替應澤捏了一下午的肩膀。

這期間看似一片太平，卻暗流湧動，樂越醒轉之事已傳遍全城，眾人都在等待，看他做何反應。城中已有因此事結成的祕密組織，甚至前來遊說兩位副將和高統領，暗示能否設法將樂越等「請」到安順王處。

昭沅從應澤處出來，在院中兜了個圈兒，但見王府中的人神色異樣，明顯各懷心思，城中的情況可想而知。

他在內院徘徊，走到杜如淵住的廂房門前，悄悄向內張望，杜如淵正在桌邊看書，廂房的門突然自動嘎吱打開，昭沅詫異，只見商景蹲在杜如淵頭頂向他頷首。

昭沅邁進房內，杜如淵放下書，微笑道：「找我還是找龜兄？」昭沅在他身側的椅子上坐下，斟酌著開口道：「我剛剛到院子中轉了轉，好像很多人都希望把我們獻給安順王。」

杜如淵道：「你們還昏著的時候就這樣了，人之常情。」

昭沅低頭：「嗯，幸虧你早上在那些江湖人面前說，樂越打算去安順王那裡換整個城平安，要不然他們可能已經要動手了。」

杜如淵淡淡道：「動手也沒甚麼，有麒麟公主、龍神你和龜兄在，我們這些人離開此城綽綽有餘。」

昭沅觀察他的臉色：「你是不是還在生樂越的氣？」

杜如淵捲起書冊，搖了搖：「否。我並非在和樂兄慪氣，只是他必須做出一個我們這些人都在等的決定——選好要走的路。到了這個時候他若還決定不了下一步要做甚麼，出了九邑之後，我們這伙人還是趁早散了各走各路爲好。」

天要黑時，昭沅回到樂越的房間，發現樂越竟然也舉著一冊書坐在床邊。只是此時房中一片昏暗，恐怕他看不到書上的字，舉著書的樂越兩眼發直，目光呆滯，不知已神遊到了何處。

昭沅彈彈手指，桌上的油燈瞬間燃燒起來。樂越拋下書冊，將胳膊枕在腦後，嘆了口氣。

昭沅輕聲道：「我去找過杜如淵了。」

樂越沒說話，昭沅接著道：「他說，他並沒有生氣，只是在等你做決定。」

樂越瞇起眼，神色中充滿了昭沅從未見過的陰沉，不過他的這副神情轉瞬即逝，眨眼間已恢復爲平常的模樣，打個呵欠向昭沅道：「這件事明天再說，應該快吃晚飯了吧。」

昭沅隱隱有些不安。

夜半，樂越自房中走出，踱到迴廊台階處坐下，抬頭看天。

夜空浩瀚，繁星如銀，樂越心中卻有一股躁狂之意隱隱翻騰，被他拚命壓下。

今日與杜如淵的爭執，只有樂越明白，自己的暴躁另有原因。自從在紫陽鎮知道了身世的真相後，一股走火入魔般的恨意便一直壓抑在他的心底，並且不斷膨脹擴大，恨意帶著濃烈的嗜殺之氣，幾乎要從內裡將他整個人吞噬，在他的心中喧囂——報仇！要報仇！讓他們血債血償！

在杜如淵說出那番替他製造仁義形象的假話時，樂越的心中忽然生起了一個近乎瘋狂的念頭——

他可以趁這個機會，進入安順王的大營，殺掉安順王！殺掉正在他軍中的國師馮梧！

他的腦子不由自主地飛快轉著這個計畫——假借束手就縛的機會，借助琳箐、昭沅和商景的力量，足可以滅掉馮梧，然後再殺死安順王……

清醒的理智不斷地想把這個念頭壓下去，憑他現在的實力，即便到了安順王的面前，也未必傷得了他。況且，當年血覆涂城之事還有些地方他弄不明白。究竟父親和母親是被安順王還是被白震和周厲所殺？和氏的血脈流落在外百年有餘，護脈鳳神爲何突然得知？

但那股嗜殺之氣卻在不斷誘惑他，要嘗試，要報仇！

內心如此翻騰時，總有一股清明之氣將其壓制，將樂越從躁狂的邊緣拉回。

那是在青山派中，那些清苦卻快樂的歲月蘊化在他心中的清明。樂越想，也許師父知道他的身世，可師父總和他說，樂山、樂水、樂世、樂生、樂天，這是修道之人應有的心境。

還有在紫陽鎮中，刺蝟精的鏡子中所見的母親的面容，及她在佛堂前所說的話——民女李劉氏，求菩薩保佑我未出生的孩子此生平順。不求他爲官做宰，豪富顯貴，但求平平安安，做個一生安樂的好人。

樂越深深吸一口氣，仰望蒼天。

夜色中，突然有聲音道：「越兄，你還沒睡？」

樂越循聲望去，只見對面的屋脊上站著一個著長衫的身影，依稀是洛凌之。

顯然洛凌之是外出剛歸，樂越有些詫異：「洛兄你出門了？」

洛凌之躍落地面：「方才出去轉了轉，看看城中的情況。」

樂越沉默地點點頭，城中現在是甚麼情況，他猜也能猜得到。

洛凌之拍拍樂越的肩膀：「越兄，凡事隨心而爲便可，不必顧慮太多。」

樂越吐出一口氣：「有些事情不能不做，必須要做。」

洛凌之凝目注視他：「你想找安順王報仇？」

樂越握緊了拳：「父母之仇，我一定會報。不只安順王，還有鳳凰。」

洛凌之沉默片刻，道：「但憑你一己之力，很難對付得了安順王。眼下這般境況，若非……」

樂越接口道：「若非有琳箐、昭沅、應澤等，我根本已經性命難保。」

安順王困住九邑按兵不動根本不是想引自己這方出戰，而是從頭到尾未將他們放在眼裡，因爲他根本只要一句話，就能將九邑城中這個小聯盟徹底擊垮。

樂越嘆氣道：「洛兄，其實我現在心中很迷惘，尤其是這些天來，我越來越迷惑，不知道自己到底算個甚麼。一無所有，一無所長，如同螻蟻。一隻螻蟻，何能撼動天。」

洛凌之靜立少頃，忽而笑了一聲：「假如應澤殿下在這裡，一定會告訴樂兄，只要想要天，天就是你的，沒有滅不了的天，沒有翻不了的地，沒有打不倒的玉帝！」

應澤負著雙手睥睨天地的模樣頓時浮現在眼前，樂越不禁也笑起來。

洛凌之道：「昔日曾有一高僧與師尊論道，我有幸在旁聆聽，但聽他說了一句話，至今難忘——從一片樹葉上可見世間眾生，一粒塵埃內便有一個大千。我們都是自幼修道，所謂道心自在，世事往往難料亦難左右，但求心中坦蕩，便是隨心而爲。越兄，你心中最想做的是甚麼？如何做，來日才不會後悔？」

依本心而為。樂越心中隱隱約約開始浮起一個輪廓。他長吐一口氣，朗聲笑道：「洛兄，多謝開導。經你提點，我想通了不少。」

洛凌之微笑道：「我只是胡亂說幾句，誤打誤撞，有幸能幫到越兄一二而已。」

夜幕中兩人一同看向天幕，樂越覺得胸中的清明之氣又開闊了許多。

昭沅藏身在遠處的角落裡，遙遙望著樂越和洛凌之。他知道樂越心中煩悶，但幫不上忙，洛凌之方才開導樂越的話，他說不出來……

半夜，樂越正在酣睡，昭沅變回龍形，鑽到他的枕邊。

他有一處自己的臥房，卻仍然習慣每天這樣蜷縮在樂越身旁，他將腦袋擱在樂越耳邊，保證般地道：「我會保護你。」隨即閉上雙眼，也沉入深深的夢中。

第二天一早，九邑城中的氣氛特別凝重。南城門下，車馬雲集，一些江湖打扮的人立在車馬邊靜靜等待。這是武林各門派世家派來接應的人。

卯時末刻，緊閉的城門緩緩打開，困在九邑城的江湖人士陸續走出，他們皆很沉默地迅速上馬或登入車中，馬匹調轉方向，飛奔著離開。

南宮夫人和南宮苓幾人夾在眾人中間走出，登上馬車前，南宮夫人抬頭望向城樓方向。城樓上，樂越一行正注視著下方，南宮苓翻身上馬，向著樂越等遙遙一抱拳，打馬離去。

九邑城中的百姓聚攏在城門邊，議論圍觀，城樓上的龍少君究竟會做何決定，九邑即將面臨的，是新的戰亂還是平安？

江湖人士們的身影漸漸遠去，突然，馬蹄揚起的塵埃中，七八道身披鎧甲、騎著戰馬的身影出現，風馳電掣地向著九邑的方向衝來！南城門頓時飛快關閉，城樓上的兵卒架起弓弩，嚴陣戒備。

那幾道身影在城門前數丈處勒馬停下，為首一人高聲道：「逆黨首領樂越何在！我等奉國師與安順王爺之命前來傳話，望你快快束手就縛，莫再以滿城無辜百姓的性命為要挾，負隅頑抗！此時幡然悔悟，還能留你全屍！」

琳箐滿臉厭惡：「呸，眞是無恥！明明是他們想要殺掉整城的人，卻反過來污蔑樂越，太不要臉！」

杜如淵袖手站著，一言不發。

孫奔露牙笑道：「樂少俠的決定做了沒有，難道眞要應了杜世子所言？」

四周一時靜默，城樓上的兵卒們亦都在暗暗等待著樂越的反應。

風吹動旗幟的獵獵響聲中，樂越跨前一步，向著城樓下朗聲開口：「城下來使，勞煩替樂某捎句話給安順王，若他當眞承諾不傷九邑城一磚片瓦，在下願收手停戰，但我有幾句話，想與安順王當面一談，不知他可敢見我！」

樂越說話時用上了內力，加上琳箐與昭沅暗中幫忙，清晰清朗地傳開，城樓上的兵卒、城門前的傳信使、城樓下圍觀的百姓，都聽得一清二楚。

為首的傳信使哈地一笑：「不愧是叛黨首領，好大的口氣！王爺現在就在大營中，你敢不敢入我軍營拜見？」

琳箐冷笑道：「喂，為何不是你們安順王來九邑城見樂越？難道安順王只敢躲在軍營裡，連說句話都要派人轉達？」

那傳信使大笑道：「果然，爾等叛黨口口聲聲說願收手停戰，卻還是拿九邑城中無辜百姓做要挾，不敢出城半步！」

孫奔嘖嘖道：「看來安順王帳下人才濟濟，一個傳信的小卒就如此牙尖嘴利，連激將法都用上了。」再斜眼看樂越。「城下正激將，樂少俠打算如何？」

樂越朗聲笑道：「既然王爺不敢來九邑，那麼在下便去營帳處拜會又有何妨？」

話音落，他縱身躍起，使出正宗的青山派輕功踏雲步，腳尖在城樓護欄處一點，徑直落下。風，在耳邊呼嘯，這一刻，樂越渾身充滿了從未有過的豪邁，城樓上和城樓下的人皆露出了驚詫的神色。只在一個呼吸間，樂越的身影突然凝住，一道青光托在他的足下，將他定在了半空。

青光擴散，化作一個巨大的龜影，馱著樂越漸漸升起，樂越的身邊浮現出另一個身影，向著地面上的傳信使們微笑道：「勞煩各位引路，少君與我等這便去拜會安順王爺。」

傳信使們不愧是安順王帳下的人物，片刻後迅速從木雕泥塑的狀態中恢復過來，一言不發地調轉馬頭。

琳箐在城樓上跺腳：「杜書呆真狡猾，反應太快了，和商景把風頭都搶光！咱們快跟上。」一把扯起昭沅，飄落向商景的龜殼，孫奔按住城牆翻身一躍，與飛先鋒一道也跳上龜背，笑嘻嘻地說：「帶孫某一道看個熱鬧吧。」

應澤和洛凌之也隨後跟上，巨龜馱著眾人向北方營帳緩緩飛去。

杜如淵負手意味深長地道：「越兄，站上了這個龜背，可就下不來了。」下巴輕點，示意樂越回首。

樂越回頭看去，只見身後城樓上，方才呆怔愕然的兵卒們皆向著此方俯首跪拜，這一刻，樂越已眞正成爲他們心甘情願臣服的少君。

樂越轉回身，前方碧空開闊，雲靄之中，鳳凰的七彩斑斕之氣隱約浮動，安順王的大營，已越來越近。

當前方地面上隱約可見綿延的營帳時，天空中突然雲霧翻騰，一道七彩霞光自營帳中沖天而起，清鳴聲中，幻化作一隻碩大鳳影，鳳影的背部站著一人，一襲雍容的錦袍，面目與鳳桐有幾分相似。

國師鳳梧。

樂越與昭沅同時凝起神情，昭沅悄悄握緊了拳頭。

鳳梧望向樂越一行，微微瞇起眼，幾隻鷹隼搧動翅膀，環繞在他身周：「據說一條不安分的小泥鰍最近想要興風作浪，站出來與我一見。」語氣之中，竟全然未將揹負眾人的商景與樂越身邊的琳箐放在眼裡。

他腳下的鳳影在他話音落時昂起頭，再次清啼，鷹隼則惡狠狠地向著樂越等人撲來，鳳影的口中也吐出了一道閃電！

琳箐的長鞭剛要甩出，手忽然一頓，被一股無形力道牢牢壓住，與此同時，一道無限強大的幽黑氣息鋪天蓋地，應澤負手在琳箐身邊輕描淡寫地吐出一個字：「滾。」

幾隻鷹隼在瞬間灰飛煙滅，鳳影慘嘯一聲，雙翅震顫，化作虛無。

半空中鳳梧臉色慘白，踉蹌後退數步，勉強站定，竟還硬扯出了一絲微笑：「沒想到竟有位上君在此，小神失禮了。」

應澤哼道：「區區小鳥，竟敢在我龍族面前如斯狂妄。若非本座懶得插手小輩之間的爭鬥，凡世中還能有你族立足之處？還不快快滾開。」

鳳梧倒是個能屈能伸的角色，緩緩揩去嘴角血跡，躬身道：「既然上君蒞臨，小神理應回避。」一揖之後，飄然退去。

應澤掃了昭沅一眼，淡淡道：「看見了沒，臉皮厚，識時務，不管是塵世還是天界，多得就是這種欺軟怕硬的東西！只要夠強，你就能居於上位，甚麼都是你的，你就是天道。」

琳箐插嘴道：「是的是的，而且還能想翻天就翻天，想覆地就覆地，想打倒玉帝就打倒玉帝！您的教誨我們都爛熟於心，眼下還是先讓樂越解決他和安順王的事情吧。」

昭沅立刻點頭。

商景緩緩下降稍許，在空中停住。

地面上，一頂營帳中緩緩步出一人，身著鶴紋袍，頭束金冠，抬首看向半天空，和藹微笑：「站在最前方的這位小友，與本王在九邑城外有一面之緣，想來就是樂越樂少俠。」

樂越瞳孔收縮，心中的恨意再度掀起巨浪。就是此人，殺了他的父母；就是此人，領兵血覆涂城；就是此人，雙手染透鮮血，還在雲淡風輕地微笑。

但在此時此刻，他必須壓抑住情緒，用平靜的語氣道：「在下已宣布停戰，離開九邑城，希望王爺能遵守承諾，不傷害九邑一草一木。」

安順王藹聲道：「樂少俠此舉甚是明智，少俠請放心，本王奉朝廷之命行事，從來只平亂黨，不傷及無辜。」

不傷及無辜？樂越忍不住想要大笑：「另外，我來見王爺，是想當面問明一事。十幾年前，王爺血覆涂城，可記得有個客商，名叫李庭？」

血覆涂城幾個字一出，安順王周圍的副將兵卒臉色均變。但安順王卻自始至終一副從容的神色，微微皺眉，作思索狀道：「樂少俠所指，可是十幾年前百里氏造反、涂城兵敗之事？那一戰，本王的確是主帥之一，城中無辜百姓被戰火連累，傷亡甚多，令人嘆息。樂少俠所提之人，莫非也在其中？本王對此名，卻全無印象。」

樂越胸中有甚麼爆裂開來，熱血燃燒著衝上了頭頂，他聽見自己斷聲道：「安順王！十幾年前，因爲一個可能是百餘年前和氏皇族遺落的血脈，因爲一個客商李庭，你殺了涂城整城的百姓，殺父殺母之仇，殺全城百姓的血債，我一定讓你償還！」

安順王撫鬚，竟然又微笑起來：「原來樂少俠是要找本王報仇。不知想把日期定在何年何月何日？本王想，定然不是今日。」

樂越渾身的關節都在顫抖，卻不由自主地問：「爲何？」

安順王的目光落在他身上，依然掛著那副從容的神情：「今日少俠前來，腳踏神通，陪同者皆來歷不凡，就算滅掉整個兵營，恐怕只是瞬息之間。但樂少俠讓本王想到了一個詞，所以你找本王報仇，日期定然不是今日。」

樂越再跟著問：「爲何？」

安順王道：「因爲樂少俠讓本王想起的詞是——狐假虎威。」

樂越渾身一顫，瞳孔再度急劇收縮，拳頭攥得幾乎要滴出血來。

安順王自然沒放過他這些細微的動作，目光鎖在他身上：「若無外力相助，樂少俠找本王報仇尚未夠資格。」

兩句話，直擊樂越的短處，安順王從容的目光是最大的不屑，將樂越從頭到尾擊潰成粉末。

龍神麒麟站在左右，玄龜親自揹負，甚至還有上古應龍帝君坐鎮，但「樂越」依然是個無甚所長的少年，除了會說幾句大話，一無所有。

安順王的話明明白白地凝練成三個字：「你不配」。

連報仇，都還不配提。

一直抱著手臂冷眼旁觀的孫奔忽然沉聲道：「杜世子，請龜神老人家先撤離此地吧。樂少俠不是安順王的對手，再待下去，單憑幾句話，安順王就能讓他心神潰散。」

昭沅一直擔憂地望樂越，樂越的雙目中已爆滿紅絲，臉與頸部漲成了紫色，手正慢慢伸向腰間，握住了劍柄！

下一瞬，樂越拔劍的動作突然頓住。

琳箐揚聲道：「安順王，今日我們只是過來打個招呼，將來一定選個良辰吉日，完成約定之事。」

安順王拱手：「本王十分期待。」

商景緩緩升高，調轉方向，朝著南方而去，許久之後，落在一處荒涼的山頂。

待雙腳踏上地面，洛凌之才抬手解開樂越的穴道，歉然道：「越兄，抱歉，方才怕你把握不住情緒，貿然封了你的穴道。」

樂越的手慢慢從劍柄上鬆開，一言不發地僵僵站著。

孫奔不鹹不淡地道：「樂少俠，孫某本以爲你經歷過九邑之戰，能稍有長進，沒想到做事仍然如此讓人啞口無言，你今天在安順王面前說的那番話，比放屁還多餘。」

樂越一動不動地沉默，琳箐狠狠地瞪向孫奔。

樂越突然啞聲開口道：「的確多餘。」昭沅用前爪拉拉他的衣袖，樂越眼中的血絲漸漸消退，臉色也已恢復了正常。「不過，唯有當面交鋒之後，我才能徹底看清自己到底是個甚麼東西。」

孫奔道：「樂少俠之後作何打算？」

琳箐再瞪他：「你幾時如此關心樂越了？」

孫奔露出白牙道：「我與樂少俠畢竟都身負血仇且仇人相同，所以孫某是誠心與你們合作。倘若樂少俠沒別的打算，不妨考慮與孫某一道同去邊關投軍，那裡是個積戰功得兵權的好地方。對付安順王和朝廷，必須握有兵權，可惜，九邑的兵馬是沒有指望了。」他的嘴再咧得大一些。「當然，如果杜世子的父王肯做樂少俠的後盾，孫某就不用萬水千山奔赴邊關了。」

杜如淵無奈搖頭：「我爹……恐怕已與我斷絕父子關係……很難……唉，我等就是白手起家靠自己的命啊……」

那麼難道眞的要去邊關投軍？昭沅和琳箐不由自主看向樂越，應澤傲然道：「無兵，去搶他幾萬；無城，去佔他幾座便是，有甚麼需要唉聲嘆氣的。」

眾人皆保持沉默。

樂越道：「我想回青山派看一看。」

琳箐詫異道：「你想回去找你師父問自己的身世嗎？」

洛凌之道：「越兄回去應該不是爲了此事。」琳箐疑惑皺眉，一句你怎麼知道已衝到了嘴邊，卻聽洛凌之接著道。「越兄應該是擔心青山派是否會受到連累。我與太子殿下曾是同門，對他脾性亦算瞭解一二，依他的個性，十有八九，會找青山派的麻煩。」

安順王的大軍果然未曾傷害九邑一草一木，反倒還以朝廷名義撥了一些銀錢爲九邑做戰後安撫。

經此一亂，西郡王府名存實亡，安順王遂著郭閬帶兩千人馬暫時駐紮進九邑。安順王允諾，當日追隨樂越對抗朝廷的九邑兵卒是被龍妖與叛黨蠱惑，會向朝廷力保他們無罪，西郡的兵權先由郭閬暫且接管，九邑與西郡的事務亦由其配合九邑和西郡各地府衙縣衙暫時處理。

但，曾追隨過樂越的高統領、錢副將和馬副將，在安順王軍進入九邑城的當日無聲無息地消失了，再沒有人見過他們。

樂越等人的名字被列爲禁忌，嚴禁提及。可關於龍神和龍少君的傳說還是悄悄地迅速傳開，越傳越遠。

五月十三，安順王返京覆命。隨著離去的馬蹄和車轅捲起的塵煙在風中消散，在後世的史書中被濃墨重彩提及的九邑之變暫時落下帷幕。

官道旁的樹叢中，一個身影隱藏在樹後注視著遠方漸漸消失的大軍，向身後幾名輕衫佩劍的年輕男女道：「你等先回南海，門派中事務暫由雪綰代掌，我還有些事情，要去京城一趟。」

幾名年輕的男女弟子躬身領命，綠蘿夫人躍上馬背，繞行小路，趕向京城。

平北王周厲與其兵馬在安順王之前便離開了九邑，他此番本志在吞下西郡的地盤，因安順王橫插進一槓子，如意算盤盡數落空。西郡雖名存實亡，他卻一點好處也沒撈到，心中不免忿忿，回府之後罵了好幾天的娘，將安順王的祖宗十八代一一問候。

有幕僚勸解道：「王爺心中就算有氣，也不得不忍。如今皇上龍體孱弱，太子隨時隨地都可能登基，天下等於已經姓慕了。西郡已亡，定南王的兒子摻和進了謀逆之事，估計罪責難逃，諸王之中，只有王爺還屹立不倒。聽聞京城朝中正在祕密議論太子登基後的撤藩之事。王爺萬萬要謹言慎行，不可落下把柄在安順王手中。」

周厲勃然大怒，他市井賭棍出身，口中向來百無禁忌，頓時拍桌大罵：「格老子，他姓慕的祖上官奴出身，連老子都不如！不過早封了幾代官，早年仗著一張小白臉搞到了皇帝的姐姐，正經是個吃軟飯的東西。算他命好碰上皇家無後，兒子管了別人叫爹，算甚麼能耐！就算他兒子變成秦始皇，他頂多就是個呂不韋！竟想奪老子的活路！不要逼急了老子，讓他做第二個百里齊！」

幕僚連忙道：「王爺息怒，論起雄才謀略，安順王當然遠不及王爺。王爺且忍一時之氣，天下能者輩出，依屬下看，他慕家想得天下，也未必容易。」

周厲嘿嘿冷笑數聲：「這是自然，娶個女人生個兒子就能當太上皇，哪有如此便宜的事！」

安順王的奏摺比本人早幾天到了京城，太子讀後，喜悅不已，拿與鳳桐共賞：「這本奏摺一定要給皇上看，本宮還要在明日早朝之上，命人向百官宣讀。龍孽與叛黨逆賊已抱頭鼠竄，沒想到定南王竟然自己找死，讓兒子也牽扯其中。哈哈，簡直是天助我也，把這些不服本宮、包藏禍心之徒一網打盡！」

鳳桐觀之不語，鳳梧幾日前就回到了京城，帶著不算輕的內傷，向鳳君稟報樂越一行之中有一名法力甚強的上古龍神，鳳君已準備向天庭稟報。一條傻龍加一個傻少年竟然折騰出了牽扯到天庭的大浪，鳳桐不得不承認自己之前的判斷有些失誤。

他遂出言告誡太子道：「樂越等人看似烏合之眾，卻不能太過輕視，就算是定南王，亦不那麼好對付。」他查得定南王身上曾有一段仙緣，其子杜如淵既是天命賢臣又是半人半仙之體，凡與仙家有牽扯的，都非尋常之輩。

太子笑道：「先生放心，本宮絕對會謹慎又謹慎，務必將他們斬草除根！」

下午，太子將安順王的奏摺呈到和韶面前，據隨侍在皇上寢宮中的小宦官漏話說，皇上當時龍體虛弱，看後暫將奏摺擱置一旁，道：「容朕斟酌之後再議吧。」

這一斟酌，依照以往的慣例，十有八九還是由太子拿主意，此次謀逆牽扯定南王，看來太子尚未登基，天下局勢已要大變了。

關於九邑之事的議論沸沸揚揚，連身在內宮之中的澹台容月都有耳聞。傍晚時分，幾個宮女和小宦官站在殿外嘀嘀咕咕，悄聲議論著「九邑」、「亂黨」之類的話題，澹台容月假裝端坐讀書，將傳進殿內的隻言片語收入耳中，不禁替樂越擔心不已。

陪太后用晚膳前，她藉口屋中沉悶，向小宮女要了幾支香，燃在香爐中，暗暗合掌拜了拜。

各位神仙，請保佑大月他平安無事。他有龍神護佑，應該是被上天關照，一定會平安無事，化險為夷。

臨去太后寢宮前，容月照例對鏡理了下儀容。今天她鬢間插著一支蝴蝶簪子，雙翅展開，澹台容月看著鏡中的簪影，想起了樂越幼時送她的燕子風箏，也是雙翅展開，能飛得很高很高。

假如我也能像蝴蝶或燕子一樣，生出雙翅，飛出皇宮，自由自在，去找樂越就好了。澹台容月輕輕嘆了口氣，轉身跨出殿門。

她心中有事，陪太后用膳時不免偶爾有些神情恍惚，吃完飯，便謊稱身體不適，告退回去休息。

晚間，太后傳偏殿宮女詢問澹台容月的情況，宮女稟道，已請御醫看過診，澹台小姐身體無恙，可能是心有鬱結，氣脈微微有些不順。

太后再問澹台容月這幾天的飲食起居，宮女回稟道，一切正常，只是今天下午澹台小姐曾說有些氣悶，在屋中燃了幾支香。

太后揮手讓那宮女下去，又問身側服侍的宮女：「珠鶯，太子有許久沒過來了吧。」

珠鶯回道：「稟太后，自從端午之後太子就沒來過。」她貼身服侍太后多年，甚得寵信，往往敢說點大膽些的話，此時便接著道。「不過奴婢聽說，太子最近時常往太妃那邊走動，難怪澹台小姐燒香了。」

太后沉吟片刻，站起身：「走，陪哀家出去散散步，順道去陳太妃那裡瞧瞧。再著幾個人陪著就行，不用聲張。」

陳太妃所住的思容宮在內宮西北角一處僻靜的所在。當年先帝在世時，這位太妃便不甚受寵，做了太妃後，安心吃齋唸佛，思容宮更是鮮少有外人至。今天太后突然在夜晚駕臨，實屬百年難遇。陳太妃心知肚明所為何事，趕忙迎接出來，行禮之後，請太后到正殿入座，親自斟上香茶。

太后吃了兩口茶，稍微和陳太妃聊了幾句姐妹情誼，便含笑切入正題道：「對了，哀家聽說太子將西郡王白家的孤女安置在這裡。白家滿門忠烈，可嘆不幸遭逢變故，她進宮後，哀家竟然還沒見過，今日恰巧過來，正好一見。」

陳太妃忙笑著回道：「白家孤女正在孝中，太子恐怕衝撞太后，方才將她安置在此。她現在正在偏殿，應該還沒睡。」立刻著人去傳。

約半盞茶的工夫，兩個小宮娥引著楚齡郡主跨進殿中，俯身叩拜。太后道了平身，楚齡郡主盈盈站起。她在皇宮之中不能穿重孝，身著一襲素淨的衫裙，淡施脂粉，雙眉修去挑起的眉峰，掃去了昔日的鋒銳，多了份楚楚可憐的嬌怯。

太后端詳她片刻後道：「哀家素聞西郡王府的郡主年紀雖小，卻是個女中豪傑，練就一身好武藝，還能上戰場殺敵。但今日看到妳，到底還是個可憐的小姑娘。」招手讓她近前幾步，藹聲問：「在宮裡可還住得慣，想家麼？」

楚齡郡主垂下眼簾，蓋住眼眸中蓄滿的淚，低聲道：「回太后，若珊已經沒有家了。能夠蒙恩暫住宮中，若珊感激不盡。」

太后嘆息道：「是，妳的父母和弟弟在九邑之變中不幸遇難。朝廷會將此事追查到底，嚴懲凶手。妳……日後做何打算？」

楚齡郡主低頭靜默片刻，道：「暫時並無打算，但天下之大，總有一席容身之處。」
太后頷首，露出幾分思量的神色：「這樣吧，哀家和陳太妃替妳作主，為妳尋一個好夫家。」
楚齡郡主卻搖了搖頭，澀然道：「稟太后，臣女家逢慘變，餘生只盼能侍奉佛前，為朝廷，為陰間的父王、母妃和幼弟誦經祈福。」
太后道：「妳的一片孝心誠然可嘉，但如今妳正是大好年華，女孩子哪有不嫁人的道理？是了，哀家聽聞妳與澹台丞相家的容月是閨中密友，若妳也許給太子，容月與妳兩人就如先帝在世時的哀家與太妃，一正一輔，伴在太子左右，豈不和美？」
陳太妃笑道：「太后所言極是。」
楚齡郡主愕然抬首，怔了片刻後立刻跪倒在地，搖頭道：「不，不，臣女不幸之身，豈能匹配太子！臣女只願父母之仇得報後能夠長奉青燈古佛，姻緣之事，再不敢想。」
太后含笑道：「哀家只是一說，不必惶恐。太妃這裡還算清靜，妳暫且在此住著，有甚麼缺的、想要的，就派人到凰慈宮中說一聲。」一面說，一面站起身。「夜深了，哀家也該回去了，妳也早些歇下吧。」
眾人跪送太后。
回到凰慈宮中，太后沐浴完畢，更衣就寢，其餘人等皆退下時，太后問珠鶯：「妳看那位楚齡郡主如何？」
珠鶯答道：「奴婢覺得楚齡郡主柔弱嬌怯，倒和傳聞不大相符。」
太后道：「這個女子心計深沉，非一般角色，今日在哀家面前的一番表現，可謂唱作俱佳。與昔日先帝身邊的張嬪妃、劉美人幾個狐媚子都是一條道上的。澹台家的那個丫頭不是她的對手。可惜她年歲尚輕，修煉遠不到火候，做作未免過頭，或許能哄得住太子，但哀家一眼便可看穿。」

珠鶯笑道：「太后娘娘眞是利眼。她既是這種人，要如何處置才好？」

太后沉吟片刻，道：「暫且留在宮中，看看她想做甚麼吧。」

思容宮中，陳太妃正笑向楚齡郡主道：「郡主此番投了太后的緣，說不定來日眞能和澹台家的姑娘一道，長伴太子左右呢。」

楚齡郡主搖首苦笑道：「太妃娘娘，太后今日只是同若珊玩笑罷了。而且，我覺得，太后並不喜歡我。」

陳太妃一怔：「妳這丫頭眞是多心，太后素來最疼愛小輩，她還打算把妳許給太子呢，怎會厭煩妳？」

楚齡郡主面上羞澀，卻在心下冷笑。

她的判斷絕對沒錯，這位太后不是一盞省油的燈，方才言語句句話裡有話，不但暗指太子之事，臨行前那句「妳也早些歇下吧。」更是意味深長。不愧是坐鎮統領後宮的人物。

這樣精明的女人，難道會心甘情願看著自己的兒子淪爲傀儡，皇位落入外人手中？

楚齡郡主不禁玩味地想，爭皇位這場戲，眞是越來越有趣了，假如在暗暗燃燒的炭火上再澆上一勺油，會出現甚麼情況呢？

次日下午，太后正在與澹台容月閒話，忽有宮女稟報，楚齡郡主來向太后請安。

澹台容月十分驚訝，她身在宮中，行動限制甚多，想去看看楚齡郡主，卻一直不得機會。她不知道昨日太后曾去過陳太妃處，所以對客居在宮中的楚齡郡主居然在未被宣召的情況下來向太后請安，一時不敢相信。

宮女將一只錦盒呈給太后，道這是楚齡郡主所獻，太后打開看了看，內裡是一個十分精美的金絲如意結。太后闔上錦盒蓋：「楚齡郡主現在何處？」

宮女回道：「正在宮門外等候。」

太后頷首：「喚她進來吧。」向澹台容月微微笑道。「哀家聽說妳與楚齡郡主是好姐妹，本該讓妳們見見面，但哀家想問她些西郡之事，妳暫且回去休息，待來日哀家再讓她和妳敘舊吧。」

澹台容月立刻起身告退。

太后環視一眼四周，道：「珠鶯，妳將楚齡郡主帶到翡翠亭去，哀家想與這位郡主聊聊西郡相關之事，若沒哀家傳喚，妳等不必侍候。」

半刻鐘之後，楚齡郡主在翡翠亭中向太后行跪拜禮。

翡翠亭臨水而建，四周空曠，左右再無閒雜人等，太后緩緩道：「妳竟然知道昔日高祖皇帝所創的繩結傳訊之法，哀家甚是意外。不錯，這才是曾統領兵馬戰場殺敵的西郡郡主應有的聰慧，妳在繩結中暗示，有關乎江山社稷的大事要稟報哀家，此刻四下無人，妳可直言。」

楚齡郡主俯身在地，道：「太后，臣女所稟報之事關乎重大，臣女之所以留在宮中，便是為了將此事告知太后。」

太后藹聲道：「起來說話吧。」

楚齡郡主謝恩起身，在站起來的瞬間極其迅速地將一張紙塞進了太后袖中，把聲音壓到最低飛快地道：「太后，宮中耳目眾多，不乏身負異能的奇人異士，我只能費勁心機手段，密呈此事。」

太后一怔，展開袖中的紙條看了一眼，立時神色大變，不由得後退幾步，跌坐在亭中的石椅上。

楚齡郡主閃電般抽走她手中的紙條，送入口中，咬爛吞嚥入腹，而後雙目含淚，再度跪倒在地，撲在太后膝前，悲痛欲絕地嘶聲道：「太后娘娘，那逆黨首領便是用了這種陰毒祕法殺了我全家，請太后明鑒！」

太后深吸一口氣，伸出顫抖的手拍了拍楚齡郡主的手背：「放心，哀家一定爲妳作主。」

夜半，一隻鳥雀飛進了安順王府中鳳桐居住的小院，穿過牆壁，幻化成一個人影，徑直落到在燈下看書的鳳桐面前，向他盈盈一笑。

這人影，竟赫然是太后的那位貼身宮女珠鶯。

鳳桐放下書卷：「凰珠，妳爲何來了，難道後宮中有甚麼變故？」

凰珠道：「也不算甚麼變故啦，只是那位最近將太子哄得團團轉的楚齡郡主已經見過太后了，太后不喜歡她，她可能看了出來，今天主動來向太后請安，實則是來告密搏求信任。」

鳳桐挑眉道：「哦？她能告甚麼密？」

凰珠笑：「就是把她殺父母的罪責往那樂越頭上安。不過戲唱得越來越好了。」她在桌邊坐下，自己給自己倒了杯茶。「我知道這不算甚麼大事，不過我在宮中實在氣悶，就藉著這個機會出來轉轉。」

鳳桐微微笑道：「太后還沒放棄一些小動作麼？」

凰珠無奈地撇嘴道：「是啊。唉，她也是個可憐的女人，知道她和她的兒子已是快要落山的太陽，卻仍然不甘心，想要再掙扎一下罷了。」

鳳桐淡淡道：「再怎麼掙扎，他們的命，早就定下了。」

三更時分，夜深露重，「珠鶯」回到了凰慈宮中，她的身影變作一隻虛幻的鳳凰，棲息在太后的床首。

太后緊閉雙目，卻沒有睡著，楚齡郡主那張紙條上的字浮在她闔攏雙目後虛無的空間內，呈現著刺目的殷紅——

太子是安順王與一江湖女子綠蘿的私生子，非公主所生。

□

數日之後的一個傍晚，樂越一行來到一個名叫桐縣的小城內，尋客棧休息。

他們改由最近的小路趕回青山派，與去西郡時所走的地方大多不同。此城離青山派已不到兩天的路途，叛黨樂越等人的名字這幾天內已傳遍天下，兼被官府通緝。

考慮到通緝犯的身分，樂越等人稍微做了一些易容。

琳箐與杜如淵扮作一對夫婦，琳箐挽著發髻，穿著婦人衣飾站在黏著鬍鬚、一身員外裝扮的杜如淵身邊；樂越、洛凌之和孫奔作隨從狀隨在他們身後；昭沅和應澤就是現成的兩位少爺，乖巧地陪在爹娘身側。另外還有一個最小的，用襁褓裹得嚴嚴實實抱在琳箐懷中，是飛先鋒……

桐縣的城門口就糊著通緝告示，告示上畫著六個頭像，一旁註有小字分別是：叛黨首領樂越、逆賊杜如淵、嗜血妖道洛凌之、辣手女魔琳箐、惡貫滿盈匪寇孫奔、最後一個竟然是飛先鋒，註明惡貫滿盈、匪寇孫奔的妖猴。

眾人在告示下駐足圍觀，琳箐笑嘻嘻道：「樂越，這張告示上的你好像比前幾張的帥一點耶。」

杜如淵道：「嗯，吾的髮簪上還多了一朵花。」

孫奔摸著下巴道：「竟給孫某加上幾點鬍鬚，顯得年紀有點大了。」

飛先鋒興奮地扭動，昭沅茫然地道：「爲何沒有我？」

琳箐道：「有哇。」向告示上一指。「樂越脖子上掛的像臘腸一樣的那根，應該就是你吧。」

應澤陰沉地道：「爲何沒有本座？」對凡間的官府不敢供出他老人家的仙容十分不滿。

樂越道：「咳，殿下你的儀容實在太過光芒萬丈，豈是凡間的畫師所能輕易繪出。」

應澤對這個答案尙算滿意。

飛先鋒探頭看告示上自己的畫像，扭動得太過興奮，險些掙破襁褓，露出一張猴臉，幸虧被琳箐眼明手快地一把捂住。

杜如淵咳了一聲道：「娘子，天色不早，我們還是早些去尋家客棧吧。」

琳箐悻悻地應了一聲。她對易容改裝的身分安排一直很是不滿，不明白爲何扮演她相公的人不是樂越。

眾人只能一次次向她解釋，只因在幾位雄性之中，杜如淵扮起老爺來最有氣質。

琳箐依然不服，她覺得杜如淵只有書生酸氣，最有氣質的還是樂越。

一路行來，最投入角色，並且樂此不疲的是應澤殿下。在街道上走了片刻後，他又一次拉扯杜如淵的衣袖，很入戲地道：「桂花糕！我要吃桂花糕！」

杜如淵語重心長地道：「桂花糕太甜膩，吃多了牙齒會壞掉。」

應澤改拉著昭沅的衣袖，堅定地走向街邊：「唔，那麼就手撕麵。」

杜如淵企圖相勸，未果。

洛凌之跟著相勸，依然未果。

一行人在麵攤前拉扯，樂越無奈道：「我看還是由著少爺吧。」

應澤讚賞地瞥了樂越一眼，扯著昭沅在麵攤桌邊坐下，杜如淵和琳箐無可奈何地正要隨著落坐，耳邊忽然傳來一聲尖叫：「李郎！」

第十一章

雙翅的舊傷似乎又在隱隱作痛，
但即使十幾年過去，他仍認定，
當日的所作所為乃是順應天命。

一個桃紅色的身影越過街道直撲過來，撞開一旁的洛凌之，緊緊抱住了樂越。

樂越目瞪口呆，渾身被緊緊箍住，一股刺鼻的脂粉味直衝入腦。那桃紅身影將臉埋在他胸前，顫抖著哭泣：「李郎……你終於回來了……我就知道你一定會回來……你讓奴家等得好苦……好苦……」

這，這是甚麼情況！樂越兩眼發直，呆若木雞。

琳箐、杜如淵、昭沅、洛凌之、孫奔和方圓十丈內的所有人都半張著嘴，神色各異地看那抹桃紅抱著他哭道：「李郎啊——我的李郎——」

靜默了許久許久許久之後，琳箐喃喃道：「原來……你在這裡……有個相好……」

樂越像條死魚一樣地張了張嘴，他懷中的那抹桃紅抬起頭，用顫抖的手摸上他的臉：「李郎——」

樂越再度愕然。

抱住他的這個女子雖然做少女打扮，但厚厚的脂粉遮蓋不住已枯槁的容顏，眼角與嘴邊都有深刻的皺紋，插滿珠翠的鬢髮枯亂，摻雜著銀絲。唯有注視著樂越的雙眼充盈著少女的氣息，異常明亮。

她，是個年歲不輕的中年婦人。

樂越結結巴巴地道：「夫……夫人……妳是不是認錯人了……」

那婦人枯瘦的手在他的臉上摩挲：「李郎，我知道，你一定會回來找我的！李郎——」

她的手指冰冷，長長的指甲塗成朱紅，樂越有種被古墓中千年殭屍抱住的錯覺。

從街道對面大步流星奔來幾人，兩、三個大漢左右架住那婦人的胳膊，將她從樂越身上剝下，向後拖去。

婦人尖叫一聲，以不可思議的力量拚命掙扎：「放開！你們放開我！李郎！李郎！」

和那幾個大漢一起奔來的一名老婦揮著手帕向樂越福了福身：「這位小哥，對不住，讓你受了驚嚇，老身給你賠個不是。請去我們樓裡喝杯……」目光向四周一掃，用帕子半掩住口一笑。「啊呦，看來小哥和後面的老爺與夫人是一起的，那可就不便請你到我們樓子裡了。這該怎麼辦好？」

樂越猶有些愣怔，但看這名老婦的打扮談吐，已經猜出了八、九分，乾笑道：「這位媽媽不必客氣，在下沒甚麼大事，哈哈，妳還是快些將這位……呃，這位……夫人帶回去吧。」

那名被擒住的婦人一直死死盯住樂越，用力掙扎，呼聲一聲比一聲淒厲：「李郎！李郎——！你為何不肯認玉翹？你們放開我！李郎救我！」

正向樂越賠笑臉的老婦神色一變，蹬蹬幾步走到那婦人面前，啪地甩了她一個耳光：「告訴過妳多少回，那姓李的有娘子！十幾年前就把妳扔了！三天兩頭到街上號喪！再號撕爛妳的嘴！」

轉過身，表情再一變，又是一副殷勤的笑臉：「這位小哥，老身就先把這個瘋婆娘帶回去了。眞眞是對不住，你大人有大量，別和個瘋子計較。」揮揮手指揮三個大漢拖著那厲聲嘶號的婦人走了。

樂越愣怔怔地看著那群人拖著瘋婦人進了對面的一棟樓內，那棟樓懸紗簾掛彩帶，門匾上題著三個大字——眼兒媚。

麵攤老闆道：「唉，小哥，那個瘋婦三天兩頭就會來街上鬧，今天是你趕巧了。」

樂越瞭然地道：「那位夫人是……」

正在下面的老闆娘接話道：「是那樓子裡的妓女，瘋了十幾年了。」

樂越等人在小桌邊坐下，一邊等麵，一邊聽麵攤老闆娘講古。

瘋婦名叫玉翹，年輕的時候是遠近聞名的名妓，據說連省城的大老爺都慕名前來桐縣看她。十幾年前，她不知道怎麼鬼迷心竅，看上了一個外地來販布的客商，死活再不接客，只等著客商娶她。結果那男人一走再沒回來，她左等右等等不到，就瘋了。

樂越聽得唏噓不已。

琳箐忿忿道：「那男人真不是好東西，既然不打算娶她，一開始就別騙她啊！」

在座的雄性們均沒有發表意見，老闆娘道：「不過玉翹算命好，樓子裡的媽媽是她親娘，不然她瘋成這樣，可能一早就被……」

琳箐哼道：「那個負心男不知道現在何處，有沒有遭報應。」

杜如淵咳了一聲，悄悄道：「娘子，克制。」

麵攤老闆笑向樂越道：「小哥，你算走運，這回撞見她是這種情形。她還有一種瘋法，撞上才真麻煩。」

樂越怔了怔，難道方才那樣還不夠恐怖？

半個時辰後，應澤終於放下空碗，抬袖抹抹嘴，杜如淵愁眉苦臉地掏出錢袋，麵攤老闆笑逐顏開地捧著錢串目送他們離開。

剛走沒兩步，身後突然嘈雜聲大起，又是從眼兒媚的方向傳來，樂越下意識地回頭，一望大驚。一抹熟悉的桃紅揮著一把菜刀直衝過來，仇恨的目光所指，分明是他。

「李庭，你這個負心漢，我要殺了你——！！」

樂越閃身躲避的腳步驀然一頓，玉翹和菜刀便在這一頓之間以迅雷不及掩耳之勢衝到他面前。手起，刀落，哐啷一聲，跌到地面。

洛凌之淡淡道：「夫人，抱歉。」手指再往玉翹的後頸處一點，玉翹閉上雙眼，向後跌倒，恰好被氣喘吁吁趕來的大漢接住。

大漢彎腰作揖向他們賠了半天不是，方才拖著昏迷的玉翹離去。

昭沅拉拉樂越的衣袖，琳箐小小聲道：「可能……是同名同姓也不一定。李庭這個名字，在凡間很常見吧。」

樂越沉思地點點頭：「總之先去找客棧。」

星疏夜剛至，月上柳梢時，眼兒媚門前花燈高掛，嬌聲流瀉。

樂越、洛凌之和孫奔跨過大廳門檻，迎客的龜奴一看清他們三人，心裡咯噔一聲，一溜煙跑去報告老鴇周媽媽：「不好了，白天被玉翹拿刀砍的人上門討債來了。」

周媽媽心裡頓時一涼，剛要思忖對策，另一個龜奴又飛快跑過來道：「媽媽，被玉翹砍的那個小哥和另外兩人腰裡掛著刀子來的，指名道姓說要見妳。」

周媽媽渾身一顫，下意識要找地方躲。

龜奴勸道：「媽媽，躲得了初一，躲不過十五，我看那幾人，特別是裡面那個年紀最大、臉黑些的渾身煞氣，顯然不是凡角，他們今天晚上來，不見著人，一定不肯罷休。還不如說兩句軟話，探探他們口風，先把人穩住再說。」

周媽媽的臉色黃了又白，咬咬牙，強撐出笑臉，甩著帕子迎了出去。只見大廳之中，有三人醒目地站在中央，臉黑些、煞氣最重的那個正和幾個姐兒恣意調笑，頂俊俏的一位冷冰冰、目中無人地站在旁側，被玉翹拿刀砍的小哥立在中間，眉頭緊鎖，神色陰鬱，看來不是來討債，就是想找茬。

周媽媽邁著微微打顫的雙腿走到近前，將笑臉擠得又殷勤了幾分，尚未熱絡地開口，中間的小哥已經頂著晦氣的臉開口道：「這位媽媽，在下有事相求。」

周媽媽的眼光在他三人腰間掛著的刀劍上飛快地繞了個圈兒，僵硬地笑道：「公子太客氣了，有甚麼吩咐，說一聲便是。」

小哥緊鎖的眉頭微微放鬆了一些：「在下想和媽媽打聽一個人。」

此話一出，周媽媽鬆了一口大氣，立刻心不慌了、腿不顫了，笑臉更殷勤了數倍：「哎呦，好說好說，公子想打聽哪個？老身一定知無不言，言無不盡。」

那小哥卻打量了一下四周，道：「媽媽，此處人聲嘈雜，能否換個清靜點的地方說話？」

周媽媽連忙點頭答應，親自引著他去二樓的雅間，再連聲吩咐龜奴去備香茶。

孫奔懶洋洋地向樂越道：「越兄，我就不陪你上去了。」接過一個姐兒捧上的酒盅飲了一口，攬著另一個在桌邊坐下。

洛凌之和樂越一道跟周媽媽到了二樓雅間，卻沒有一同進去，輕輕闔上房門，在門外靠牆而立。

樂越與周媽媽在房中圓桌邊坐下，樂越開門見山道：「這位媽媽，我想向妳打聽的人就是李庭。」

周媽媽的臉色驀地變了。

樂越接著道：「是這樣，我家老爺有位好友就叫李庭，此人在十幾年前去外地跑一筆買賣，從此便一去不回，我家老爺一直在找尋他的下落，今日突然聽說十幾年前與玉翹姑娘結識的商人叫李庭，老爺便差我等向媽媽打聽一下。」

周媽媽臉色呆滯：「難道……那個李庭……真的是死了，所以才一去不回？」

樂越目光一閃：「周媽媽，不知妳能否詳詳細細地告訴我，妳認識的李庭相貌如何，多大年紀，如何與玉翹姑娘結識，離開時有沒有說，要去哪裡？」

周媽媽一臉猶豫：「小哥，你們要找的人，真的叫李庭？不瞞你說，李庭把我家玉翹害成這樣，我心裡巴不得他死，但，若他真是你們要找的那人……唉！我家玉翹認得那個李庭，是在十八年前，當時玉翹紅得燙手，連知府大人都微服來瞧過她，甚麼大人物沒見過，李庭就是個販布的，在喜歡玉翹的人裡頭，根本排不上趟。也不知道她怎麼就看上了他……不過，那李庭是個小白臉，雖然是個賣布的，長得倒像個讀書的，白白淨淨，當時年紀也就二十餘歲，鬍子都還沒蓄，俊俏斯文。總之，玉翹就被他勾了魂去，客也不接，除了李庭誰都不見，還說李庭要娶她。我當時就和她說，這是來逛窯子的男人慣說的話，信不得，可她偏就不聽……」說到此處，悲從心中來，用手帕擦了擦眼角。

樂越在桌下暗暗握緊了拳，十八年前，恰好是血覆涂城之前。

難道這個人，真的是自己的父親李庭？

周媽媽擦完眼角，又擤擤鼻涕，聲音微甕地道：「不知這人和貴老爺要找的人對不對得上。之前玉翹畫過他的像，可惜被我燒了。不過他的模樣我這輩子都記得，身量挺高的、濃眉毛、高鼻梁，對了……」周媽媽握著手帕望著樂越，神色有些古怪。「老身……說件事情……小哥你別生氣。那李庭的長相……和你有幾分相似……身量也像……要是你換身衣裳，從背後看簡直一模一樣，但味道差得就遠了。怪不得玉翹看見小哥你瘋得格外厲害。」

樂越心神俱震，憑直覺，他已幾乎可以完全肯定，和玉翹相識的，就是自己的父親李庭。

他穩定住情緒，問道：「那後來……李庭是何時離開的？」

周媽媽道：「他統共只在城裡待了不到兩個月，布賣完就走了，走的時候哄玉翹說，他是回去準備聘禮。哼！」

樂越接著道：「他在桐縣還有沒有熟人或朋友之類的？」

周媽媽搖頭：「沒有，要是有，老娘早就順藤扯瓜，天涯海角也把這個孫子扯出來！他在這城中賣布時，租的是城南劉老頭的房子，可惜那老頭子幾年前死了，不然小哥你們可以再去他那裡打聽打聽。」

樂越從懷中摸出一塊銀子，放在桌上：「多謝媽媽。」

周媽媽一把攥起銀子，笑道：「小……呃，公子太客氣了，老身就是說些知道的事兒，不知能否幫得上貴老爺的忙。」

樂越起身抱拳告辭，周媽媽福身回禮，殷勤相送，剛走到門前，周媽媽突然停住腳，一拍手：「哎呦，我糊塗了，貴老爺要找人，可不是核對字跡最方便。那李庭的筆跡我倒還留著！」

一炷香的時間後，周媽媽捧著一個木盒，重新回到了房內。

樂越暗暗吸一口氣，打開盒蓋，取出一大疊紙。他本以爲這些是父親寫給玉翹的情詩書信之類，但定睛翻了翻，發現竟然是一堆票據，上面寫著「花雕酒二兩」、「夜宿十銀」之類，字據的末尾都龍飛鳳舞簽著「李庭」二字。

周媽媽道：「這都是李庭當年來這裡找玉翹時留下的帳單，哼，老娘想等有朝一日這孫子出現，讓他連本帶利償還！」轉而又賠笑道。「不過如果貴老爺想要，老身可以只收五分利低價轉讓。」

樂越立刻把帳單都放回盒中，周媽媽殷勤地道：「要麼，這樣吧，老身打個折扣，索性讓多些利息，二百兩銀子，如何？」

樂越蓋上盒蓋，搖搖頭：「在下要先回去稟報老爺再說。」

周媽媽瞭然地點頭稱是，殷勤地將樂越等人一路送到了大門外，還揮著手絹請他們下次再來。

離開眼兒媚老遠之後，昭沅從樂越懷中探出頭，小聲問：「你爲甚麼不把那盒帳單買下來？」看見那盒帳單時，樂越明顯呼吸急促，心跳得很快，帳單上他父親的字跡對他來說意義非凡。

樂越道：「我傻啊，被她宰，二百兩銀子，把我剁了炸成肉丸子賣掉也不夠。」在衣襟上按了一把。「快些縮回去，現在還在大街上，被人瞧見就不妙了。」

昭沅唔一聲，縮回樂越懷中。

三更時分，周媽媽吃完一碗宵夜，走到門前繼續招呼客人，抬眼瞧見一個少年在門外徘徊。

周媽媽連忙眼明手快一把將他扯進來：「小少爺看起來好面善，頭回出來玩吧，喜歡甚麼樣的姑娘？是要老身幫你安排一個年歲相仿的，還是要大些的？」

少年俊美的面孔漲得通紅，周圍的姑娘們掩口吃吃地笑。其中一個年長些的姐姐在他臉上擰了一把，嬌聲道：「媽媽別嚇著人家了。小公子，你看我們姐妹哪個比較美，你想讓誰陪呢？」

少年結結巴巴地道：「我、我、我找周媽媽……」

四周的人連同周媽媽都一愣，少年從姑娘們的魔爪中掙脫出來，站直身體：「我來買周媽媽不久前曾給人看過的那個木盒。」

少年讓周媽媽帶他去了樂越曾去的那間靜室，把一個布包放在桌上，周媽媽打開，頓時倒吸一口涼氣。

數枚奇特的鱗片躺在白色絹布上，金光流溢，整個室內都漾滿了淡淡的金輝。

少年道：「二百兩銀子太沉了，不太好拿。現在市面上，水蛟鱗片的價錢貌似是十兩一片，這裡有二十片蛟鱗，不知妳願不願意換那個木盒？」

周媽媽緊盯著那幾枚鱗片，愣怔了半晌，方才飛一般地把鱗片包好，揣進懷中，點頭如搗蒜：「當然當然！」把木盒雙手奉上。

蛟鱗、龍筋這些珍稀之物百年難遇，周媽媽活了大半輩子也只見過兩回，而且水蛟的鱗片根據成色不同，價錢亦有不同，現在她懷中的這幾片，周媽媽憑著野獸般的直覺肯定，絕對是萬年難遇的絕品！

眼看少年收起木盒，周媽媽趕緊補充道：「小公子，現在朝廷正抓甚麼叛黨龍妖。蛟，那也是龍的親戚，犯大忌諱的。老身和小公子投緣，方與你換了，但此事可千萬不能說出去。」

少年微笑：「放心，我比妳更怕麻煩，要不是一時拿不出二百兩銀子，我也不會拿此物來換，希望妳也能保守祕密。」

周媽媽諂媚地笑道：「當然當然。」心中卻飛快地把眼前的少年及下午見到的幾人在腦子裡同通緝榜文上的小像比對了一遍。確定似乎不是，才把少年送出門外。

第二天早上，樂越起床時忽然發現昨日周媽媽拿出的那個木盒正放在自己枕邊。他怔了怔，從被窩裡揪出人形的昭沅：「這是怎麼回事？」

昭沅揉揉充滿睡意的眼睛，神色迷茫，樂越皺眉：「你是怎麼弄來的？我知道一定是你。」

昭沅嘿嘿笑了一聲，不說話。

樂越緊盯著他：「到底怎麼弄來的？二百兩銀子，你哪有那麼多錢。」

昭沅眼光四處亂瞟：「我偷的。」

樂越雙眉擰得緊緊：「偷？你又不是飛先鋒。」

昭沅抬起前爪撓撓頭：「我、我學應澤，變了點銀子，騙過來的。」

樂越沉著臉：「不對，變銀子的法術頂不了太長時間，你法力不算高，如果眞是騙來的，那老鴇早來找我們算帳了。說，你到底是拿甚麼換的？」

昭沅目光閃爍，嘿嘿傻笑。

樂越突然一把掀開被子，扯開昭沅的衣襟。昭沅情不自禁倒吸了一口涼氣。

樂越的臉色越發難看，扒下他上身的衣衫，只見他左臂上一大片皮膚全然不見，凝固著血痂的紅肉裸露在外。

樂越臉色瞬間鐵青，籠上濃重的黑氣：「你拔了自己的鱗？」

昭沅只好點點頭。

樂越額頭青筋暴起，昭沅第一次看見他如斯暴怒：「你簡直沒長腦子！多管哪門子閒事！拔鱗換一盒破紙！」

昭沅撓撓頭：「其實沒甚麼，過兩天就長出新的了。」

樂越雙目赤紅，怒火熊熊：「長！萬一你送出的龍鱗暴露了我們的行藏怎麼辦!?你快一百年的歲數到底活到哪去了！」

昭沅老實地回答：「我跟你說過，我之前都住在河溝裡，然後來地上，然後……」

樂越一口血差點衝出喉嚨：「你……」一把將被子蓋回他身上，惡狠狠道。「老實在被窩裡待著。」哐地摔門而去。

昭沅在被窩裡摸摸鼻子，正在想是眞的待在被窩裡，還是跟出去看看，房門再次哐地打開。樂越左手扯著琳箐，右手抓著商景大步流星進來，杜如淵打著呵欠尾隨在後：「樂兄，你能否輕些開門，這層樓的客人大都還在睡。你到底抓龜兄要幹甚麼?能不能先講明白……」

樂越拉著琳箐站到床前，把商景放到床上，再一把掀開被子，捲起昭沅的衣袖。

杜如淵探頭過來看：「傷得挺重啊，怎會如此?」

琳箐嚇了一跳，詫異：「你幹嗎沒事拔自己的鱗片?」

昭沅小心翼翼地瞄了樂越一眼，不說話。

樂越粗聲道：「給他治治吧。」

商景慢呑呑地瞇眼端詳了一下：「這個傷勢，用老夫的恢筋復骨大法，應該可以很快痊癒。」

琳箐搶白道：「恢筋復骨大法?聽名字就是治療傷筋動骨的好嗎，他這是鱗片脫落。」低頭從隨身的皮囊中翻出一個玉瓶。「還是要用我們麒麟族特製的祕藥，活膚生肌水！搭配這個順鬚亮鱗露，外敷三滴，內服三滴，效果一定立竿見影。」

商景咔咔笑了兩聲：「小麒麟，妳的藥水好像是雌麒麟的養顏之物，妳確定不會喝壞肚子？」

琳箐晃晃手中的藥瓶：「老烏龜，你如果不服，我們來比比看。這樣吧，上半塊傷歸你，下半塊傷歸我，我只用藥水外敷，看誰先醫好，怎樣？」

一面說，一面坐到床邊，抓起昭沅的胳膊，將藥水輕輕滴在傷口上，商景向前爬動稍許，一道綠光落在昭沅的傷處，還眞的是一個上半塊，一個下半塊，涇渭分明。

片刻之後，綠光籠罩的傷處漸漸生出金閃閃的新鱗，再化作皮膚，琳箐的那塊卻沒甚麼反應。

琳箐硬邦邦地道：「那是因爲沒有內用藥水，只外敷，當然見效不夠快。」她嘴巴說得雖硬，卻鬆開了手，讓出位置，讓商景的綠光可以徹底治療昭沅的全部傷處。

過了約一炷香的工夫，昭沅的傷便完全復元，綠光淡褪，琳箐湊近看了看：「我覺得，還是不夠光滑，新的和老的不太一樣。」把玉瓶塞進昭沅手中。「喏，再用順鬚亮鱗露擦一擦，鱗片會十分光澤。如果你的龍鬚有打結，也可以用這個擦，捋捋會特別順滑。」

樂越有些無語。

吃早飯的時候，昭沅坐在最角落裡喝粥，對著新端上桌的油餅剛伸出筷子，那張油餅已被另一雙筷子挾起，落到樂越的盤子裡，跟著，那雙筷子挾著一個熱騰騰的大菜包子放到他面前的盤中。

樂越面無表情道：「受傷之後，少吃油膩。」

可我已經好了。昭沅咬了口包子，把這句話嚥進肚子裡，樂越可能還因爲他多管閒事正在生氣。

吃完飯，結帳離開客棧。

晨光中，他們走出了桐縣城門，樂越回頭向城門看了看，洛凌之道：「越兄的心情好像很複雜。」

樂越苦笑道：「知道自己的爹可能曾是個負心郎，能不複雜麼？」

即便因爲涂城之劫，使得爹不能兌現對玉翹的承諾，但那個時候，爹可能已經和娘成親了，可能他都已經在娘的肚子裡了，不論怎樣，李庭都負了她們其中的一個。

琳箐輕聲道：「說不定，這件事中，有甚麼我們所不知道的隱情。」

樂越嘆氣，說，也許吧。

琳箐的神色微微變了變，還想再說些甚麼，又忍住。

中午，他們在郊野打了些野味充飢，樂越撕下烤雞的兩隻翅膀遞給昭沅：「給你，以形補形。」

昭沅愣了一下，抬爪接過。

杜如淵也湊熱鬧：「我這裡還有一隻雞腿，也給你一起補。」

應澤威嚴道：「本座這裡亦有雞腿一根，賞給你吧，不然，難道你要補成三隻爪？」

昭沅咬著雞翅嗯嗯點頭。

杜如淵四下望了望：「好像人不夠啊，龜兄不見了，還有吾的娘子呢？」

孫奔靠在樹上懶懶道：「老爺現在才發現夫人不見了？剛才做飯時她就急惶惶地帶著你的龜兄走了，不知去做甚麼。」

約一刻鐘後，琳箐帶著商景回來了，她雙眼亮晶晶的，嘴角噙著神祕的笑意：「樂越，你猜我剛才幹甚麼去了？」商景慢吞吞地爬回杜如淵頭頂，縮進龜殼打著瞌睡。

琳箐嘴角酒窩深深的：「我們剛才回了趟桐縣。那個玉翅，可能今後不會瘋得那麼厲害了。」

樂越怔住。

琳箐笑嘻嘻地坐到地上：「當然，她可能沒那麼快恢復，但是會一天比一天好。沒辦法，商景對這種病症不在行，最後還是要等我的內用藥慢慢發揮作用。」

樂越定定看她片刻，誠懇地說：「謝謝。」

琳箐擺手道：「哎呀，我只是想和老烏龜賭一把誰更厲害罷了。傻龍的那點傷根本不夠我發揮，不算數的！」

樂越一時竟無話可說，火堆上的烤雞劈啪作響，人間煙火瀰漫繚繞。樂山樂水，樂世樂生，皆因世間，有這一份煙火氣息。

通達百態，立於世而樂於生，洞其明則清其心。

卿遙師祖所贈的那本《太清經》，第一篇，第一句，如是說。

兩天後，樂越的雙腳終於踏上了少青山下的泥土，爲了避開清玄派的耳目，他們特地一路繞行，未經過鳳澤鎮，直接從郊野繞到了少青山下。

一路行來，沒甚麼異常，樂越心下稍安。

他打算偷偷地上山，看一眼師父和師弟們，確定他們沒事。假如師父不願相見，他就無聲無息地離開。

少青山下如以往一般冷清，樂越深深吸了一口氣，少青山的風永遠都如斯清新。

昭沅卻猛地抬頭看向山頂，他在風裡嗅到了一絲不尋常的氣息。那是……

琳箐神色微變：「樂越，山頂上有血腥味！」她縱起雲光，抓住樂越，直接從半空中飛向山頂。

山頂上一片狼藉。青山派的舊址比被太子火燒變成焦土時更加慘不忍睹。地上掘起了大大小小深淺不一的坑，碎磚瓦礫散落各處，裸露的泥土、殘破的碎磚瓦上皆灑著暗褐色的痕跡。

樂越走到一處壘起一半的殘破牆壁處，牆壁上橫七豎八地布滿了刀痕，濺灑著一大塊觸目驚心的暗褐。

樂越的手慢慢從牆下的泥土中拿起一樣東西。已趕上來的昭沅、應澤、杜如淵、商景和洛凌之默默地站在他身後。

杜如淵道：「越兄……令師門也許未必……」

樂越拿袖子擦掉手中物品上的泥土，聲音異常平靜地說：「這個如意荷包，是樂魏的。」

最小的師弟，樂魏。

好吃懶做，每次練功必偷懶。經常從廚房裡偷饅頭，半夜躲在被窩裡啃。惹得床下住了一窩耗子，把被子咬得全是窟窿。時常摸出貼身掛在胸前的荷包跟其他師兄弟們炫耀：「師父說我說不定是個有錢人家的少爺，撿我的時候我身上穿的是綢料的衣裳，裝著我的那個木盆還是雕花的。看我這個荷包的繡工、料子，說不定被大水淹之前我家有十幾畝田，連傭人都有哩。」

樂魏……樂鄭……樂魯……樂燕……樂宋……樂齊……樂楚……樂晉……樂秦……樂韓……樂吳……

師叔……師父……

琳箐噌地轉過身：「昭沅，你在這裡看著樂越，我去狐老七那裡看看！」瞄了一眼昭沅，她的眉訝然地皺起：「昭沅，你的眼……」

眼？呆看著樂越的昭沅有些木愣地轉望向琳箐，一股莫名的氣息從樂越處直壓進他心裡，他體內的龍氣正在不安分地游躥，並有越躥越快的趨勢。

琳箐驚訝地望著他：「你的眼珠，爲甚麼變成了血紅色？」

昭沅繼續木愣愣地站著。

躁動、狂暴，那股氣支配著他，一股壓抑不住的慾望支配了他，他想用爪子狠狠把天地間的虛空撕碎！

飛先鋒興奮地拍打著翅膀望著昭沅，它身體噌噌噌脹大了數倍，雙手擂在胸口嗷嗷嗷地叫了幾聲；昭沅身體中的氣息掀起一陣響應的觸動，他昂起頭，發出一聲悠長的龍嘯，驀然化身成一條長龍，盤旋而起！

杜如淵頭上的商景喝道：「不好，這是走火入魔，小麒麟，快制住他！」

狂風大起，捲起地上的沙石磚瓦，昭沅淺金色的龍身上竟散發出灰色的氣息，搖頭擺尾，暴躁地咆哮盤旋。琳箐急忙甩出長鞭，化作一條套索，捆住昭沅的身軀，昭沅厲嘯一聲，竟掙開了套索，琳箐也被震得向後飛出數丈，在飛退的瞬間，她眼角餘光瞧見了一動不動的樂越，不禁大驚失色。

樂越的雙目，也是血紅色的，和昭沅一模一樣。

應澤抬手抵住了她的後背：「小麒麟，妳眞正應該制住的是卿遙的徒孫。」

此時，天上的昭沅再度昂首長嘯，一個閃著電光的灰黑色光球從口中噴出，直射向天空。

天空之上，忽然出現了一個青色身影，那身影急速向上追趕光球，一把將光球抓住，墜向地面。

杜如淵大喝道：「越兄，你的師父、師弟們沒有死！」

樂越僵僵地轉頭，洛凌之欺身上前，一掌劈在他的後頸。

樂越的身體晃了晃，眼皮垂下，直直歪躺在地，半天空上昭沅的身影也頓了頓，琳箐趁此機會再度拋出長鞭化成的套索，此次套索變幻成數條，將昭沅牢牢捆住，那抱著光球墜落地面的青影揮出一片綠光，籠住昭沅，青影墜到地面，踉蹌退了幾步，砰的一聲極其狼狽地跌坐在地。

被縛住的昭沅渾身灰氣漸漸淡去，閉上血紅的雙目，淺金的光芒熒熒亮起，身體顫了顫，逐漸縮小縮小縮小，最終又縮成那條小龍，倒是比以前看起來稍微大了些。小巧的龍身從套索的空隙中掉落，被琳箐一把接住。

樂越站在一處曠野，茫然地打量四周。

碧草連天，野花爛漫，遠處青山秀麗，絲棉般的雲絮繚繞峰巒。

這裡他再熟悉不過，從小到大，他在這裡挖過野草、練過功、挑過水，帶過師弟們玩耍。向南再行半里路，有條小河。向西一里，有處窪地，野菜豐美。向北幾里，是鳳澤鎮，而東邊那座翠綠的山峰，就是少青山。山腳下盤旋而上的那條青石砌成的路連著他的師門，青山派。

就算閉著雙眼，他都能走回師門。在這個時辰，師弟們應該正在祖師殿中聽大師叔松歲子講解道法，樂宋、樂燕一定在打瞌睡，樂齊、樂鄭、樂魏十有八九用書擋著臉偷吃饅頭乾，還有樂吳、樂韓幾個……

對哦，爲何師叔講道法的時候，我會在此處？我在這裡做甚麼？

樂越越發茫然，突然有隻手拉拉他的袖子，樂越轉頭，看見身邊站著昭沅。

樂越心中一震，腦中驀地清明了起來。

對，他是回青山派來看看師父、師叔和師弟們有沒有被朝廷怎麼樣。

樂越皺眉問昭沅：「琳箐、洛兄、杜兄他們呢？怎麼只有你和我？」

昭沅撓撓頭：「我也不知道，從剛剛開始就只有你和我了。」他的頭殼中迷濛成一團，好像有甚麼重要的事情忘記了，總也想不起來。

樂越和對方狀況相同，他拍拍額頭，道：「算了，你我先走吧，說不定他們已經上山了。」

昭沅點點頭，和樂越一道向少青山走去，他向前看了看，抬手揉揉眼，指著某處道：「那裡，好像過來一個人。」

樂越看過去，只見半天空裡，有個人影足踏長劍，飄飄而來，樂越瞇起眼，手按上了劍柄。

是清玄派的人？

天空那人的身影飛到近前，徐徐落下，一揮衣袖，將足下長劍收回身後的劍鞘，驚訝地道：「樂兄？昭兄？」

樂越的手僵在劍柄上，亦是無限震驚：「怎麼是你？」

眼前的這人，竟然是曾經在夢中見過的師祖卿遙。

卿遙看見他們，好似十分開心，微笑道：「在下的師門清玄派就在那邊的山上。倒是二位，爲何會路經此處？一別數日，急須要辦的事情可有辦完？」

樂越和昭沅愕然地互望一眼。難道，他們再次回到了四百多年前？

樂越呵呵乾笑兩聲：「還沒。對了，上次那隻蚌精，不知是否已回到西海？」

卿遙指著腰間掛的皮囊：「還在這裡，去西海路途遙遠，我要先折返回師門報備一聲。」

樂越道：「那麼卿遙兄這是要往南海去？」

卿遙搖首道：「否。師門裡還有點事，要過兩天才能啓程。我本是想下山約一、二好友吃酒，竟然遇見了二位。」隨即興致勃勃道。「二位如果今天不急著趕路，可願隨在下回師門坐坐，喝杯茶權作歇腳？」

樂越立刻答應：「好。」

他迫不及待想看到，四百多年前的青山派是甚麼模樣。

他隨即又道：「不過，在下不會御劍飛行之術，可能要走上山去了。」

卿遙笑道：「在下的御劍術捎帶一個人也行。」抬手招出背後的長劍，攜樂越躍到劍上，昭沅法力長進，不用再變回龍形爬雲，直接招來一朵小雲托身而起，那廂樂越抓著卿遙的衣衫在劍上站穩，卿遙揮袖唸了個起字訣，長劍緩緩升至半空，乘風直向少青山。

飛劍收，雙足落地時，樂越望著眼前情形，更加確定自己身在夢中。

墨瓦飛檐縱橫綿延，庭院開闊，殿宇恢弘，青衫負劍的弟子絡繹往來。石山處清泉流瀉，蓮池中錦鯉沉浮，花木處雀鳴蝶繞，亭台側竹伴鶴棲。

一處甬道端的青灰牌樓上題著「玄心道境」四個大字。

卿遙引著樂越和昭沅過了牌樓向內，一路遇到的弟子們都停下腳步向卿遙躬身道：「師兄。」

但對樂越和昭沅並不爲意，僅有一名年歲較小的弟子道：「卿遙師兄，你說下山找酒喝怎麼又回來了？這位少俠和這位龍仙道友是你的朋友？」話家常般一語道破昭沅的身分，充滿見過大世面的名門大派弟子風範。

樂越和昭沅一路走，一路看，早已眼花繚亂，卿遙引著他們到了一處亭閣，此亭臨著一泓清潭而建，亭旁臥有一石，刻著一個道字，亭柱上題著一對楹聯，「問天問地問世，道境道意道心」。字跡張揚不羈，樂越一眼看去，心神某處似被觸動，隱隱震盪。

卿遙道：「這是敝派祖師的筆跡。此處因此喚名問心亭。」

樂越不解道：「爲何不是問道亭？」

卿遙微笑道：「道在於心，解惑終須問心。」

樂越的心懷再次隱隱觸動，腦中似乎有甚麼閃過，復又被迷霧遮住。他忍不住煩躁地抓抓頭。「樂兄，怎了？爲何神色有異？」卿遙疑惑地問道。亭中石桌上擺著現成的茶具，他正點燃茶爐，煮水泡茶。

樂越道：「可能是在下見了問心亭，情不自禁想起心中的困惑與鬱結。」

卿遙的目光中充滿了興趣，樂越打個哈哈：「比如現在，在下便分不清是眞是夢，若說是夢，所見所感，俱是眞實，若說是眞，又唯恐是夢。實在是有些頭疼。」

卿遙笑道：「樂兄的疑惑的確很是難答，我也不知該如何開解。世事玄妙，空未必則空，實未必則實，看不到的不一定是假的，眼中所見的也不一定是眞的。」

樂越的心中又有甚麼東西猛地閃了一下，他壓抑住心中莫名的情緒，假意四處打量：「貴派果然是道門仙境，連這個亭子都恍若脫塵，還有這池水……」樂越探頭向下看了看。「怪了，這池水中爲何既沒有水草，也沒有魚？」

昭沅聞言跟著向下看，眞的，一汪潭水像一塊淺綠清透的水晶，清晰可見水底，的確是一條魚也沒有。

卿遙的聲音在身後道：「不但沒魚，有些人在這水邊還照不出影子。兩位可以湊近些試試看，能否映出影子。」

樂越依言向下又探了探身，突然，一股大力抓住他的肩膀，將他向水中扯去。

樂越大驚，正待掙扎，腳下一滑，一頭往水中扎下，昭沅連忙拉住他的衣袖，被一起重重拖向水中。

撲通一聲水響，昭沅睜開眼，面前赫然是琳箐放大的臉。

「醒了、醒了！」

昭沅愣愣地扭動了下身體，發現自己居然變回了龍形，正被琳箐提著脖頸拎在手中。琳箐拎著他晃了晃，磨著牙齒道：「你呀，很好，很有出息嘛。」

昭沅的爪子抖了抖，茫然望著她：「怎麼了？」

琳箐的肝火直衝頭頂，屈起手指狠狠彈了他腦袋一下：「怎麼了？你剛剛大展神威，都吐珠滅天了，還問我怎麼了？」

昭沅越發迷茫，目光望向四周。

琳箐身側站著一個陌生男子，面無表情地道：「小麒麟，他剛剛醒過來，若是再被妳打壞了，老夫可不救了。」

樂越揉著脖子緩緩坐起身，也是一臉莫名其妙。

應澤負著雙手，滿意地道：「你們兩個小娃娃，不愧本座這些時日的教導，竟能做出滅天此等有氣魄的舉動，本座甚是欣慰。」

琳箐跳起身，一把揪住應澤：「怪不得，原來是你教了樂越和昭沅甚麼莫名其妙的東西，害他們兩個差點走火入魔！」

走火入魔？樂越揉揉額頭，皺起眉，猛地，夢之前的記憶紛湧而來。

青山派……血跡……師弟……師父……

一隻手搭上了樂越的肩頭，將一股平和之氣緩緩輸進他體內，洛凌之緩聲道：「越兄，你冷靜些，方才商景前輩已經探測到，此處並沒有新的亡魂之氣。鶴機子等幾位前輩和眾師弟們應該都無性命之虞。」

樂越翻身站起：「眞的？」

他看向杜如淵，杜如淵點點頭，商景卻沒有在他頭上，他的身側立著一個陌生的男子，這個男子向樂越頷首，肯定地道：「眞的。」

樂越有些驚異地看著他，此人身周籠著一層濃厚的書卷之氣，斯文儒雅；身著一襲墨綠儒衫，看模樣，年紀應該不到三十，卻有種難以形容的滄桑沉穩氣韻。

「閣、閣下是……」

那人一臉很是淡定的神情道：「老夫……」

琳箐飛快地插嘴：「樂越，他是老烏龜啦。」

樂越的下巴哐噹掉到地上，商景？

暗綠衣男子依然很是淡定地道：「正是。」

昭沅變回人形，揉揉眼睛，商景的人形模樣，呃，和他想像的很不一樣。

琳箐道：「怪不得你們認不出來，我剛開始也嚇一跳，我本來還以為商景的人形模樣肯定是個老頭子。誰想到這麼年輕，這麼標緻。嘖嘖。」琳箐眨眨眼，湊近樂越竊竊耳語。「不過，我終於明白為甚麼杜書呆的爹如此英氣勃勃，他卻酸氣十足了，原來是誰教的像誰。」

商景和杜如淵皆假裝沒有聽到。樂越咳了一聲，沒有接話，卻在心裡贊同。

應澤於旁側不以為然道：「小麒麟少見多怪，仙者的容貌本就高於凡人，而且越居上位者，相貌越佳。想本座當年在天庭時，那些下階小仙見到本座儀容時的崇敬恭謙……」

琳箐指著天邊道：「啊，好像有甚麼過來了。」眾人紛紛隨之看去。

應澤站在空地上寂寞地感嘆：「哪像如今，凡間世風日下，人心不古……」

天邊當然並沒有甚麼東西過來，片刻之後，商景淡然地道：「少年，不管修道還是入世都要懂得掌控自己的心和情緒。譬如方才，假如你師門中人真的遇難，你走火入魔非但報不了仇，反而連累了小昭沅。」

樂越的心情已平復下來，沉默地頷首。

琳箐哼道：「肯定是應澤教了他們甚麼奇怪的東西。」

應澤傲然道：「小麒麟休要瞎猜，倘若是本座親自教導，豈會還沒把天打出個窟窿？本座雖然不服天庭和玉帝，但所修絕對不是魔功。」

琳箐道：「那，樂越和昭沅怎麼會走火入魔想要滅天？」

應澤冷笑道：「他有心魔，小昭沅和他心境相連，自然會被他帶累。」再瞟了一眼樂越，語氣中又帶了一絲讚賞之意。「你走火入魔之後，居然能悟到一絲滅天的霸氣，本座十分看好你的前途！」

樂越默然。

之前在廢墟裡看到血跡的瞬間，他心底那股嗜血的狂躁徹底衝破壓制，遍布全身，憤懣不平的恨讓他渾身幾欲爆裂。

他恨天，爲何縱容惡人更惡；他想問天，到底甚麼才是天道。

應澤聽他聲音僵硬道出原委，激賞讚歎：「卿遙的徒孫，你的悟性大大出乎本座預料。讓本座告訴你，至強者，就是道！你掌控了天，你就是天道！」

琳箐氣得跳腳：「老龍，少拿你的歪理灌給樂越！你是天道，有本事你去做玉帝啊，還不是被樂越他師祖一個凡人關在鴨蛋殼裡！」

卿遙永遠是應澤的禁忌，老龍的臉頓時全黑了，天空中陰雲密布，四下昏暗。杜如淵一把扯過琳箐，捂住她的嘴：「麒麟公主，妳是不是嫌今天發狂的不夠多。」

幸而應澤沒再有任何表示，只是負手踱開，獨自站在一塊空地處。一動不動，好像一尊石刻。

其餘人都鬆了口氣，樂越向應澤方向望了一眼，只有他知道，那個地方，就是昔日卿遙師祖飛升的小菜園。

杜如淵道：「越兄，有句話我一直不知道當講不當講，你父母亡故於血覆涂城之事，我只知道大概。當日你們在紫陽鎭查到了甚麼，我不太清楚，但事隔十多年，很多事都不可輕易論斷。譬如當日，針對孫兄之父的事情爲何會變成了針對你的父母；和氏皇族血脈在外流落一百多年，爲何鳳凰會在那時察覺。種種事情都還疑點重重。越兄你千萬冷靜，不可因此滋生心魔。」

樂越認可地嘆了口氣：「原本我就是打算此次偷偷回到師門，向師父詢問當日的情況。現在……」樂越攥緊拳頭。

洛凌之安慰道：「鶴機子前輩他們沒事就放心了。接下來，是要找尋他們的去處。」

商景道：「這個老夫查探不到。」

樂越道：「還是去狐老七那裡看看，希望這件事不要牽連到他們。還有官府和另一個地方，應該知道消息。」

昭沅悄悄看了看洛凌之，大家都心知肚明，「另一個地方」所指的就是清玄派。

洛凌之斂眉道：「這樣吧，越兄你與其他人到別處尋訪，我回一趟師門，看看能不能打探到一點消息。」

洛凌之笑了笑：「放心，清玄派我再熟不過，潛回去應該不會有太多人發現。」

琳箐遲疑地道：「你……」

琳箐哦了一聲，頓了頓才道：「那、那我和樂越一起了，他和傻龍的情況不穩定，須要照顧……你自己多小心。」

洛凌之含笑點點頭。

許久未出聲的孫奔從不遠處晃過來：「洛兄，我和你一道過去。好歹有個照應。孫某更想趁機見識見識，傳說中的天下第一派是甚麼模樣。」

飛先鋒嗯吱吱地亂跳，昭沅復原後它也恢復了正常，但一直處於亢奮狀態。

分配完畢，琳箐瞄瞄仍然矗立在空地上的應澤，低聲道：「那他……怎麼辦？」

話音剛落，應澤慢吞吞地轉過身，踱了過來。

琳箐轉身，抬手指向天邊：「有甚麼過來了。」

樂越的嘴角抽了抽，這個時候開這種玩笑有點……

昭沅拉拉他的衣袖：「的確有甚麼過來了，是人！」

是人，數個和卿遙一樣御劍飛行的人從四方向著山頂這裡乘風而來，爲首的赫然是洛凌之的師弟佟嵐。

他浮在半空，大聲笑道：「太子所料果然沒錯，逆賊樂越定然會回青山派！樂越小賊，朝廷的兵馬已到山下，將這裡團團圍住，就算你和鶴機子老賊一樣會遁術，也不可能像他們一樣逃掉了！少青山已被包圍得滴水不漏，你等快快束手就縛，可以留你們全屍！」

樂越心中轟的一聲，他從來沒發現，原來洛凌之的師弟竟然如此可愛，整個世間彷彿只剩下「遁術」、「逃掉」幾個字，樂越有種想流淚一把抱住佟嵐的衝動。

佟嵐瞇眼看向下方，見樂越木呆呆站著，神色詭異，只當他已被嚇破了膽，哈哈一笑，一揮衣袖：「上暗器！」

清玄派其餘弟子們看著洛凌之，皆不動手，一個弟子道：「師兄，太子命我們留活口，尤其不可傷害那個穿紅衣服拿鞭子的姑娘。」

佟嵐橫起眉毛：「上暗器就一定會打死？給我發！留神著點兒，別傷到那個漂亮姑娘。」

這個命令難度有些高，清玄派的弟子們愁眉苦臉地摸出了暗器，扣在手中，佟嵐率先一揚手——啪，額頭上被甚麼重重砸了一記，火辣辣地疼痛。定睛一看，一隻長著翅膀的猴子正在不遠處對他做鬼臉。

地面上，孫奔高聲笑道：「喊出聲的可就不叫暗器了。」

佟嵐大怒：「欒越逆黨，果然全是妖人！發暗器！去幾個把那隻妖猴拿……」話音未落，頭頂一麻，眼前一白，一道雪亮的小閃電擊中了他的天靈蓋。

佟嵐一個跟頭從飛劍上摔落，束起的髮髻上冒出一股黑煙，幾個清玄派弟子趕忙御劍從四方趕上，企圖撈住他下墜的身影，眼看佟嵐已倒栽大蔥式筆直扎向地面，一道藍影一閃，接住了他，轉手放到地面。

應澤哼道：「區區螻蟻凡夫，竟敢對本座不敬？小小懲戒，竟然都經受不起。」

幾個隨後降落地面的清玄派弟子扶住四肢不斷抽搐的佟嵐，訥訥向方才接住佟嵐的洛凌之道：「大師兄，多謝。」

洛凌之淡淡道：「我早已不是你們的大師兄了。」

清玄派弟子們都默然。

剛才說話的弟子停了片刻後急促地道：「大師兄，知府大人還有太子的兵馬正在上山，我們只是師兄想搶功才打頭陣而已，你們還是快些……」

他話音未落，馬蹄與鎧甲的碰撞聲已近，真正的兵馬，殺到了。

孫奔抱著雙臂笑道：「人不少啊，看來朝廷越來越把我們當回事了。樂少俠，恭喜恭喜。」

樂越亦笑道：「孫兄，同喜同喜。」

正對著他們的盾牌陣後，有一人身穿大將鎧甲，應該就是頭領。

樂越上前一步，抱抱拳：「敢問今天來圍堵我們的，是哪位將軍？」

那人高聲道：「本將江南兵馬總司趙正，上前喊話者，可是逆賊樂越？本將奉朝廷旨意，特帶兩千兵馬，擒你歸案！」

樂越痞痞一笑：「在下正是樂越。趙將軍，千軍萬馬中、安順王的營帳在下都來去自如，你真當這兩千兵馬，困得住在下？」

趙正的臉在頭盔下變了顏色。

孫奔大笑兩聲，轉頭向樂越道：「越兄，正事要緊，孫某等不及在這裡陪趙將軍聊天了。」

趙將軍的臉完全青綠，顧不得之前太子嚴厲下達的不得傷到紅衣姑娘的命令，抬臂做了個手勢，一排排弓弩在盾牌後架起。

一個「放」字已到了他口邊，正要吐出，身後突然傳來一聲高喝：「且慢！統統住手！聖上有旨，諸人聽宣！」

圍困的兵卒向兩邊讓開，讓出一條通道，十餘名黑色鎧甲的護衛踏馬如飛，風馳電掣簇擁著中央幾人而來。

琳箐驚訝：「咦？那不是杜書呆你帶到九邑的十幾個護衛嗎？」他們中央身穿紫色鶴紋袍的人

似乎是……

趙將軍神色微變：「定南王爺，臣知道世子就在叛黨之中，但本將此次圍剿叛匪乃奉了朝廷旨令，望王爺勿要徇私干預。」

定南王翻身下馬，手中舉起一物：「聖旨在此，所有人等跪下聽宣！皇上聽聞有同宗骨血流落在外，爲保皇族血脈，恩召樂越等人入京覲見，其罪暫免，朝堂之上，驗明正身後再做定奪。欽此。」

滿山頂的人都愣了。

這道聖旨實在匪夷所思。皇上已許久不問朝政，此時竟然會下旨保一個叛黨？

就算這個叛黨的確是和氏皇族血脈，這點血脈也不知道已在民間被稀釋了多少代，要用甚麼方法驗明正身？

趙將軍猶豫道：「王爺……」

定南王身邊的一人尖聲呵斥道：「大膽，難道你還懷疑皇上的聖旨？」從定南王手中接過聖旨，展開。「趙將軍，要不要過來辨認一下聖旨之上是否是皇上的筆跡、皇上的玉璽？」

此人赫然是太后身邊最親信的宦官，曾親自迎接澹台容月的劉公公。

趙將軍連忙跪倒在地，其餘人跟著伏倒在地，叩頭口呼萬歲。劉公公哼了一聲，抖開聖旨，宣讀了一遍，內容與方才定南王所言無異。

宣讀完畢，劉公公闔起聖旨，捧在手中：「樂越，你可願接旨？」

樂越眉頭緊鎖，沉默片刻，跪倒在地：「吾皇萬歲萬歲萬萬歲。」

他更是想不明白，這聖旨爲何而來。所以他想看一看，這道聖旨後隱藏的，究竟是甚麼意圖。

樂越接下聖旨，劉公公微笑：「樂越，咱家當日在九邑初次見你時，就覺得你不凡，現在看來，果然不凡，收好聖旨，即刻啓程進京吧。」

劉公公身側的定南王道：「公公可否暫待本王片刻，本王有些私事要辦。」

劉公公自是滿口答應，讓到一邊。

定南王瞇起眼，越過樂越等人，徑直大步走到杜如淵面前，狠狠一掌摑下。

杜如淵踉蹌後退幾步，嘴角滲血，臉頰迅速青紫。尚未站穩，定南王又一掌摑在他的另半邊臉上：「將這個叛臣逆子給本王拿下！」

□

藥香繚繞的鳳乾宮中，和韶躺在軟榻上，看著正緩步走來的人影。

清平冠，步雲履，玄道氅，衣襟與袖口處鑲著朱紅色的闊邊。衣裝相貌，從和韶幼年初次見他時至今，沒有絲毫改變。

他走到榻前，照例不行禮，袖手而立，和韶虛弱地撐起身：「國師，朕聽聞你前日出關，想來身體已調養大好，功力亦應更進一層樓，實乃朝廷與朕之福。」語氣之中，君對臣的關懷之情切切。

那人的回答照例沒有分毫臣子的謙恭：「多謝皇上關懷，我今日前來，皇上應知所爲何事。」

和韶疑惑道：「哦？國師所指甚麼？朕不知。」

鳳梧道：「數年不見，皇上學會說謊了。」

一旁隨侍的小宦官變了顏色，尖聲呵斥：「大膽！皇上面前，竟敢如此不敬！」

和韶抬手阻止：「朕與國師，一向如此說話，不得對國師無禮。」

小宦官喏喏退下。

鳳梧淡淡道：「如今皇上身邊貼身服侍的奴才們，也比昔日的護主些。」

和韶笑笑，嗆出一陣撕心裂肺的咳嗽。一旁的宦官、宮娥們急忙奉盂遞帕，又端過藥碗。鳳梧袖手旁觀，和韶喝了兩口，勉強壓下咳嗽。

鳳梧再開口：「皇上下了聖旨，讓那樂越進京？」

和韶微笑道：「原來國師是爲此事而來。不錯，據說樂越乃是流落在外的皇族血脈，朕爲辨眞僞，便讓定南王去把他帶進宮來看看。」

鳳梧冷笑道：「此人在九邑起兵作亂，操縱孽龍，以妖術蠱惑眾人，自稱皇族血脈之說，定然純屬一派胡言。皇上竟然相信，還下旨召其入宮，未免欠缺妥當。」

和韶道：「作亂一說，朕聽說另有隱情，孽龍妖術之事，恐怕只是傳言而已。朕在深宮之中，不知眞相，唯有親眼見之，方能論斷。」

鳳梧道：「九邑作亂及孽龍妖術皆乃安順王與我親眼所見，絕對無誤，皇上身體虛弱，何必再度驗證，徒然耗費精神。不如此事就由太子處理，皇上安心養病。」

和韶張口，話未吐出，又是一陣咳嗽，宦官、宮女們再度簇擁上前，少頃咳喘平息，和韶甚是疲倦地嘆了口氣：「朕自知大限不遠，也不想再多勞神，無奈此事太子與安順王皆無法處理，朕唯有勉強親查。」

他自枕邊取出一本奏摺：「除了樂越之事外，朕近日還接到不少密報，有說安順王想造反太子想謀逆的、有說國師是幕後主使的，還有人說，太子並非長公主親生，乃是安順王與一江湖女子的私生子。紛紛紜紜。若哪天朕死了，江山社稷因這些謠傳而亂，和氏皇族血脈不保，千古罵名，朕如何揹負得起。因此此事，朕必須徹查。」

小宦官接過奏摺，捧到鳳梧面前，鳳梧並未接過，沉默片刻，忽而笑了：「沒想到連臣都有謀逆之嫌，此事臣的確不好再向皇上進言，皇上看著辦吧。」也不行告退之禮，轉身便走。

和韶開口喚道：「國師請留步，朕……還有一事想問。」

鳳梧停步回身，和韶緩聲道：「朕方才聽國師說，孽龍與妖術乃你親眼所見。國師法力通玄，不知傳聞中護佑本朝的護脈鳳神，國師可曾見過？」

鳳梧有些意外，一時沒有回答，陰涼幽暗的殿內，他朱紅的袖緣好似黃昏天邊的雲霞。

少頃，他才平淡地道：「皇上既知是傳聞，何必非要求證？」

和韶的目光有些模糊：「朕不知是否僅僅是傳聞，方才要求證。朕聽說每代皇帝皆由護脈鳳神擇定，一世護佑。朕乃先帝獨子，雖然自幼體弱，資質庸碌，仍然做了皇帝，朕想，假如鳳神眞的存在，我的那位鳳神定然會十分無奈。我一生無爲，不像父皇。所幸壽命不長，他能再找下一位明主。這麼多年，對不住他了。」

鳳梧的神情沒有甚麼變化，和韶不由得記起二十多年前，也是這樣的一個夏日，父皇喚他進御書房，指著案前立的一人道，此是馮梧國師，你須敬他如師，聽他教導，來日你和父皇一樣做了皇帝，他會像輔佐父皇一樣輔佐你，讓我和氏江山千秋萬世。

那時案前的人也像現在這樣，不施禮，未躬身，卻抬手輕輕撫在他頭頂，朱紅的衣袖如彤雲觸碰他臉側，淡淡的笑容也絢若雲錦。

他傻傻地看，心中自然地想，假如眞的有神仙，應該就是這個模樣。而後他見那人微皺起眉，向父皇道：「皇子體弱。」

父皇道：「朕今生，可能只有此子。」父皇與馮梧的神情都有些遺憾，那遺憾好像變成了針，扎了扎他的心。

他想把這些神情抹去，以後不再出現，他拚命讀書，聽太傅的話，有了不解的疑惑時，他捧著書去找馮梧請教，馮梧每次都一一耐心指點。馮梧的學識比太傅還要淵博，三言兩語便能開解疑惑，每次請教完畢，他覺得，馮梧當日的遺憾之色便能消去一分。

直到他十一歲那日，百里齊叛亂，馮梧向父皇請求親自前去涂城平亂。

和韶躲在屏風後，聽得馮梧向父皇道：「禍根不在百里氏，而在涂城之內，務必斬草除根。」

父皇神色猙獰：「殺，敢覬覦朕之皇位者，一律殺無赦！傳慕延！朕要滅涂城全城！」

而後，叛亂平息，馮梧重傷而歸，閉門在國師府中養傷。

和韶謊稱去郊野打獵，想偷偷溜去探望馮梧。馬匹意外受驚，他跌落在山谷中，重傷昏迷時又倒楣遇上大雨，回到皇宮後，傷勢在御醫的調理下痊癒，卻從此落下肺疾。

父皇的身體也在平定百里氏之亂後突然差了起來。父皇幾乎每晚都會作噩夢，說有很多冤魂纏著他，多得整個寢宮都塞不下。除了馮梧之外，父皇又請了很多道人、方士、和尚在宮中，夜夜誦經。但父皇仍然越來越暴躁，病也越來越重，終於在幾年後駕崩。

和韶登基時，正值酷夏，離他十六歲生辰尚有三個多月。父皇駕崩，連日哀悼，讓他舊疾復發，酷熱之中穿戴著沉重的鳳袍冠冕，大典未完便頭暈眼花。踏上御階，接受百官叩拜時，沒留神打了個踉蹌才在御座中坐下，只見一旁的馮梧微微皺眉，神色中，帶著當年在御書房中初見時的遺憾。

和韶登基之後，馮梧仍是國師，卻久不上朝，只偶爾出現。

上一次見其與今日間隔了多久？和韶已經算不清了，大概有幾年了。連立太子之事，都是只遞了一本摺子過來，道，應立慕禎爲太子。太子冊立大典，馮梧也未曾出席。和韶忍不住想，是否要到朕駕崩、慕禎登基時，國師才會出現。

沒想到竟然不用等到那個時候，一道宣樂越進京的聖旨，先把國師召進宮來了。

和韶不禁有些想笑，**看來朕還是托了那樂越之福**。

此時此刻，他面前的鳳梧仍是一貫淡然的形容：「皇上有恙在身，心緒煩亂在所難免。思慮過多於身體無益，還請安心調養。」微微躬身。「臣先告退了。」

和韶不由得脫口而出道：「國師下次進宮，是否是太子登基之日？」

鳳梧眉峰微皺，抬眼看向和韶：「臣的舊傷已癒，以後會時常進宮，望能替皇上分憂。」稍微頓了一頓，接著道。「太子應已擇定下一任國師人選。太子登基之日，便是臣辭官歸隱之時。」

和韶不由得問：「那麼，國師當日爲何還要讓朕立慕禎爲太子？」

鳳梧慢條斯理道：「太子成爲太子，並非我讓皇上冊立，更非他人謀劃。此乃天意，亦是天命。」

和韶又問：「在國師的天意中，那樂越算甚麼人物？」

鳳梧頓了一頓，方道：「應該是上天安排給太子的一場考驗。可以算作……天災。」

鳳梧回到國師府，發現鳳桐正在庭院中飲茶，凰鈴坐在旁邊和他唧唧喳喳地說話，一副歡樂怡然的情形。

鳳梧略有些不快：「你們今日怎麼有空到此聊天？」

鳳桐晃晃茶盞：「你那皇帝的一道聖旨，讓太子躁狂數日，我耳根難靜，出來躲躲。」

凰鈴吐吐舌頭：「太子最近被楚齡郡主迷得神魂顛倒，根本看都不看澹台容月一眼，我看我快不用做啦，所以就和鳳桐哥哥一道來梧哥哥你這裡散散心。」

她的袖口處鑽出黃絨絨的一團，喳喳叫了兩聲。凰鈴摸摸絨團的腦袋：「看，阿黃他也很悶。」

鳳梧哼了一聲。鳳桐的懶惰、不思上進他一直很看不慣，自省是自己以前沒有盡到做兄長的責任，教導好幼弟，於是肅然道：「那道聖旨起不了甚麼大用。太子如此沉不住氣，固然是他的天性，你也應該盡自己的責任，多加規勸。」

鳳桐搖頭：「難，難。凡人有句話說得極好，正所謂江山易改，本性難移。說到底我等不過是順天命司運數，凡人執意犯傻，我們難以左右。」

凰鈴插話道：「是呀，我和桐哥哥剛剛還在議論來著，就譬如梧哥哥你的皇帝，你一直說他懦弱無爲，結果他突然下了一道聖旨，不是連梧哥哥你都沒料到？」

鳳梧再度冷哼一聲。鳳桐挑眉觀察他的神色：「大哥今天特意進宮去嚇唬皇帝，是否已讓他收回聖旨？」

鳳梧板起寒霜籠罩的臉：「即便他將那樂越召進宮，又能如何？」

鳳桐恍然：「原來是沒有成功，皇帝挺有骨氣麼。」

鳳梧臉色越發難看，他在九邑吃了大虧，和韶又突然做出讓他意外的舉動，此刻再被鳳桐嘲諷，一時間怒氣翻騰，不得不凝神壓抑，勉強將神色恢復如常：「君上處有何示下？」

鳳桐無奈地攤手：「君上之意難以揣測，只說了五個字——『先隨他去吧』。」

凰鈴接口道：「所以我們就來喝茶了。」阿黃跳到她的膝蓋上，撲撲翅膀，扭動兩下。

鳳梧皺眉：「他？他是誰？」

鳳桐道：「皇帝、樂越、那條蠢之又蠢的小龍，或者那位上古龍神，都有可能。」他玩味地端詳茶盞。「其實，樂越果眞身負天命也說不定。」

當日涂城一事，鳳梧親自出手，一城凡人死了多半，代價慘重，連君上都遭天庭責罰，樂越竟然還能活下來。如今又有上古龍神相助，不說他命好都不行。這麼彪悍的好運氣，難道眞是機緣巧合，沒有一隻無形之手暗中安排？

凰鈴小聲試探著道：「梧哥哥，我一直都很想問，十幾年前，涂城的那件事究竟有甚麼內情？我們護脈神恪守天規，不傷凡人，爲甚麼那時卻……還有，君上是怎麼查到和氏後人在那座城內的？爲甚麼……」

鳳梧冷冷截斷她的話：「不該過問之事便不要多打探，知道了對妳沒甚麼好處。那樂越，不過是上天認定的禍根而已。」拂袖向屋內去。

鳳桐慢吞吞在他身後道：「大哥，直至今日，你還當你在那面鏡子中所見的是眞相？」

鳳梧的腳步頓了頓，沒有回身，繼續向屋內去。

雙翅的舊傷似乎又在隱隱作痛，但即使十幾年過去，他仍認定，當日的所作所爲乃順應天命。

十幾年前的某日，鳳君偶然有事難以抽身，命鳳梧代上天庭例行述職。

護脈神司凡間國運，由北斗宮管轄。

護脈龍神歸於北斗第一宮天樞星君門下，鳳神本是第二宮天璇星君屬下，玄龜從於第四宮天權星君，麒麟則由第六宮開陽星君掌管。

護脈神每十年須上天庭述職一次，記錄功過。鳳君奪了辰尙之位後，每次述職時，天樞、天璇兩宮皆得要去。

鳳梧上天庭這日，恰好天樞星君事務繁忙，不在北斗宮中，鳳梧遂先去拜見天璇星君，代鳳君述職完畢，再繼續等待天樞星君歸來。

他在北斗宮中信步四處遊逛，卻看見一棵仙桃樹下，兩位仙君正在對坐下棋。其中一位是北斗七星君之一搖光星君，另一位則是司掌天命的命格天君。

鳳梧連忙上前拜見，命格天君道：「小鳳凰，你來得正好，老夫與搖光星君這裡正好差個算子兒的，你過來替我們記個數。」

鳳梧領命侍立一旁，計算棋路棋子時，卻看見命格天君身邊的一面銅鏡閃閃發亮，鏡面中雲霧繚繞，隱約浮現圖景。鳳梧頓生好奇，一時連算子都忘記了。

命格天君察覺他不斷看那銅鏡，便笑道：「此鏡是本君的一件法寶，喚作觀塵鏡，可以隨持鏡者的心意看見塵世萬物過去現在，並且能預見未來。」

鳳梧心念微動，大膽道：「天君能否將此鏡賜予小神一觀？」

搖光星君夾著棋子看了看他：「小鳳凰，有時候看見未來之事，也沒有多少益處。」

命格天君呵呵笑道：「搖光星君固然是一番好意，但讓他看看也無妨。」拿起銅鏡，遞給鳳梧。

鳳梧拜謝接過，心中自然而然浮起想要看看護脈鳳神與應朝運勢的念頭。

那銅鏡中立刻雲霧翻騰，少頃，雲霧漸漸四散，露出一副圖景，卻是當日辰尚被護脈鳳凰一族合力圍攻落敗而走的情形。隨後，整個應朝江山金色的龍氣改化為七彩的瑞氣，但在東南某處，忽而有一點異樣的光彩微弱閃爍。

鳳梧急忙運起念頭，那微弱的光彩擴大，鏡中換了一幅景象，卻是一個女尼將一個嬰孩送到一戶人家之中。鳳梧待細看時，鏡中的情形立刻又被雲霧覆蓋，雲霧變成滾騰的黑煙，濃煙瀰漫融散，其下竟然是燃燒的京城。

整個京城全部被沖天的火焰包裹，半空中盤旋著幾隻鳳凰，翅翼與尾羽都已被燒焦。畫面再轉，依稀是皇宮殿閣之內，鳳君口吐污血，跌落在地。不遠處，一個淺金色的影子龍氣繚繞，影子旁邊站著一人，頭戴十二旒珠簾冠冕，身著龍袍。

鳳梧大驚，要再向下看，鏡中情景再變，竟然是一個黑色的魔影，面目猙獰，雙目赤紅，飄蕩在整個應朝江山之上，直向天上而來，驀地一撲，好像要衝破鏡面，血紅的雙目恰與鳳梧對視。鳳梧心中湧起一股莫名恐懼，雙手一抖，銅鏡跌下，尚未落地，便打了個圈兒，自動飛回命格天君手中。

命格天君捻鬚微笑道：「看來未來之事的確讓你難以承受。」

鳳梧連忙跪倒在地：「小神不知鏡中所見情形乃是何意，還請天君開恩指點一二。」命格天君卻不肯多說，只道，鏡中所見，預示了一個劫數，至於是甚麼劫數，天機不可洩露。

鳳梧心中混沌一片，雖勉強打疊精神，仍無法再靜心替兩位仙君算棋，一局棋罷，他躬身收拾棋子，一枚棋子從指縫中滑落，恰好跌到觀塵鏡附近，鳳梧抬手去撿，手背有意無意地拂過鏡柄處。

搖光星君道：「小鳳凰，你心緒已亂，全無觀棋所需之靜，退下吧。」

鳳梧領命告退，剛回身，搖光星君又道：「今日在觀塵鏡中所見之事，最好全部忘掉。如若自以為是，劫數反而會因此而生。」

鳳梧諾諾應是。就在方才，他有意跌落棋子，觸碰觀塵鏡，一瞬間，女尼抱著嬰孩走進的那戶人家的大門閃現，讓他看清了門匾上的兩個字——「李府」。

知曉了大致方位與姓氏，追查起來並不算難。

天命預示，這個嬰孩的後人最後引發妖魔臨世，還隱隱有滅天之意，那麼，防患未然，唯有提前將禍根鏟除。

可惜，要緊關頭竟然有一個野道士半路殺出，令他功虧一簣。

孽龍一族竟然妄想扶持這個禍根翻身奪位，觀塵鏡中曾有預見，鳳梧並不意外，可沒想到玄龜與麒麟族也站到了孽龍一方。果然是天禍臨頭，大劫之兆。玄龜與麒麟自以為幫了孽龍就是匡扶正義，然真正天道，是在我鳳族這裡！

他走到靜室之中，手扶上一塊玉屏，玉屏表面頓時映出宮中某處的情形。

僻靜的殿閣內，楚齡郡主正輕聲向太子道：「宮中耳目眾多，殿下千萬不可暴露情緒，讓別人覺察出喜怒。」

太子踢開腳邊的瓷杯碎片，冷聲笑道：「就算看出，又能將本宮如何！我心甘情願磕頭認那昏君為父，他竟要用樂越這個混混來取代本宮！簡直奇恥大辱！樂越一個卑微不堪的賤民謊稱皇族之後，昏君居然也相信。哈哈——好！就讓他把樂越召進宮，看看一個大馬猴穿上鳳袍，能不能變成人樣！」

鳳梧突然有點理解為甚麼鳳桐一提起太子總是那副陰死陽活的模樣，屏風映出的虛像之中，楚齡郡主又溫聲軟語地勸解太子，太子再接再厲地掃落兩個茶杯，卻還故作鎮定地負起手，陰冷道：「說來好笑，當日樂越在青山派那個破爛門派內，之於本宮的師兄弟們，還不如路邊的一灘爛泥。此人偷雞摸狗，樣樣來得，此人……」

楚齡郡主寬慰道：「樂越只是個不堪之徒，太子何必將他放在心上？」

太子扯動嘴角：「妳說的不錯，本宮自打知道有這個人的那天起，便沒正眼瞧過他。想當年，那樂越在青山派時，曾經……」

鳳梧按了按額角，他本來想前去和太子說一句，倘若你對那道聖旨心有不忿，我有幾條路可供你選擇。

但現在，鳳梧決定還是算了，畢竟太子是由鳳桐輔佐，自己不便越界插手。這條很長的路，就讓鳳桐獨自去走吧。

鳳梧一揮袖子，屏風上的景象消失無影。

□

「哈啾！哈啾！」炎炎烈日下，漫長官道上的馬車內，樂越耳根燥熱，重重打了兩個噴嚏。

琳箐立刻道：「哎呀，肯定是太子在皇宮中罵你，皇帝這道聖旨，一定氣死太子和安順王了。」

自打踏上進京路以來，樂越掛念師父、師叔和師弟們的下落，一直沉默寡言，時常眉頭緊鎖凝視窗外，目光虛浮，讓琳箐很是發愁，故意說笑話逗他。

樂越揉揉鼻子，琳箐又道：「等晚上紮營時，我再替你去向附近的土地神打聽一下。」

她剛剛去狐老七家查探過，狐老七的山洞中空空落落，但沒有打鬥過的痕跡，像是提前很有準備地搬走了，連菜地裡的藥材和暗洞中的菌菇都被細心地挖出。

能這樣有條理地搬走，顯然是提前知道了甚麼消息。除了狐老七之外，少青山附近的山野小妖怪們也都消失無蹤。

琳箐向樂越道：「不過最奇怪的是，原來你們少青山一帶，既沒有土地神也沒有山神。按理說天庭不會如此疏忽，難道因爲你們門派曾有師祖飛升過，又有兩大玄道門派坐鎮，所以天庭不再派遣土地神？」她戳戳應澤。「喂，老龍，你待在鴨蛋殼中，也算在青山派待過幾百年，有沒有一點山神、土地神的消息？」

應澤哼道：「之前……應該是有，本座下了那場雨之後，聽說管這方土地的小神仙也獲罪了。這些瑣碎小事，本座一向不怎麼放在心上。」肅然地往嘴裡塞了一塊山藥酥。

洛凌之道：「或許商景前輩知道一些原委。」

樂越摸摸下巴，終於開了口：「我一直在琢磨，到底要用哪種方法才能把杜兄放出來。」

杜世子現在正被定南王五花大綁關在一輛馬車內，周圍重兵把守，定南王說，要帶這個叛臣逆子進京到皇上面前請罪。

琳箐、昭沅和應澤曾經使用隱身術輪流去探望他，杜如淵被捆得像一顆粽子，車廂內也安排了人看管，商景趴在他頭頂睡覺，倒還是一副鎮定的模樣。

昭沅憂心忡忡道：「杜如淵的爹不會眞要大義滅親吧？」

琳箐道：「放心吧。那個杜王爺只是做做樣子而已，他狡猾著呢。皇帝已經召樂越進宮了，杜如淵和樂越一起混，怎麼會被定成叛黨？只是因爲他是定南王的兒子，定南王不得不對他嚴厲一下。這招叫苦肉計，是凡人常用的伎倆啦。不過杜王爺下手眞夠狠的，打杜書呆那兩個耳刮子可是貨眞價實。」

昭沅恍然。想起方才去探望杜如淵時，他的確一臉悠閒，那幾個在車廂中看管他的侍衛服侍他喝茶吃飯，商景時不時施展一下法術，替他舒活一下血脈筋骨，防止發麻。

洛凌之微笑道：「只是商量事情時少了杜世子，總好像欠缺很多。」

樂越點頭，可定南王綁兒子，這是人家的家務事，外人不好插手，想把杜如淵弄出來，難。

定南王奉旨帶樂越進京，乃是祕密行事，因此人馬一路沿郊野繞行，不入城鎮，夜晚就在郊野中紮營而宿。

樂越單獨被分在一頂營帳內，琳箐是女孩子，也分了一頂小帳，昭沅、應澤、洛凌之、孫奔合住一頂大帳篷。護送他們的兵卒都是定南王麾下的精兵，各個身手敏捷，精悍強幹。這廂紮營完畢，那廂伙頭軍已經生起火堆，準備晚飯。

樂越在帳篷外轉了一圈兒，湊到一處火堆處問是否需要幫忙撿柴、找水，幾個兵卒立刻站起身恭敬行禮道：「這些粗活是我等的份內事，多謝樂公子，請公子回帳內休息。」

樂越只得訕訕走開，昭沅和琳箐與他一道又來回蹓躂片刻，打眼看見孫奔蹲在定南王帳篷旁的一處火堆邊和幾個兵卒談笑風生。

琳箐撇嘴：「姓孫的又開始鑽營了。」

那天在少青山頂，樂越接下聖旨決定去京城後，孫奔居然沒有離開，還自動把自己算進樂越的同伙之中，滿臉懇切地和樂越說，京城乃龍潭虎穴之地，他和樂越同仇敵愾，不放心樂越孤身犯險，打算和他同去京城看看情況。

樂越和洛凌之都讚揚孫奔這回很夠義氣，唯有琳箐不厚道地在心裡想，恐怕姓孫的又在打甚麼小算盤。

果然，上路之後，孫奔開始時不時在定南王附近晃悠，還有意無意引出一些用兵打仗之類的話題，其居心昭然若揭——

他正在努力向定南王自我推薦，企圖混入軍中。

琳箐不懷好意地道：「聽說姓孫的當年曾經打算投靠定南王，在門口等了數天，人家連見都沒見他。這回終於見了定南王的面，祝他能如願成功。」

她在心裡補上一句，**我看難**。

話剛說完，那邊帳簾一挑，定南王自帳篷中走出，兵卒們立刻起身行禮，孫奔也跟著抱抱拳，定南王向他微微頷首，卻徑直往樂越這方行來。

「樂少俠，這幾天趕路，可還習慣？」

樂越立刻答道：「習慣，習慣，我們一向跑慣了。」

杜老爹簡潔地一點頭，轉身離開，樂越忙喚住道：「王爺……世子他……」

定南王回身，簡短道：「樂少俠，若無其他事情請回帳中休息，吃完晚飯早些睡下，明早還要趕路。」

樂越不好再說啥，只得摸摸鼻子走開。

晚飯做好，兩個兵卒把飯菜端進樂越帳中，樂越只得回帳篷中吃。外面兵卒們整齊地圍坐在火堆旁用餐，百十來號人，吃飯時竟然鴉雀無聲。

昭沅、琳箐、洛凌之、應澤、孫奔端著飯碗叼著大餅鑽進樂越帳篷中，琳箐問洛凌之：「你剛才去探查杜書呆的帳篷，情況如何？」

洛凌之端著麵湯碗無奈道：「和前幾日一樣，世子的帳篷外防守森嚴，無法靠近。」

二更時分，昭沅使用隱身法從帳篷中閃出，和琳箐一道駕雲飛上天空。

琳箐使用觀神術，查探四方，方圓百里之內，仍然沒有土地神或者妖物的氣息出現。

琳箐不禁喃喃道：「奇怪，這裡離少青山已經很遠了，怎麼仍然連個土地神都找不到？難道天庭已經不再派遣土地神鎮守凡間了？」

昭沅疑惑道：「會不會出了甚麼事？」

琳箐跺跺腳：「不知道呀！這一路既沒有找到妖怪，也沒有山神、土地神的影子，很詭異！」她再用法術仔仔細細搜了一遍，依然一無所獲，只得和昭沅一道回去。

落到營帳旁邊，琳箐突然對昭沅道：「那個……你去找樂越說這件事吧，我、我回去睡覺了。」

昭沅有些不解：「爲甚麼？」他的嘴比較笨，覺得還是琳箐告訴樂越查到的情況會更清楚一些。

琳箐的臉奇怪地泛上了紅暈：「哎呀，現在已經是半夜了，樂越……他肯定在睡覺。」

昭沅用前爪搔搔頭：「他知道我們晚上會出來查情況，肯定沒有睡著，就算睡著了，把他叫醒就好了。」

琳箐抬手在他腦袋上重重地敲一記：「你眞笨，再怎麼說，我也是女孩子，半夜去樂越的帳篷裡不太好。還是由你去說吧，嗯，就這樣。告訴樂越明天早上我再去找他。」扭身跑回自己的營帳。

昭沅愣愣地看著她的背影，再撓撓頭，琳箐爲甚麼突然這樣害羞了？她以前闖樂越房間明明非常爽快。眞是越來越奇怪。

昭沅獨自鑽進樂越的營帳，樂越正枕著雙臂躺在地鋪上，昭沅剛剛現出身形，樂越便一骨碌爬起身，悄聲問：「怎麼樣？」

昭沅搖頭：「沒查到。」

帳篷上映出巡邏兵卒來回走動的影子，昭沅變回龍形，樂越抓著他鑽進被窩，昭沅趴在枕邊，把查到的結果詳細告訴樂越。樂越也大惑不解。昭沅吹吹鬍鬚：「我對土地神之類的不太懂，琳箐說明天再去查一下。」

樂越嗯了一聲：「我想師父、師叔和師弟他們應該沒事，他們很會藏，尤其是樂晉、樂魏幾個……」

昭沅知道他在自我安慰，也點點頭：「是啊，看清玄派的人跳腳的樣子，就知道你師父他們一定沒事了。」

樂越沉默片刻，問：「對了，琳箐先去睡了？」

昭沅唔了一聲：「她說，她半夜來你營帳不太好，讓我告訴你明天早上再來找你。」

樂越嘿道：「說得好像她以前沒做過一樣，怎麼突然害羞起來了？」頓了頓，又道。「害羞點也好，這樣才比較像女孩子。」

三更過後，昭沅已經趴在枕頭邊呼呼酣睡，樂越枕著胳膊躺著，仍然睡不著，眼下壓在他身上的事情越來越透著奇怪。

皇帝召他進京之事，他倒是能猜到大概緣故。

皇帝被安順王和國師壓制，一定不滿許久，現在不過是拿他作藉口對抗罷了。但是關於自己的身世，還有兩次夢遇師祖卿遙，都太蹊蹺。

樂越隱隱感覺，能夠「夢遇」師祖，應該和那本陣法書有關。樂越摸摸懷中貼身收藏的兩本書，翻了個身，闔上雙目。朦朦朧朧間，隱約又聽見有人輕聲呼喚：「道友……道友……」

難道又再次回到了四百多年前？

樂越猛地睜開眼，發現自己仍然在帳中，枕邊昭沅細細的呼吸噴在他的臉側頸邊，帳篷上值夜的兵卒巡邏的影子仍然在來來回回。

但那個聲音依然在極輕地響著——「道友……道友……」

娘啊，難道這回是卿遙師祖從四百年前過來了？

樂越迅速掃視四周，空蕩蕩沒有任何身影，那個呼喊聲卻越來越近。

「道友……道友……」

聲音……似乎比卿遙師祖的滄桑了許多，好像是個老者的聲音。

昭沅在夢中也察覺到動靜，迅速睜眼抬頭，周身金光一閃，已化成人形模樣，低聲喝道：「誰？」

在帳篷外巡邏的兵卒頓時停住，揚聲向內道：「樂公子，有甚麼事？」

樂越連忙一把將昭沅按倒回地鋪，大聲道：「沒有，剛才一隻蛾子撞到我臉上，嚇醒了而已。」

昭沅迅速變回龍形，鑽進樂越袖中，那兵卒挑開帳簾，舉著火把向內看了看，發現的確只有樂越一人坐在地鋪上，帳篷內空蕩蕩並無可藏身的地方，才道了聲打擾，閃出帳篷去。

樂越屏息坐了片刻，待巡邏的兵卒開始正常走動，才從袖口中小心地拎出昭沅，昭沅不再化成人形，老實地盤在他身邊。方才那個滄桑的聲音竟然又響起來：「道友……道友……」

樂越盯著聲音傳來的某處，把嗓音壓到極低：「朋友爲何裝神弄鬼？請現身出來一見。」

昭沅忽然想到這個時候應該在帳篷內加道法障，這樣外面的兵卒就無法察覺帳篷內的動靜了。

這個法術琳箐曾經教過他。

昭沅合起爪子，唸動咒語，一道淺淺的金光閃了閃，擴大開來，成功地變成一個弧形的壁罩，緊貼著帳篷的布壁，把他們罩在其中。

帳篷內在法障的光芒中變得明亮起來，地鋪邊，方才的聲音繼續道：「道友不用擔心，小老兒並無惡意，只是見尊駕路過，前來拜會而已。」

一顆人頭從地面上破土而出，樂越嚇了一跳，險些摸起身邊長劍一劍劈下去。那顆頭越升越高，漸漸露出脖子、上身……最後，一個乾乾瘦瘦的老者立在地鋪旁，向樂越躬身一揖：「小老兒邱茗，見過道友。」

樂越站起身，抱抱拳頭：「在下樂越。那個，這位邱道友……冒昧問一句，您……不是人吧。」

老者的樣貌與常人無異，唯有鬚髮皆是土褐色，他摸著褐色的鬍子，微笑道：「樂道友好眼色，小老兒已在此處山野修煉三百餘年。我雖非人族，但與道友一樣，潛心修煉正道，而不是修妖煉魔之輩。」

樂越再拱拱手：「失敬失敬，原來您老是在下的前輩，但不知前輩深夜前來，有何見教？」

邱茗老者文謅謅道：「我感應到樂道友來到此處。同修道法，便是有緣，故而前來拜會。」

此話樂越當然不信，他才練過幾天道法？連半吊子都算不上，怎麼可能吸引修道的精怪前來，眼前的老者必定另有目的。

果然，邱茗老者神色又再謙恭了一些，躬身道：「另外，小老兒得知，敝處今有龍神駕臨，不知樂道友可否代爲引見？」

龍神？樂越反應了一下才猶豫地指著趴在自己肩膀上的昭沅：「您是說他麼？」

邱茗老者恭恭敬敬地又是一揖。

樂越一時有些意外地感慨，傻龍成長了，都有精怪上門拜見了。他不解地問：「他就在這裡，前輩自己和他打個招呼不就行了？」戳戳昭沅。

昭沅立刻化作人形，站到樂越身邊，那邱茗老者卻仍躬身向樂越道：「小老兒身分卑微，不敢貿然打擾龍神殿下，還請樂道友代爲引見。」

樂越有些冷汗，便依言向昭沅道：「呃，這裡有位修道的邱茗前輩……」

邱茗老者再一躬身：「小老兒的原身乃是地龍，算起來，也與龍神殿下沾些宗親，請樂道友代爲轉稟。」

地龍？那不是蚯蚓麼。樂越一時無語，怪不得老者姓邱，鬚髮皆是這種顏色。只是，地龍與龍雖然有一個字相同，但要算成親戚，這扯得有點遠吧。

樂越清清喉嚨，繼續向昭沅道：「呃，這位修道的地龍邱茗前輩，與你有些宗親，此時前來拜會，望你……嗯，望你願意與他結識。」

昭沅面對眼前的情況，也有些不知該如何是好，便眞心向地龍老者拱手招呼道：「邱老您好。」

邱茗連連作揖：「不敢不敢，小老兒難當龍神殿下之禮。龍神殿下肯與我相見，我已感激不盡。」

昭沅連忙道：「邱老不必如此客氣，論年歲邱老還是我的長輩，只叫我昭沅便可。」

邱茗鬍子梢兒都在感動中顫抖：「龍神殿下對小老兒如此禮遇，小老兒實在不知該如何是好……」

樂越唯恐他這一不知如何是好便拖到天亮，插話道：「對了，邱前輩，我們有一個疑惑怎麼也想不透，正好向您請教。爲何此處竟然沒有土地神坐鎭，也不見其他道仙或妖修的蹤跡？」

邱茗耷下眉，嘆了口氣：「龍神殿下、樂道友，其實我今晚前來，除了拜會之外，亦是過來報個信，敢問龍神殿下可是正與鳳族對抗？」

昭沅默認。

邱茗辛酸道：「這些年，那些禽族因爲護脈鳳凰得勢，各個耀武揚威，不單是凡間的龍精蛟靈，就是小老兒這樣小小的地龍，也常被他們欺辱。最近傳言龍鳳大戰又將開始，龍神殿下您們一路行來，看似很順利，其實每走一步都有禽鳥監視，把您們的一舉一動報告給鳳神。他們怕您們察覺，吩咐凡是有道行靈性的禽鳥都不准接近您們，只用尋常禽鳥盯梢。其他的道仙妖修不想蹚這趟渾水，就自動避開，龍精、蛟靈則被他們清理掉了，所以您們自然找不到靈妖。只有像小老兒這種靈氣本就稀薄、藏身在泥土中的，方才能過來拜見報信。」

昭沅愕然，沒想到護脈鳳凰在凡間的勢力竟然如此之大，連一條蚯蚓因爲沾了個龍字，都被迫害。他心裡隱隱生出憤怒。

樂越道：「怎麼連土地神也不見了，難道護脈鳳凰的勢力大到土地神也趕得動？」

邱茗猶豫道：「土地神，自然不是……小老兒冒昧問一句，龍神殿下與樂道友的同行者之中，還有一位上古大神吧……」

樂越隱約猜到了原委。

邱茗吞吞吐吐地說：「這位大神的仙氣十分濃厚，小老兒這種卑微小輩感應到，不由自主就心生敬畏，遠遠避開，不敢上前打擾……我想一路上的道仙妖修避開諸位，這也是緣由之一……我只是聽得一點旁人傳言……這位上古大神，是否，曾經，犯過天條……」

樂越直截了當道：「土地神是去天庭報信了吧。」

邱茗彎腰：「正、正是……」

樂越與昭沅同時默然。樂越在心中迅速掐算了一下，傳說天上一日，地下一年，不知是否屬實。假如天上的衙門辦起事來和人間的衙門一樣拖沓的話，就算一路走來，土地神們紛紛上天庭去通風報信，等到天庭派兵點將下來捉應澤，說不定已經是一年之後了。

一年之中，變數很多，說不定到時候老龍就完全恢復了法力，他們也想到了對付天庭的辦法。

樂越向邱茗老者道謝：「多謝邱前輩前來報信，晚輩和昭沅感激不盡。」

邱茗忽而再深深一揖：「小老兒有個請求，請龍神殿下一定答應。」

昭沅剛要開口允諾，另一個聲音從帳外傳來：「你放心，他一定答應，我們全都會盡力幫助他辦到。」

琳箐和商景一同穿過帳壁和法障，走到昭沅與樂越身邊。

昭沅詫異：「你們……」

琳箐笑嘻嘻道：「這點動靜我們怎麼可能察覺不到。老龍犯懶在帳篷裡睡覺，我和老烏龜已經在外面聽了半天了。」順手彈彈昭沅的額頭。「法障搭得不錯，但是我們在外面這麼久，你都察覺不到，還須要再勤奮修煉。」

昭沅摸摸額頭點了點頭。

商景走至邱茗面前：「你有何要求儘管說出，我等以護脈神的身分允諾，一定替你辦到。」他抬起右手，手中浮起淡淡的綠色光暈，籠罩在邱茗的身上。

邱茗露出感激的神情：「多謝幾位大神，我有一個孫兒，在三百里外的凌霜山念畫潭邊的濕地中修煉。希望幾位能將此物轉交給他，讓他勿掛念其他，潛心修道，早日飛升。」他從袖中取出一枚珠子，雙手捧上，珠子在綠光中自動飛落入商景的手中。

商景肅然道：「必定辦到。你可了卻牽掛，不必逗留了。」

綠光漸盛，邱茗在耀眼光暈中長長一揖，忽而向昭沅道：「昭沅殿下，辰尙陛下可是你的父王？」

昭沅點頭。

「兩百多年前，我曾有幸與辰尙陛下有一面之緣，當時他盤旋在九天雲上的英姿，我至今難忘。相信昭沅殿下有朝一日定會重登護脈龍神之位，讓凡間萬物都仰望龍神的榮光。」老者浮現出欣慰的神情，身形漸漸消散，化作幾點黑色的碎屑，跌落塵埃。

昭沅愣住，呆呆地道：「他……」

琳箐惋惜地搖搖頭：「你竟然沒看出來，他和紫陽鎭中那隻刺蝟一樣，是一團魂精。」她蹲下身，看著那幾點碎屑。「太狠了，蚯蚓的復元力極強，就算被砍成兩截都能存活。他們竟然將他斬成數段還開膛剖腹用火焚燒……」

昭沅木然地問：「他們是誰？」

沒有回答，帳篷中一時沉寂無聲。

琳箐、商景、樂越連同昭沅都心知肚明，他們只可能是聽命於鳳凰的羽族。

昭沅直僵僵地站著，突然仰頭向天，一聲龍嘯逸出喉嚨。

琳箐與商景同時撲上前，想要出手阻止，可惜爲時已晚。

刺目的金光自昭沅身上迸出，一條金色長龍騰空而起，衝破帳篷，直上雲霄。

巡查的兵卒們如同石像一般愣然看著眼前的奇景，不敢相信自己的雙眼。

金色的長龍在半空中盤旋長嘯，暗黑的夜空金光燦爛，瑞雲繚繞，亮勝白晝。

無數驚鳥從樹梢上喳喳飛起，膽怯地拚命拍打翅膀飛躥。兵卒們手中的兵器跌落在地，雙膝不由自主地彎曲跪倒，更多的兵卒，連同劉公公、定南王都從帳篷中擁出。

劉公公顫手指向天空：「就是這個東西！和我在九邑見到的一模一樣！真……真是太神了……龍……龍果然是真有其事！」

定南王負手望天，皺眉不語。

杜如淵緩步穿過人群，走到定南王面前，他身上的繩索早已解開，薄綢的單袍襯著充斥天地的龍瑞，環繞淺金的光暈。

「爹，你已親眼看到，我所說的盡是實情，可以放了我吧。」

定南王凝望天上，淡定並且肯定地道：「世上絕無鬼神，不過是偶爾的天象有異，或海市蜃樓，或別有用心之人使出的障眼法而已。」

孫奔帶著飛先鋒站在不遠處，飛先鋒再次看見躁狂的昭沅，激動得手舞足蹈，捶打胸脯嗷嗷叫了兩聲，背後藏起的雙翼刷地展開，整個身影再度脹脹脹大，撲搧著翅膀飛向天空，興奮轉圈。

兵卒中再起騷動，劉公公尖聲道：「這隻猴子咱家也見過！」

定南王道：「竟然連一隻猴子也會使用，可見這種障眼法何等低劣。」厲起神色，轉首呵斥已跪倒在地的兵卒。「一些江湖把戲，就將爾等嚇成這般模樣，成何體統！速速各自歸位！」

琳箐、商景和樂越追出帳篷，本正團團亂轉地看著天上的昭沅思忖對策，此時遠遠聽見定南王的話，琳箐立刻豎起眉毛，推了一把樂越：「喂，杜書呆的老爹還在死鴨子嘴硬，索性今天晚上就讓他徹底見識一下甚麼叫作天命所歸！你快把昭沅喊回你身邊。」

樂越只得閉上雙眼，在心中默唸：**「昭沅，鎮定些，回來。」**

天上盤旋的金龍身形頓了頓，樂越接著默唸：「昭沅、昭沅，克制情緒，快些回來。」翻騰游動的金龍漸漸平靜下來，一個擺身，俯衝向下。圍觀的兵卒們不自覺地退後。金龍墜落，纏繞上樂越的身體，咻地消失無形。

他消失得太過突然，旁邊眾人還都在愣怔怔地瞻仰龍神，結果眨眼工夫龍神就不見了，天地間重歸暗夜，眾人一時反應不過來，四周頓時陷入沉寂。

在這沉寂之中，唯有定南王淡定地踱到樂越面前，上下端詳他片刻，伸手，拎起樂越的衣袖，抖一抖，再拎起樂越的衣襟，抖一抖。雙眼瞇一瞇：「嗯？樂少年，如果本王沒有猜錯，這個障眼法所用的應該是煙花之物，機關就藏在你身上。」

樂越感到昭沅鑽向懷中深處，只好僵硬地向定南王乾笑。

定南王再抖抖他的衣襟，沒有抖出甚麼，恰好這時候飛先鋒也落回地面，蹲到樂越身邊，向定南王齜起牙齒扮鬼臉。

定南王伸手摸摸飛先鋒身後的皮翅，捻了一捻，淡然道：「嗯，做得頗像眞的。」

飛先鋒撲搧搧著翅膀嘎嘎吱吱叫了幾聲，意在證明翅膀的確是眞的，可惜定南王已經淡定地踱開，目光掃像四周兵卒：「該歸營者速速歸營，該巡邏者繼續巡邏。」

兵卒們立刻呼啦啦地動起來，遵命行事。

定南王向劉公公道：「公公今晚受驚了，請回帳中休息。」

劉公公向樂越這方看了又看，嘀嘀咕咕地走開：「唉，咱家有時候，都不知道該不該相信自己這雙眼。」

定南王回轉身，又望向樂越這方，語氣依然很平靜地道：「幾位今晚也該鬧夠了，都回營吧。」最後向那幾名隨侍在身邊的黑甲護衛一抬手。「把世子綁回去，繼續嚴加看管。」

樂越眼睜睜看著杜如淵再度被五花大綁，拖向那頂軟禁用的小帳篷。

琳箐忽然高聲道：「喂！姓杜的老爹！你睜大眼看清楚！」她渾身轟地冒起熊熊烈焰，轉瞬間，一頭巨大的火紅麒麟足踏火雲，口吐狼煙，站在營帳之間的空地上。

定南王回身皺眉看了看：「唔。」

麒麟周身烈焰跳躍幾下，再度變成身著紅衣、足蹬軟靴的少女，瞪大眼盯著定南王：「怎樣？」

定南王嚴謹地開口道：「小姑娘，戲法變得相當不錯。」

琳箐綠了臉。

定南王轉身，留給眾人一個平靜的背影：「眼下天乾易燃，最好不要隨便玩火。」

琳箐呆怔了半晌，才猛地跳起身，樂越連忙一把將她攔住，琳箐在樂越臂彎中掙扎踢打：「別攔著我，就算他是杜如淵的老爹，我也要把他的頭殼劈開！」

一直袖手站在一旁的商景抬手按住她肩膀：「小麒麟，妳就算劈開他頭殼，他也會依然如此。」

樂越眞心歎服道：「其實我覺得，杜兄他爹才是四位郡王中最強的一個。」

好歹將琳箐拉回營帳後，琳箐終於還是不甘心，闖到伙頭軍的營帳中拿了一兜菜包子，說動應澤再去挑戰定南王。

琳箐帶著應澤隱身闖入定南王的帳篷，在他面前突然現身。應澤召出兩朵小黑雲，使旋風，打閃電，劈暈了兩個護衛，劈碎了幾個酒杯，定南王很專注地看完，慈愛地摸摸應澤的頭，還讓護衛端來點心請應澤和琳箐吃宵夜。

應澤便揣著點心滿意地回來了，盛讚定南王是卑微的凡人之中不可多得的意志堅定的人才。

琳箐含恨而敗，回去後也沒有得到樂越他們的同情安慰，樂越和洛凌之、商景反而湊在一起，感嘆當年定南王所受的情感傷痛。

樂越道：「可見當年杜兄的母親對杜王爺的傷害實在難以估量。」

洛凌之道：「傷之最痛，唯情而已。」

琳箐的牙都快被他們酸掉了，磨一磨道：「我覺得杜書呆的娘甩了定南王是對的，這人根本是個變態。」

沒想到樂越、洛凌之和商景都不贊同地拉下了臉。

商景道：「小麒麟，妳這樣說太過刻薄，若非當年之事，定南王又怎會連親眼所見的東西都不敢相信？」

孫奔饒有興趣地插進來道：「各位所說的究竟是怎麼一回事，能否詳細告訴在下？」

琳箐被拋在一旁，看他們幾個嘀嘀咕咕湊在一起回顧定南王那段苦情的往事，恨恨地跺腳回自己的帳篷中睡覺去了。

眾人離開之後，樂越吹熄蠟燭，躺回地鋪，從懷中摸出昭沅，戳戳他熒熒發光的龍角：「恢復過來沒？」

昭沅的鬍鬚微弱地動了動。

樂越把他放到枕頭邊：「唉，上次是我連累了你，這次你怎麼自己狂躁起來了？」

昭沅無語。

樂越道：「我知道你心裡難受，說老實話，我心裡也難受。師父和師弟們還不知道怎麼樣，皇帝召我進京，不過是爲了拿我作棋子對付安順王和太子。還有父母之仇……可這些天，我想明白了一個道理，我們要對付的既然都不是好東西，那麼我們就不能和他們一樣變壞。夢裡面卿遙說的道在於心，雖然咱到不了那個境界，但不能被報仇燒掉理智。假如失掉理智，可能更報不了仇。」

昭沅向他身邊湊了湊，樂越拉拉對方的鬍鬚：「聽我樂大俠的一番勸導，你是否感到如醍醐灌頂，豁然開朗？」

昭沅輕輕地嗯了一聲。

樂越枕著胳膊蹺起腿晃了晃：「你現下一天猛過一天，說不定到了京城之後，你大展龍威，一招便將那個鳳君滅了，那麼就天下太平，萬事大吉了，嘿嘿。」他拍拍枕邊。「當然，這不可能是眞的，但是，你看，我們還是很有前途的。所以，要頂住。」他感到一根龍角在自己的臉側蹭了蹭，會心一笑，闔上雙眼進入夢鄉。

第二日清晨，吃過早飯拔營時，昭沅忽然發現定南王正站在不遠處的營帳外，雙手背在身後，肅然地看他。

昭沅向他禮貌地笑笑，定南王緩步踱到昭沅面前，取出一樣東西，昭沅下意識接過，是一塊金絲繩串著的玉片。昭沅有些愣怔，定南王淡淡道：「此物佩戴在身上，據說有安神之效，不知對你是否有用。」轉身踱開。

再一日傍晚，隊伍到達咸祿州地界，樂越向兵卒打聽過，踏進咸祿州後，經過的第一座城名曰壽城，凌霜山就在它的邊上。

車馬經由官道繞過壽城時，樂越掀開車簾向外看，果然見一座翠山立在斜陽下。據聞，前朝曾有位隱士隱居在此山中，效仿陶淵明，柴欄陋院內遍種菊花。惹得不少人前往尋訪賞花，其中一品菊花唯獨在此山中開得格外好，名爲凌霜，於是這座山就改名叫了凌霜山。

慕名賞花之人來往絡繹，那隱士便不再是隱士，變成了入世的名士。後來此人中了科舉，做了高官，在京城最繁華的所在擁有最奢華的大宅，卻再難種出當日在山中隱居時那般好的菊花。十幾年後的某日，他因巡查路經此地，到山中去看自己往昔的住所，茅屋早已殘敗，院中雜草遍生，不由得嘆息道：「念畫已無畫，尋花再無花。」還將這句感嘆題在山下潭水邊的石壁上，無名之潭因此得名念畫潭。

樂越和昭沅直著眼睛聽完這段典故，琳箐驚訝地向講述這段典故的洛凌之道：「想不到你連這種事都知道，不比杜書呆差啊。」

洛凌之淡笑道：「《四海異聞錄》上錄有這段典故，我只是恰好看過而已。」

樂越擔憂地瞄了應澤一眼，老龍正在閉目養神，對這個名字沒起甚麼反應。樂越情不自禁摸了摸藏在懷中的陣法書和《太清經》，卿遙師祖曾經到過這個地方，說不定還有遺留過甚麼痕跡。

樂越盤算了一下，他自己和洛凌之、孫奔三個凡人都不會使用隱身術，絕對不可能在定南王眼皮下面溜去凌霜山，但他實在想親自前去看一看，於是便叫停了馬車，直接到了定南王車駕前道：「在下受人之托，有件要事須繞路去凌霜山下的念畫潭一趟，不知王爺能否應允。」

梢。

定南王居然很痛快地答應了，吩咐今天就在這附近紮營休息，明日再啓程，並且沒派兵卒盯

琳箐奇道：「杜如淵的老爹眞奇怪耶，竟然對我們如此放心。」

樂越道：「因爲杜王爺知道我們根本不會趁機溜走。」

琳箐想起定南王送昭沅玉片的事情：「對哦，杜如淵神神叨叨原來還是隨了他爹，這個定南王行事很古怪，不知道他到底在想甚麼。」

樂越道：「總之，定南王對我們絕對沒有惡意，應該還是暗中幫我們的。其他事情，猜不透便不用再耗費心力了。」

琳箐雙眼亮閃閃地道：「樂越，你現在說話越來越有氣勢了！」

樂越叮囑昭沅看著應澤，凌霜山是卿遙曾到過的地方，假如老龍突然發狂，後果不堪設想。

凌霜山看似就在城邊，走起來距離卻頗遠。一路上，琳箐用法術仔細地搜尋四周，依然沒發現妖精或地仙的氣息。約半個時辰左右，他們終於到了山腳下，琳箐不禁道：「如果那蚯蚓的孫子已不在這裡了該怎麼辦？」抬手向天上指了指。「喏，蚯蚓說的沒錯，一路上盯著我們的可不少啊。」

樂越抬頭看，遠處天空上隱約有幾個黑點盤旋。以前看見天上有鳥雀飛過，總覺得是件很愜意的事情。如今完全變了味道。

樂越道：「讓它們盯，反正我們也沒有甚麼好怕被人看的。」

琳箐冷冷道：「可要是讓我發現它們再濫傷無辜，別怪我的鞭子狠。」

孫奔打個券哨，飛先鋒拍打翅膀飛到半空，發出兩聲清亮的啼叫。

四周和山上的樹木突然都顫動起來，樹杈上、石縫中、山壁懸掛的藤蔓上，冒出了一隻隻黃毛、灰毛或大或小的猴子，探著頭，瞪著眼，抓著耳，撓著腮，揪著樹葉，蕩著鞦韆向這裡看來。

飛先鋒在半空盤旋一圈，嘎嘎吱吱叫了幾聲，猴子們立刻吱吱咕咕地紛紛指向某個方向。兩、三隻黃毛小猴從山壁樹杈上跳下來，爭先恐後向那個方向跑了幾步，樂越等立刻跟上，轉過幾個彎，前方一條小路延伸進山壁形成的夾縫。右側山壁的一處被削平，刻著念畫潭三字。

夾縫中有一條溪水潺潺流出，小路在溪水旁側蜿蜒探入，盡頭是山壁環繞的一處空地，一汪碧水泊在其中，應該就是念畫潭。

原來這汪潭水是汪活水，蓋因此地地貌獨特，溪水從山石中流出，先注入了潭內，再由另一側流出狹縫去，故潭水格外清澈。

剛踏進此處，昭沅就察覺到有靈氣在潭水附近流動，而且氣息好像不只一股。那幾隻引路的猴子躍到山壁上，從藤蔓上摘了幾枚漿果，蹲在潭水邊洗了洗，諂媚地送到樂越等人面前。琳箐沒有接，盯著潭水邊空曠的某處瞇起眼：「有羽族的氣息。」

一道光束自她指尖彈出，飛向那處，像是打中了某道看不見的屛障般飛濺開來，琳箐再一彈指，甚麼都沒有的空氣中竟然有碎裂的聲音，瞬間出現三個身影。

三個身影都穿著黃褐色的衣服，兩男一女，其中一個男子身量較高，俊眼修眉，相貌端麗，一身薄衫像是絲綢質地，瀟灑飄逸。另一個則個頭不高、敦敦實實，穿著土褐色的粗布衣衫，滿臉質樸。那名少女看起來不過十六、七歲，相貌柔美，眼眶紅紅，隱約蓄著眼淚，抓著褐色的衣裙瑟瑟發抖，別有一股嬌怯怯的味道。

琳箐揚起鞭子：「喂，你們兩隻小鳥，趕快放開那條蚯蚓，不然別怪我不客氣！」

樂越大奇：「沒想到邱老口中的孫兒竟然是孫女。」

昭沅小聲道：「是孫子，那個女孩子不是蚯蚓。」抬爪指向敦實質樸的褐衣青年。「他才是。」

樂越頓感顛覆，那名相貌俊美的青年向前一步，拱手道：「幾位上仙，不知你們因何事而來，恐怕對我們有所誤會。我們在此是解決一些家務事。在下並沒有爲難這位邱兄的意思。」

琳箐抬起下巴：「騙鬼呀，沒做虧心事，何必要躲起來？」

俊美青年冷冷道：「麒麟上仙此言差矣，最近世道不太平，我等感覺到有強大的靈力靠近，不知是敵是友，一時隱身躲避有何不可？」

樂越覺著眼前的情景有些微妙，蚯蚓兄看起來滿健康，反倒是那個女孩子像被誰欺負了一樣。

琳箐嗤笑道：「很會找理由，可惜你的真身清楚地暴露了事實——你們兩隻小畫眉是打算躲起來把這條蚯蚓當口糧吧。」

畫眉青年的神色變了變，一直在偷偷擦眼淚的少女突然跳了起來：「這位上仙，拜託妳不要這樣說！我無論如何都不會傷害阿邱的，我絕對絕對不會傷害他……」

少女臉上的淚水如斷線珍珠般滑落，哽咽不已。畫眉青年轉身面向她，冷冷道：「千意，聽了麒麟大神的話，妳該明白了吧？妳與他任誰看來都沒有好結果，趁早斷絕此念，對大家都有好處。」

少女咬住嘴唇，用力搖頭。蚯蚓青年擋在她身前，挺起胸膛：「紫樹兄，我相信意兒絕對不會傷害我，就算有朝一日被她吃掉，我也心甘情願，請你成全我們吧。」

琳箐抓著鞭子被晾在一旁，瞪大了眼。樂越叼著一枚漿果拉她退後兩步，塞給她一枚果子。

昭沅小聲問：「雄畫眉和邱老的孫子是不是情敵？」
琳箐悶悶地咬了一口果子：「看樣子有點像。」
飛先鋒嗯嗯地點頭。
洛淩之沉思道：「在下倒覺得未必，看他的樣子，不像心懷妒恨，倒像嚴厲的長輩管教晚輩。」
孫奔道：「我贊同洛兄。」
琳箐哼道：「說得好像你們兩個很懂一樣。我就覺得是情敵。」
孫奔露出牙齒：「要不要賭一把？」
琳箐一個斬釘截鐵的「好」字剛要衝出口，那廂名叫千意的畫眉少女已經撲通一聲跪倒在畫眉青年紫樹的面前：「哥哥，求求你！答應我和阿邱在一起吧……」
紫樹冷冷道：「絕不可能。」
千意泣不成聲。
孫奔露出得意的微笑。
琳箐別過頭，假裝沒看到。
蚯蚓青年也跪下一同懇求，紫樹的態度依然強硬。樂越幾人都跟著倍感糾結，唏噓不已。應澤咬著漿果品評道：「情這個東西，很是無聊。」
紫樹甩開千意懇求的雙手，向這方躬身道：「讓幾位看笑話了。」
琳箐馬上道：「啊……沒有，應該是我說抱歉才是，方才有些誤會……」她好奇地看向蚯蚓青年和畫眉少女。「問句有些唐突的話，這究竟是……」

紫樹簡潔地說了一下事情的原委。

數月之前，他的妹妹千意羽翅受傷，跌落在附近，被在念畫潭邊修行的蚯蚓邱常救起。邱常為她敷藥療傷，悉心照料，千意竟然因此對邱常漸生情愫，請求兄長准許她嫁給邱常。

紫樹垂下眼簾：「我們與邱兄本是異類相剋，千意與其的姻緣定然沒有好結果，因此我極力反對。舍妹離家出逃，我來抓她回去，這才爭執起來。」他頓了頓，問道。「不知幾位所來何事？」

樂越道：「我們是來找人的。這位邱兄可認識一位名叫邱茗的老者？」

邱常躬身道：「邱茗是家祖。」

樂越猶豫了一下，走到邱常面前，從懷中掏出那顆邱老留下的珠子。珠子在遞到邱常面前的剎那發出熒熒的光彩。

邱常的臉上變了顏色：「這……這是家祖的本命靈珠，為何會在閣下手中？」

樂越道：「令祖已經故去了，托在下等將這顆靈珠帶給邱兄，他還讓在下轉告邱兄，望你潛心修煉，早日得道成仙。」

邱常顫手接過靈珠：「家祖他老人家一生為善，從無仇家，敢問因何亡故？」

樂越沉默片刻，艱難地開口道：「我們見到令祖的時候，他已遇害，只留下魂魄給我們報信。」

邱常顫聲道：「敢問，家祖為各位報的是甚麼信？」

紫樹面無表情道：「看這位少俠的神色，邱兄的祖父應該是亡於我羽族之手。」

蚯蚓青年和千意的臉一瞬間都失去了血色。

紫樹繼續道：「幾位大神之中有龍神。令祖前去報信，不可能是別的事情。實不相瞞，我也已收到消息，凡幾位大神經過之處，都要暫且躲避。聽聞前方道路鳳神已派手下清掃。龍鳳大戰迫在眉睫，邱常，所以我才一直說，你和千意在一起根本不可能有好下場。」

他繞過僵立的邱常，拉著千意後退幾步，千意踉蹌地隨他退到一邊，抬起茫然的淚眼看向他：「龍鳳大戰關我們甚麼事呢？我們不是鳳凰，阿邱也不是龍……」

紫樹殘酷地望著她：「妳覺得邱常的祖父身亡是鳳凰親自動的手？」

千意的目光終於變成了絕望，搖搖欲墜的身體再也站不穩，跌坐在地。

應澤瞇眼看了看紫樹：「小輩，你不是尋常的畫眉精吧。」

紫樹躬身一揖：「晚輩紫樹，乃咸祿州羽靈之首。」

應澤微頷首：「果然，怪不得此地如此不隱蔽，這條蚯蚓還能留著一條小命。」

此話一出，捧著靈珠僵立的邱常似乎有了點反應。

紫樹繼續躬身道：「並非所有羽族都想參與此事。晚輩大膽說一句，龍鳳恩怨本與我等無關，大部分羽族都不想被捲入其中。」

琳箐向上指了指：「可天上那些是怎麼回事？」

紫樹面無表情道：「大部分並非全部，鳳凰乃羽族之首，護脈鳳神又把持凡間氣運，某些羽靈有心攀附本在情理之中。就譬如我雖是咸祿州羽靈之首，亦只能勉強讓本州之內羽族與他族之間不起衝突，但如果眞有一意孤行執意參與的，我亦不便阻攔。」

琳箐道：「有道理啊，如果我是你，可能也會兩邊都不想得罪，選擇明哲保身。」

紫樹拱手道：「多謝麒麟大神體諒。」拉起千意。「我與舍妹先告退了。」

千意定定地站著不走，流著淚的雙眼仍然痴痴看向邱常。紫樹用力把她扯到身邊：「邱常，從今後你與舍妹便當作從未相識吧。」

邱常突然伸出手，抓住了千意的手臂：「請紫君應允我和千意在一起。」

紫樹皺眉道：「邱常，且不提你與千意異類相剋，單說你與羽族之間新添的血仇，就不該說出這等瘋話來。」

邱常挺直脊背，一字字道：「殺我祖父者，既非千意，也非紫君。我只與那凶手有血仇。我和千意真心相愛，就算異類相剋又如何。」

一瞬間，他淳樸的臉上煥發出一種異樣的神采。

千意露出不敢置信的喜悅，掙脫紫樹的手撲入邱常懷中。

紫樹的整張臉都綠了。樂越、昭沅、琳箐皆愕然。

應澤哼道：「小情人眞是肉麻。」

孫奔抱著手臂感嘆道：「這位畫眉兄，看來你是攔不住嘍。」

千意又拉著邱常雙雙跪下，哀求地看他：「哥哥。」

紫樹喃喃道：「妳被一時的情感沖昏了頭，希望來日不要後悔。」

邱常堅定地道：「我不會後悔。」

千意緊緊挽著他的手臂：「我也絕對不會，念畫潭會保佑我們，讓我和邱常永遠不分開。」

紫樹捂住額頭，長嘆一聲：「也罷，我只當沒妳這個妹妹，日後妳是生是死，與羽族再無關係。」又冷冷盯著邱常。「你既然不顧異類相剋，執意要和千意在一起，倘若今後出現問題，也別怪我沒有提醒過你。」他一甩左袖，附近潭水邊的一塊石頭變成粉碎。「但你若別有居心，或有朝一日敢負千意，這塊石頭就是你的下場！」

邱常連連應允。

紫樹復長嘆一口氣，向樂越等人躬身一禮：「幾位大神，容我先行告退。我會盡力擔保咸祿州羽族不參與此事，也望幾位若與鳳族開戰，不要牽連無辜羽族。」

琳箐立刻道：「放心吧，我們不是鳳凰，無辜連坐這種缺德事才不會幹。」

紫樹道了聲謝，看也未看跪在地上的千意和邱常，化作一隻畫眉，振翅離去。

邱常攙扶著千意自地上站起。洛凌之微笑道：「千意姑娘的兄長雖然口稱與妳再無瓜葛，卻又對邱常兄說了那番話，可見對妳的關心。」

千意拭去淚痕，露出羞澀的笑容：「嗯，我知道哥哥他一向嘴硬心軟，他最疼我了，才不會眞的不管我。」

一路走來，總算碰見了一件有情人終成眷屬的好事，樂越也頗欣慰，但想起邱茗老者，心中又有些沉重，便向邱常抱拳道：「令祖之事，歸根結底是由我們而起，實在抱歉。」

邱常鄭重地把珠子收進懷中：「祖父之仇，我一定會報。他老人家在給諸位報信之前已經遇害，與您們並沒有直接關係。我一定會查出凶手究竟是誰！」

千意擔憂地抓住邱常的手臂。

琳箐揚著鞭子道：「不管是誰，授意此事的是鳳凰，我們定然會殺他們個落花流水，替你討回公道，你放心啦。」

千意的神情中露出怯意，岔開話題道：「是……是啊，此事，可以從長計議。現在我們終於在一起了，你做甚麼我都會陪伴你。對了，幾位大神是否還急著趕路？您們快些走吧，我聽哥哥說起過，這一帶的土地神去天庭稟報一個甚麼重大人物的消息，可能戰事最終連天將都會捲進來，希望您們一路平安。」

樂越和昭沅神色僵硬地瞄向應澤，他們害怕老龍發狂，沒有告知他沿途的土地神去天庭稟報其行蹤之事。沒想到畫眉少女爲了趕他們離開，隨口把這件事說了出來。

應澤正背著手端詳一旁的山壁，沒有任何異常反應，也許這句話他未曾留意聽到。

樂越跟著心中一緊，應澤端詳的那塊山壁上好像隱約刻有字跡，不會是昔日卿遙師祖在此處留下的痕跡吧？

聽千意竟然對幾位大神說出如此失禮的話，邱常十分緊張，卻見樂越對千意的話渾不在意，反而立刻扭頭看向一邊，他覺得有些奇怪，便也向那處看了看，釋然道：「大神對石壁上的題字感興趣？那是十幾年前一對情侶留下的字跡。」

樂越聞之鬆了口氣，謝天謝地，只要與卿遙師祖無關便萬事大吉。

他也湊過去看那塊石壁，削平的石面上凌亂地刻了不少句話，有兩行最爲清晰。其中一行刻痕娟秀，曰「君爲松柏，妾爲蘿蔓，相依相纏，不離不散」。旁側一行則字跡剛勁，刻著「今生唯願娶阿蘿一人，永不分離」。看得樂越一陣肉麻。

但跟著旁側的幾行凌亂刻痕卻只有那個娟秀的筆跡。

「昔言不離今卻散，爲那般，可笑可笑，莫嘆莫嘆。」

「松柏無情，藤蘿已斷，從今後，萬般皆散。」

「過往種種，是幻是空，但見刻痕，無限嘲諷。」

……

原來，這是一個始亂終棄的故事。

樂越微有唏噓，琳箐恨恨道：「這個世上的渣男總是那麼多！」

在場的所有雄性集體沉默。

片刻後孫奔道：「這位邱兄如今與畫眉姑娘喜結連理，居然還留著這些字跡，也不怕不吉利。」

邱常道：「我們不像凡人那麼講究，看著這些字，反而會提醒我們要真心誠意待自己喜歡的人。」

樂越端詳著字跡道：「看來這兩人都是江湖中人，而且武功不低，字跡是用劍刻上去的，一氣呵成，飄逸流暢。可見兩人或是世家子弟，或出身名門大派。」

邱常道：「他們的來歷我就不大清楚了，不過當年他們的確都佩戴著長劍，衣衫也都很精緻，確實不像普通的凡人。」

邱常接著說，兩人在石壁上刻字立誓後就離去了。一些時日後，那女子獨自回到這裡，很傷心地哭了很久，砍壞了一些樹木，最後留下一段刻字。後來，她又來過兩次，每次都刻下一段字跡，而後便再也未出現。直到兩、三年前，那女子又來到此處，看著這些刻痕很久，最後，很平靜地離開了。

琳箐陰森森地道：「不知道拋棄她的那個男人現在怎麼樣了？」

邱常道：「山壁有靈性，映下了他們的樣子。」看向應澤。「可能這位上君方才已經看到了。」

琳箐詫異：「咦？老龍你看到了甚麼？有好東西也不告訴我們一起看。」

應澤慢吞吞道：「是你們法力未足發現不了，反倒怪本座？」

邱常走到近前，手在石壁上一拂，壁面上漸漸浮現出一男一女攜手而立的虛像。

虛像面目朦朧，只見那男子一身石青長衫，俊逸風流，女子身著碧綠衫裙，嫵媚婉約。二人站在一處，讓人不由自主想起「神仙眷侶」這個詞語。

昭沅抬爪子揉揉眼，他覺得這兩個人看起來有點眼熟。尤其那個男的。

樂越也脫口而出道：「怎麼這麼眼熟？」

應澤道：「唔，自然眼熟。」石壁上虛像一變，卻是一名女子獨自站著的情形。邱常道：「這是那女子最後一次過來時的樣子。」

樂越等都吃了一驚，虛像中的女子依然穿著碧綠的衣裙，髮飾、形容都不再年輕，帶著成熟的端莊嫵媚風韻，分明就是綠蘿夫人。

怪不得剛才年輕男子看起來如此眼熟了，十有八九，他就是安順王！

哦哦！這裡極有可能是安順王與綠蘿夫人當年的定情之地，見證了安順王對綠蘿夫人始亂終棄的全部過程！

眞是意外之喜。樂越迅速從隨身皮囊中掏出一大張紙按上牆壁。

琳箐奇怪道：「你做甚麼？」

樂越再摸出幾樣工具：「當然是把這些字拓下來，比對一下證據，看看到底是不是安順王和綠蘿夫人。」

孫奔擊掌道：「不錯，說不定這些字來日能派上大用。」

樂越拓下字跡，揣進懷中，眾人告別了邱常和千意，離開念畫潭。

走出峽道後，琳箐又回頭向念畫潭方向看了看：「你覺得，他們兩個眞的能順利地在一起嗎？」

她這句話是向樂越說的，神色竟然帶了幾分茫然。

樂越奇怪地看著她：「怪了，妳怎麼突然這個樣子，都不大像妳了。他們兩個在一起後肯定會有波折，不過，只要他們互相喜歡，就像現在一樣堅持，一定會有好結果的。」

琳箐的雙眼中微微有異樣的光彩閃爍：「我也是這樣覺得。那麼樂越……假如，你也遇到了類似的情況……你……會怎樣……」

樂越含糊道：「這個……不好說，要眞發生了才知道。」

琳箐眨眨眼：「總可以先想像一下吧。」

樂越打著馬虎眼：「想像不出啊，我不是邱兄，不會有畫眉姑娘看上我。難道要我想像和一隻鳳凰有些甚麼？這個……」

應澤肅然地插嘴：「如果是鳳凰，本座不允許你們有好結果。記住，你已和小昭沅定了血契。」

樂越嘿然道：「我當然不敢。」

琳箐拉下眼狠狠瞪了一眼應澤，再瞪向樂越，丟下一句：「我去前面探探路。」嗖地消失不見。

昭沅複雜地看了看樂越，洛凌之淡然地看著天邊，孫奔咳嗽一聲，飛先鋒怪叫兩下。

眾人默然走了片刻，應澤突然停下腳步：「本座到此就不再和你們同路了，你們幾個小輩好自爲之。」

昭沅、樂越、洛凌之和孫奔都始料未及，愣然站定，負氣走在最前面的琳箐也風一般地奔回來：

「老龍，你說甚麼？你要走？」

應澤踮起腳抬手摸摸昭沅的頭：「勤奮修煉，或者可以有所突破。」

琳箐訝然問：「老龍，你是不是哪根筋搭錯了？你為甚麼要走，要去哪裡？」

應澤皺眉：「本座就是懶得再聽妳這隻小麒麟成天聒噪，還有卿遙的徒孫，毫無前途，甚是無趣。本座要去凡間別處逛逛。」

樂越抓抓頭：「應龍殿下真的要走？在下還想欣賞你老人家大戰天庭的英姿。殿下總是教導我們要勇於滅天覆地，但若沒有親眼目睹，就覺得這是一句空話，不真實。」

應澤哼了一聲，昂頭看著遠方。

樂越滿臉遺憾：「貌似這一路上，我們沒遇見土地神，是因為他們察覺到了殿下，紛紛去天庭報信。我還以為，用不了多久，就可以看見殿下大戰天兵，開開眼界了，唉。」

琳箐道：「我賭老龍會贏。天庭算甚麼，傻龍都吐珠砸過天！」

樂越嘆息：「可應澤殿下不給我們觀戰的機會，要拋棄我們了，可能是覺得我無趣、昭沅傻、妳聒噪、杜兄和商景前輩太迂腐、凌之太白、孫兄太黑。以後的日子註定崎嶇，我們沒有靠山了。」

孫奔抱起雙臂：「先說好，樂少俠，凡人孫某能幫忙對付，甚麼神神鬼鬼的就不要指望了。」

洛凌之簡短道：「在下亦是。」

樂越抬手拍拍昭沅的肩膀：「以後我們只能指望你和琳箐了。」

昭沅吶吶道：「還有商景吧。」

琳箐翻翻眼睛：「老烏龜殼很硬，當當擋箭牌治治傷還可以，論打就不行了，可能還不如飛先鋒呢。呃，對，京城可是鳳凰的地盤，很多鳳凰都在。」

樂越復又長長嘆息：「沒辦法，我等只有靠自己走一步算一步了。暫時可以安慰一下自己，到了皇宮，起碼好吃的東西挺多。對了，凌之，這個你懂的可能比我多，皇宮裡的人一頓飯有多少個菜來著？」

洛凌之思索了一下：「我曾聽家師提起，宮中的餐食依身分而定，最低例制，早膳應該有十八道菜點。」

一直昂首望遠方的應澤側轉回身：「卿遙的徒孫，不必再兜圈子，若覺得京城難行，本座就勉強再陪你們走一段。畢竟本座還欠你的情。」

樂越露出又驚又喜的表情：「當眞？」笑嘻嘻地抱拳。「多謝應澤殿下。在下也還欠著殿下三年的飯食，尚未還清。」

應澤淡然地嗯了一聲，踱到昭沅身旁，昭沅把留在袖子裡的一枚漿果捧到他面前。

應澤抬手接過，望向天邊的殘陽。

四百多年前，他剛從寒潭中出來，亦曾有人問他：「澤兄為何不與在下同路？」

他簡短地道：「我身犯天條。」

那人神色一亮：「天條啊，我只在傳說中聽過，如此更要與澤兄一路，長長見識。」那時亦是黃昏，落日紅霞，跨過四百餘年後，情景依舊。

回到定南王紮營處，樂越拿著從石壁上拓下的字樣，直接去詢問定南王：「不知王爺認不認得安順王爺的筆跡，請幫忙辨認一下，這幅字是否出自安順王爺手筆。」

定南王接過紙條端詳片刻：「慕王爺的字跡本王只見過幾次，確與此幅十分相似。」

樂越道謝收起拓本，定南王沒有詢問這幅字的來歷。

第二日清早拔營，昭沅隨在樂越身後走向馬車，望著前方疑惑地定了定，昨天看見安順王年輕時的影像後，他便曾覺得那個身影與誰有些相像，此時，這個念頭又浮上腦海。

洛凌之站在馬車前遙遙向他們道：「今天天色不錯，再用不了幾日，便可到京城了。」

樂越道：「是啊。」回頭拽住昭沅。「快些。」

昭沅拍拍額頭，不可能，大概只是巧合罷了。

一行人馬再走了幾日，終於到達了距離京城數十里的雍州城外。定南王下令在此駐紮，劉公公與傳令兵先去京城報信，待聖諭下達，方可進京。

樂越在營帳中徘徊，心情有些異樣。在京城之中，也許有些謎團便可解開。皇帝、安順王、太子、護脈鳳神，這些人物究竟與他有怎樣的關係？父母之仇的背後，到底有甚麼隱情？

樂越隱隱感到，這隱情定然不簡單。

昭沅站在帳外的一棵樹下，背靠大樹遙望京城的方向。

這裡的空中有種特別的氣息，讓他的內心起伏難平，好像有很遙遠的記憶被滲透進體內的氣息喚醒，縈繞在心中，模糊且熟悉。

琳箐走到他身邊：「站在這裡，是不是感到有些熟悉和異樣？」她難得露出正經的表情，拍拍昭沅的肩膀。「因爲你是護脈龍神，京城是這個朝代王氣聚集所在，你龍珠裡的龍脈中，留著你父王還有前代的護脈神對京城的記憶。」

就算現在的京城已被鳳神佔據，可龍對王氣的感應未曾改變。

琳箐道：「我們護脈神各有獨特的屬性，比如我們麒麟好戰，所以護佑武將；烏龜他們溫吞，所以護佑文臣；鳳凰花俏，工於心計，所以護佑后妃；而龍天生就是帝王。因此，即使鳳凰奪了你們的位子，本性不合，也長久不了。」

龍脈因京城的氣息在龍珠內翻騰，昭沅似有所悟。不錯，這是護脈龍神的天性，因天性而生的命運，大概就是天命的由來吧。

琳箐微笑問：「怎麼樣，有沒有悟到我說的道理？」

昭沅有些意外地看了看她：「我以爲只有商景才會說道理。」

琳箐的笑容中有異樣的神采，彈彈他額頭：「那是我平時不願意故作深沉啦。別忘了，我是護脈麒麟，比你多活了幾百年呢。」

樂越站在帳簾挑起的縫隙，看著昭沅與琳箐所站的方向，有聲音道：「越兄，你在看甚麼？」

樂越循聲轉頭，卻見洛凌之不知何時站在帳邊。樂越將他讓進帳中，洛凌之向著方才他所望處一看，含笑道：「我一直覺得，琳姑娘和昭沅好像親姐弟一樣。」

樂越嘿然道：「如果昭沅再長大一點，說不定他們兩個挺般配的。」

洛凌之疑惑皺眉：「越兄，你這話可有些不著邊了，再怎麼看，琳姑娘都比較喜歡你。」

樂越咳了一聲：「洛兄，你幾時變得這麼八卦了。再說琳箐她是神，我只是凡人，沒可能的。」

洛淩之道：「蚯蚓和畫眉都可以在一起，凡人和神有何不可？」

樂越搖首：「不一樣，凡人的壽命在神的面前像朝露蜉蝣。而且，琳箐那個性我可吃不消。我還是喜歡脾氣好一些的，嘿嘿。」

洛淩之笑了笑：「也罷，我就不多事了。我過來是和越兄說，我與孫兄想提前進城，各自找個落腳的地方。」

樂越不解，洛淩之道：「越兄，你不會忘了吧，身無功名的平民無法進入皇宮。我與孫兄又沒有通神化形之術，自不能相陪了。我二人商議，京城中坊市之間往往能打聽到一些意外的消息。我們便各自找個地方賃屋居住。越兄在宮內，我們在宮外，有昭沅、琳姑娘等可以幫忙互通消息，這樣內外都有照應，比較穩妥。」

他這番考慮十分周詳，樂越真心道謝。

洛淩之微笑道：「你我之間何須客氣。而且那日在青山派山頂上，師弟曾告訴我，師父已來了京城，我正好有話想問問師父。」

樂越道：「洛兄，你要萬事小心。」在洛淩之面前，不好太說重華老兒的壞話，只能道。「你師父現在肯定和當年不同了。」

洛淩之應允他自會小心，又道：「杜世子已被綁了一路，入京城進皇宮之前，不知杜王爺能否將他放出來。」

提起此事樂越就頭疼，定南王軟硬不吃，油鹽不進，當真把杜如淵綁了一路，如果不是有商景隨時施法幫他舒活筋骨，好端端一個杜世子肯定被綁殘了。按照這個勢頭來看，說不定杜王爺真的會牽著五花大綁的兒子去皇帝面前跪地請罪。

當天晚上，皇帝即著另一位宦官總管白公公與幾名禁衛前來宣旨，命樂越、定南王、定南王世子杜如淵明日辰時入宮見駕。

定南王下令拔營啓程，趕到距離京城十餘里的郊野處駐紮。

安頓下來之後，樂越趁機去找定南王談判：「王爺，明日在下與王爺世子一道見駕，是否能將世子放出來？世子只是幫助在下而已，王爺綁著世子，等於是說我有罪。索性王爺也將我一道綁了去面聖算了。」

定南王冷淡地道：「樂少俠請放心，本王今夜就給那逆子鬆綁，明日陪同見駕。」

樂越總算鬆下口氣，揣著安心的答案而歸。琳箐拽著昭沅和應澤，隱匿進杜如淵的小帳篷中盯梢，看看定南王是否信守承諾。

直到半夜子時，定南王才進了關押杜如淵的帳篷，命左右兵卒退下，解開杜如淵身上的繩索。

杜如淵的雙臂終於重獲自由，恭敬垂手道：「爹。」

定南王道：「聖上已下旨，命你明日陪那樂姓少年一道入宮見駕，爲父也陪同前去。」

杜如淵低頭：「給爹添麻煩了。」

定南王盯著他，突然抬手，又狠狠一掌摑在杜如淵臉上。杜如淵被打得一個踉蹌，後退一步，捂住臉。

琳箐跳起來，化作人形的商景一把按住她的手：「這是他們父子的家務事。」

那廂，定南王冷冷向杜如淵道：「知道爲父爲何要打你麼？」

杜如淵垂首道：「不管爹相信與否，幫扶樂越，乃兒臣之命。」

定南王冷笑：「命？你知道甚麼是命？你又知道現在所做之事等於甚麼？愚蠢！」

杜如淵不做聲，定南王狠狠一甩衣袖：「你今年方才幾歲？讀過幾本書、看過多少世情經歷過多少事？自作聰明玩弄政事，這些豈是你們這群乳臭未乾的黃毛小兒玩得起的？愚蠢至極！若非今上要用你們做棋子，你們早已死無葬身之地！爲父、你娘，還有萬千無辜性命，都要因你等的愚蠢陪葬！」盯著垂首不語的杜如淵，定南王滿臉怒容。「我綁了你一路，就是希望你能多長些腦子，看清楚事態，不想你竟依然如故。你可知道，我爲何從小便不讓你習武，就是不想讓你與爲父年少時一樣，牽扯進政亂之中。從古至今，權謀爭鬥便是一個無底深淵，我像你這般年齡時繼承王銜，宦海沉浮數十載，至今仍不敢懈怠分毫。你若眞想弄權謀術，好歹不要如此愚蠢，玩這種三歲孩子可笑至極的把戲，給我滾去多讀幾本書，潛心歷練，待十餘年後你年屆而立，或者方可有談政的資格。」

杜如淵緩緩道：「爹，木已成舟，一切已晚。」

定南王閉上雙眼，長嘆一聲，眉目之間出現了無限滄桑：「我是你老子，就算陪你一道粉身碎骨，亦只能當作是命，但南郡萬千無辜性命若被你牽連，你可擔得起？」

杜如淵道：「爹如果與安順王開戰，勝負未必。」

定南王搖首，神色無奈至極：「眞是乳臭未乾的小兒才說得出的無知之言，一動刀兵，必定生靈塗炭，無辜累傷。師之所處，荊棘生焉。大軍之後，必有凶年。你讀的幾本書都讀到了哪裡？」

杜如淵道：「若不爲戰，何以養兵？」

定南王道：「兵可爲善，固土安國，亦更可爲凶，故曰兵者不祥之器，非君子之器，不得已而用之。夫樂殺人者，則不可得志於天下。」

杜如淵道：「父親引聖賢之言，論之固然有理。然如今安順王把持朝政，太子無知暴戾，倘若繼位，後果可想而知。國亡而弗知，不智也；知而不爭，非忠也。」

定南王道：「無知！那樂少年難道是明君之選？據我一路察得，其確實品德淳厚，但一無知，二無才，舉一庸人爲君，更加可笑。即便今上以他爲子，與太子相抗，朝中文臣武將無一會認同。慕延其人雖心機深沉，卻文韜武略兼備，有服人之資。否則你當眞以爲眾臣會認可一個外姓的黃口小兒繼入皇室，端坐朝堂？」

杜如淵不語。

定南王再嘆道：「此時已如你所言，木已成舟，再多言亦枉然。只得走一步算一步了。」拂袖摔開帳簾離去。

琳箐、昭沅和應澤方才現出身形。

昭沅向杜如淵道：「其實，你爹挺疼你的。」

杜如淵唉聲嘆氣地搖頭不答。

琳箐揮著拳頭道：「書呆，別信你爹的！竟然說樂越還不如那個傻瓜慕禎！那個安順王沒甚麼大不了的，我們護脈麒麟連他的名字都不知道。可見他連洛凌之都不如。樂越可是我和昭沅一起看上的人。」

商景又變回烏龜趴到杜如淵頭頂。

昭沅扯扯琳箐的衣袖：「我們走吧。」他想杜如淵現在的心情肯定很複雜，須要沉澱一下。而且，他更看出，杜如淵的爹雖然訓斥了杜如淵半天，實際是會在關鍵時刻出手幫忙的。

回到樂越的小帳中，他將所見告訴樂越，樂越唉了一聲：「杜王爺說的話句句在理。倘若連杜兄全家與南郡都遭連累，我更是罪無可恕了。」

琳箐瞪著他道：「別說這種喪氣話！你一定要打敗鳳凰、太子和安順王，現在只能贏不能輸了。」

樂越神色鄭重地點頭：「不錯。」

天未亮時，樂越便整衣起身，洗漱完畢。定南王命人準備了一些飯食，樂越稍微填填肚子，便走出帳篷。

昭沅、琳箐和應澤隱身跟隨，帳外已備好馬匹，定南王身著深紫鶴紋王服，紫金冠束髮。杜如淵也換上了淺紫的世子袍服，衣衫上亦繡著祥雲仙鶴的暗紋，樂越等只見過他剛到九邑城時那身孔雀般的華貴行頭，初見他穿上如此正式的服飾，雍容之氣頓現，但覺好像變了個人似的。

琳箐咂嘴道：「杜書呆挺有世子模樣的嘛。」

樂越翻身上馬，孫奔遙遙在一頂帳篷旁抱臂觀望，洛凌之走到近旁相送：「越兄進宮一切小心，我與孫兄待天亮就進京城。」

樂越向洛凌之道了聲保重，揚鞭啓程。

天邊隱約泛白時，一行人策馬行到京城大門外，隨行的侍衛下馬向守城衛士遞上信物。

衛士驗看完畢，打開城門，放行入城。

天剛隱約亮，京城已開始喧鬧，寬敞的街道兩旁店舖忙著開門，擺攤的小販推著叮噹作響的小車爭著在路邊佔據好位置。懸著飯館酒樓字樣的門內、窗中飄出飯菜的香味，和著攤販的吆喝聲繚繞街道。

腳下道路寬闊平坦，樓閣林立，世俗太平之中一派繁盛恢弘氣象。

第十二章

「這個故事叫莊周夢蝶。再像真的，也是夢。」

走過最繁華的朱雀街，進得玄武門，皇城便在眼前。晨色蒼蒼，宮牆巍峨，綿延宮闕層疊的朱檐挑著晨光。千條弱柳垂青瑣，百囀流鶯滿建章。

樂越跟隨定南王和杜如淵在承天門外下馬，步行入內。皇帝已命兩名宦官在門內等候，引著他們一路前行。

樂越與那兩個小宦官搭訕，得知兩人一個名連六，一個名邊張，引得樂越忍不住問：「你們的總管公公是否叫清一色？」

連六公公道：「回稟這位，奴才們的總管公公名叫白三元。」

土包子樂越初進皇宮，只覺得眼花繚亂，恨不得腦袋一圈都生出眼睛，穿過這個門、那個門，經過那個殿、這個殿，樂越兩腿發瘆，忍不住偷偷問杜如淵：「喂，杜兄，快到了沒？」

前面引路的邊張公公回頭向他一笑：「莫急，快了。」

樂越寒毛微豎。

昭沅也覺得眼睛不夠看，雖然整個皇城瀰漫著濃郁的鳳凰氣息，但的確很氣派，和表舅公的水晶宮各有千秋。

應澤品評道：「皇宮不錯，卿遙的徒孫，和昭沅一道拿下它。」

琳箐道：「還好啦，就是鳥毛氣重了點。」

又不知道經過了多少門多少殿多少玉橋後，小宦官引他們穿過長長的甬道，拐過遊廊，到得一處偏殿廊下：「王爺、世子和這位請在此休息。」

樂越進了殿內，按照小宦官的指點在一張椅上坐下，疲疼的雙腿終於得以休息，又請教杜如淵道：「杜兄，是不是現在就等皇上傳喚了？」

杜如淵還沒回答他，邊張公公又搶先開口道：「這位莫急，面聖之前，還須一事。」

話落音未久，又有幾個小宦官捧著托盤漆盒而來。

連六公公向樂越道：「這位請隨我來。」引他走到偏殿內間，內間正中居然放著一大桶水，小宦官們將漆盒放在一旁的案几上，取出手巾等物，托盤的緞子下覆蓋的原來是一套衣衫，連六公公向樂越道：「請脫。」

幾個小宦官一擁而上，手腳麻利地開始扒樂越的衣衫。

樂越措手不及，掙扎抓著衣襟道：「我自己來就好。」

連六公公掩口笑道：「怕甚麼，這是奴才們的份內事，脫幾回就習慣了。」

夏天衣衫單薄，沒兩下樂越就被扒個精光，進了水桶中，小宦官拿起幾個瓶罐碟碗往桶中撒了幾樣汁液，倒了幾種粉末，樂越覺得自己好像一隻進了湯鍋的雞，現在正進行到放調味料這步驟。

連六公公一一介紹道：「這是芙蓉露，沐浴用時皮膚會特別細滑，這樣粉兒是西域進貢的藥浴粉，清竅提神，這樣……」

樂越頭皮發麻，幾個小宦官拿著浴布手巾仔細將他擦洗一遍，連六公公在一旁指點乾坤：「那裡那裡，指頭縫裡別留泥漬，還有這邊這邊，耳根後面用力擦擦……」

樂越從頭到腳被洗涮打磨一遍，像一隻煮熟的龍蝦一般紅彤彤地出了浴桶，換上簇新的衣衫。

他這輩子頭一回足踏絲履，穿上這種公子哥兒才穿的寬袖長衫，軟綢的料子又輕又薄，涼滑地貼在皮上，讓樂越覺得十分不踏實。小宦官熟稔地替他用乾布擦拭濕髮，抖搧至半乾，綰髮束冠。

整治完畢後，連六公公上下打量，滿意點頭：「好，好，這才是能面聖的樣子。」

樂越出了內間，杜如淵雙眼一亮，笑道：「樂兄眞是煥然一新。」

琳箐雙眼閃著夜晚的星星：「樂越眞是太帥了！只是這身衣服有點陰柔，體現不出他的豪氣！」

昭沅小聲嘀咕道：「有點彆扭。」這身行頭好看是好看，穿在樂越身上好像借來的，怎麼看怎麼覺得不合襯。

樂越從牙齒縫裡向隱身在身邊的昭沅道：「這就叫穿上龍袍也不像太子。」

再坐了片刻，有小宦官在門外宣道：「皇上有命，著樂越與定南王、定南王世子鳳乾宮中見駕。」

鳳乾宮樂越倒是聽說過，正是皇帝老子的寢宮，看來皇帝的確病得不輕，召見臣民都出不了寢宮了。

內宮之中，此時也正議論紛紛。

皇帝竟然將那個自稱皇族之後的鄉野少年召進宮來，此等大事不僅震驚朝野，也大大震動後宮。今日樂越奉召進宮，宮娥、小宦官們都在好奇議論，不知此人長成甚麼模樣。

澹台容月在殿閣中坐，聽得外面的小宮女和小宦官們嘀嘀咕咕議論，心中七上八下。

這個時候，樂越應該是已經進宮來了。

見了皇上後，他會怎麼樣？

太子和國師不會突然發難，命人把他抓起來吧。

門外的小宮女正在低聲道：「……看見的人有沒有過來說的，那樂越長甚麼樣子？聽說他懂妖法，相貌粗陋，還會變大變小，好像個長翅膀的猴子一樣。」

「不是說皮膚黑，身材魁梧，曾經當過土匪嗎？」

「不對不對，是一個鬼魅般的年輕道士？」

「都錯啦，剛剛瓊雪聽齊和說了，那個樂越長得一點都不粗陋，模樣很俊朗，不比太子差，定南王世子更是比傳說中還好看。」

……

澹台容月坐立難安，廊上又匆匆傳來腳步聲：「來了來了，他們進了內宮，去鳳乾宮見駕了！」

澹台容月驀地站起身，疾步跑向門邊，又微覺突兀，穩住身形，緩緩扶著門框向外望去。

老天老天，你一定要保佑樂越他平安。

此時此刻，還有一個人正在暗中揣度，不知這樂越形容如何、人品如何。

這次以他來對抗安順王，實在是沒有辦法的辦法，願太祖皇帝在天之靈保佑，這個樂越，不是個難以駕馭之輩。

迴廊上懸掛的珠簾清脆作響，小宦官跪地稟報道：「皇上，那樂越與定南王、定南王世子一道來了。」

和韶從軟榻上起身，整衣正坐：「宣。」

樂越隨在小宦官身後，步入皇帝的寢宮鳳乾宮。

邁入門檻，便聞見濃濃的藥氣。樂越長年挖草藥賣錢，還常在山下鎮子裡的藥舖打零工，對藥草氣味十分熟悉，嗅得出藥氣中有茯苓、柴胡、貝母與冬蟲夏草的味道。

難道皇帝的病其實是肺疾？

鳳乾宮甚大，樂越先看腳下，精巧的鏤花磚地，花紋已被磨得有些模糊，並非傳說中皇帝老子的住處那般遍地金磚。再看四周，牆不是很新，掛著幾張山水字畫，沒有糊滿金箔。深朱色的廳柱半新不舊，樂越偷眼迅速掃了一下房梁，未瞧見傳說中晚上用來照亮的大夜明珠，反倒是牆角廳柱旁擺著銅製的燈架，色澤頗老舊，不過擦得很亮。

殿中的桌椅擺設也都半新不舊，四處垂掛的薄紗帷幔中繡著三尾鳳紋，用的貌似不是金線。

其實，樂越腳下踩的磚不比金子便宜，房梁和廳柱是鳳翼杞梓木，半新不舊的桌椅爲小葉犀角檀，連燈架下墊的那方小小的蓆墊都是只長在江南某地水邊的玉線香蒲編就，沿的是一匹千金的紫槿麻布邊，沿邊的線是西域進貢的雪蠶吃金絲楠木葉所吐的絲，牆上的山水字畫出自陸探微與張芝手筆。這些，樂越自然統統看不出。

所以皇帝老子的寢宮挺讓他失望，這也太寒磣了，除了屋子大點，還不如狐老七的狐狸洞奢華。狐老七洞裡的大花瓶上還鑲著金邊來著。

看來當皇帝沒有傳說中那麼享福，今上大概因爲不被鳳凰待見，所以如此落魄。樂越聞著藥香，心中陡生同情之意。

鳳乾宮中服侍的宮女和宦官很多，殿中卻靜悄悄的，連大聲呼氣的聲音都沒有，引他們進來的小宦官腳步極輕，樂越不由自主也隨著放輕了腳步，小宦官打起珠簾，引他們進入內殿。

遙遙見上首椅榻上端坐一人，身穿深朱闊袖玄黑袍，頭戴珠冕，樂越還沒來得及細看，身旁的定南王和杜如淵已倒身跪拜，樂越也跟著跪倒叩首。

皇帝道了「平身」，聲音甚是年輕，語氣平和，稍嫌中氣不足。樂越在定南王和杜如淵之後爬起身，尚未站直，便聽見皇帝問：「哪個是樂越？」

樂越躬身道：「草民便是。」

站在皇帝身後的小宦官立刻大聲喝道：「大膽！回皇上話竟敢倨立不拜！」

樂越鬱悶之餘，剛要再跪倒，皇帝已溫聲道：「並非在正殿中，不必拘禮，站著回話吧。」微微一頓。「你上前一些。」

樂越躬身謝恩，向前些許。皇帝再道：「把頭抬起來，讓朕看一看。」

琳箐隱身在樂越身後不耐煩道：「這個皇帝煩不煩，想看清楚樂越就一次把話說明白，一句話拆成幾句真囉嗦。」

商景在杜如淵頭頂甕聲道：「把一句話拆成幾句正是凡間帝王與官場必會的學問之一。」

樂越遵旨抬頭，趁機覷清聖容。

座上的天子年紀約莫比孫奔長了些許，身著繡鳳紋的帝袍，面容蒼白文秀，身形瘦削孱弱，注視著樂越微笑道：「好一個神采奕奕的少年。」

樂越再彎腰：「皇上過譽了。」心裡大不敬地想，皇帝長得實在不像皇帝，倒像個病殃殃的小書生。認太子這麼大的兒子太不靠譜了，認太子做弟弟還差不多。

昭沅小聲在樂越耳邊道：「這裡沒有鳳凰，皇帝身上的生氣好薄。」生氣淡薄，周身還有淡淡的灰氣，這個皇帝命不長久了。

皇帝沉吟道：「樂越，樂越，這個名字也甚好。聽聞你在玄道門派長大？」

樂越回道：「草民曾是青山派弟子，這個名字是昔日的師父給起的。草民這一代的弟子都是樂字輩。」

皇帝含笑道：「原來如此，太子也是從小在玄道門派長大，似乎與你還是舊識。你如何進入玄道門派的？」

樂越頓了一頓，道：「草民的父母在十幾年前的涂城之亂中亡故，是昔日的師父救下了草民，將草民帶回了青山派。」

皇帝似是不經意地問：「你的身世，也是你的師父告知予你的？」

樂越微微一凜：「不是。草民昔日的師父只是恰好經過涂城時將草民救出，並不知草民的身分，他老人家只是告知草民，父母亡故於涂城之亂而已。」

皇帝頷首，咳嗽了幾聲，接過一杯茶水飲了一口，接著道：「即然如此，你如何得知自己的身世？」

樂越沉聲道：「因種種機緣得知。」

皇帝微微一笑，關於這個「種種機緣」究竟是甚麼，他沒有細問，因爲不須要。他轉向定南王道：「此事多虧杜卿，幫了朕一個大忙，致使皇族血脈不至於流落在外，杜卿與世子，朕自有封賞。」

啊？樂越張了張嘴，卻未發出一語。那廂定南王已躬身道：「臣謝皇上隆恩。」

樂越本想說，定南王爺與世子和此事也毫無關係，但他知道自己沒錢沒勢沒背景，換了誰是皇帝，都會猜測他樂越是不是定南王不服安順王，一手培植起來的傀儡。多說只會越描越黑。定南王已經慨然扛下了這個罪名，樂越便沒再開口，想先等著皇帝的態度明朗些再做打算。

御榻之上，皇帝勉力壓下一陣咳嗽，許久，方啞聲道：「樂越生在民間，倘若未經驗證，朕就將你納入宗室，恐怕朝中眾臣、天下百姓都不會信服。涉及皇室血親，朕亦不可能草率，須得經由幾道測試驗證，最終才能定下你的身分。」

琳箐嘀咕道：「測試？樂越這支血脈在外面一百多年了，皇帝又沒有傻龍的龍珠那麼好用的東西，要怎麼測啊？」

定南王已出聲詢問道：「敢問皇上，要怎麼測？」

皇帝站起身，緩緩道：「朕要在太廟正殿內，太祖與太宗皇帝神位前，與樂越滴血認親。」

滴……滴血認親……

樂越在心中吶喊一聲，**不是吧！這怎麼可能成功！**

他樂越到底是不是老和家的人這件事先按下不表。就算的確是，這支血脈散落民間，早已摻雜數代平民之血。滴血認親這個方法是父子兄弟相認用的，爺孫都不一定好使了，何況他和皇帝之間的親戚關係隔了一百多年？

卻聽皇帝幽幽地道：「滴血認親是目前唯一能使你身分服眾的方法。在太廟之中，蒙太祖、太宗及各位先帝護佑，所得結果定然不會出差錯。」話畢，意味深長地望向樂越。

樂越心中一動，似有所悟。

皇帝折身坐回御榻上，咳了片刻，扔下掩住口的巾帕，虛弱地道：「樂越從今日起可暫住在宮中，內廷西側有一處樂慶宮，倒與你名字相合，你可暫居於彼處。杜卿在京中有宅邸，朕便不再另做安置，世子留宿宮中，與樂越做個伴吧。」

樂越與定南王、杜如淵一道跪下謝恩。

皇帝又與他們談了幾句，便命小宦官帶他們下去安頓。

走下鳳乾宮的台階，樂越長舒了一口氣，感覺後背衣襟涼濕一片，黏在皮膚上。

邊張和連六兩位公公在階下等候，鳳乾宮的小宦官將皇上聖意轉傳，仍由邊張、連六引著他們去樂慶宮。

步上路徑交叉處，邊張公公向定南王躬身道：「王爺到這裡可以留步了。」

杜如淵道：「父王，兒臣暫時陪樂越住在宮中，父王毋須掛念。」

定南王的目光掃過樂越，最終還是落在杜如淵身上：「在宮中，切記謹慎守矩。」

杜如淵應了聲是。定南王輕嘆一聲，轉身隨幾名小宦官離去。

連六公公笑嘻嘻地向樂越、杜如淵兩人道：「世子與這位，樂慶宮已收拾妥當，請隨我來。」

就在邊張和連六引著他們向樂慶宮去的同時，後宮中的消息像長了翅膀般飛躥，散播到各角落。

皇帝命人收拾樂慶宮時，眾人早已猜到那位自稱皇家血脈的亂黨首領，定會在這裡住下了。

而今事實果眞如此，後宮之中頓時掀起紛湧的暗流。和韶雖然體弱無子，但妃嬪數目並不算少。以皇后爲首，賢妃、德妃、惠妃、淑妃四位貴妃，並有何昭儀、沈昭容等數位妃嬪才人，浩浩蕩蕩擁進凰慈宮中，求太后拿個主意。皇上讓個鄉野土匪頭子住進宮中，諸位娘娘們都覺得心裡不踏實。

皇后捏著手帕拭淚道：「太后娘娘您要替我們作主，聽說那個匪首好生厲害，會變成一隻長翅膀的大馬猴，騎在烏龜上騰雲駕霧，安順王爺的數萬大軍都奈何不了他。臣妾們可都是些弱女子啊……」

太后近日為兒子謀算，耗盡心力，常恨兒子的後宮之中皆是有貌無才、有胸無腦之輩，沒一個中用。好容易將那樂越弄進宮中，國師府與安順王一黨尚未發難，後宮中這一堆竟先跑過來哭鬧。眞眞是有眼無珠看不清大局，一群蠢材！

但後宮中蠢材雲集，太后也不能全怪旁人。昔日先帝在位時，後宮之中勾心鬥角，傾軋紛紜，幸虧太后手段高，又母憑子貴，方才坐穩了皇后之位。待和韶選擇后妃時，太后深知兒子體弱，倘若後宮妖孽叢生，他一定吃不消，因此親自把關，用多年歷練出的一雙利眼一一篩選，但凡面相尖刻，精明伶俐者，一概剔除。所以和韶的後宮一派嬌憨氣象。

到了今日，難道要怪自作孽不可活？太后的怒火順著任督二脈噌地燒到百會穴，重重一擊桌案：「皇后，妳坐鎮中宮，掌管鳳印，不好好管理後宮，反而與諸妃嬪一道打聽、散播小道謠言，探聽不相干的男子的消息，更與眾人一道糾集哭鬧，成何體統！」

其他言辭猶可，唯獨後面這句「探聽不相干男子的消息」，皇后雖然腦筋不大好使，也知道是項重罪，立刻噤口不言，滿屋子嚶嚶啼哭吵鬧聲瞬間靜寂。

片刻後，還是皇后抽噎了一下，顫聲道：「太后恕罪，臣妾們只是聽聞一個不相干的亂黨要住進內廷，一時之間不知該如何是好，這才……」

太后再一拍桌案：「張口亂黨，閉口亂黨，誰教妳們說這個詞的!?此人說不定就是皇室宗族血脈，皇上都不敢大意，將他暫且安置宮中，妳們倒先把罪名給定了！」

皇后與眾妃嬪們再次噤聲不言。

太后掃視眾人，冷笑道：「這個少年年紀與太子相仿，太子自冊封後便住在東宮內，離著後宮殿閣比西犄角的樂慶宮可近了許多，怎不見妳們哭鬧，說甚麼不相干的男人之類？」

這不相干的男人明明是太后妳先說的，皇后如此腹誹，卻萬萬不敢流於表面，只委屈道：「臣妾與妹妹們只是聽到亂……那人要住進來，一時亂了方寸。畢竟宮裡從未有過這種人，望太后恕罪。」

太后長嘆：「要怪，只能怪妳們都沒本事替皇上生個兒子。」

皇后悲泣道：「臣妾們何嘗不想呢？可是天意弄人，如今皇上的身體又……嗚嗚嗚……」

妃嬪們跟著嗚咽。

太后看著這一堆傻媳婦，只覺得渾身無力，兩眼發虛，有氣無力地擺手道：「妳們都先回吧。算起來，樂慶宮離哀家的凰慈宮最近，就算那個樂越變成長翅膀的大馬猴，騎著烏龜進來，也有哀家先替妳們擋著。」不由自主又嘆息道。「說到膽量見識，妳們真連澹台丞相家的那個容月都不如。唉！」

這話觸發了眾妃嬪莫名的嫉妒之心。李惠妃大膽接話道：「那是自然，她是未來的太子妃，所謂一代勝似一代，必然是比臣妾們強的。而且聽說她和那個樂越本就相識，樂越還曾救過她的命，不知……」

皇后到底比惠妃聰明些，橫掃了她一眼，將惠妃剩下的話壓回了肚子裡。

皇后觀察太后的臉色，擦擦眼淚，輕聲道：「太后娘娘保重，臣妾們先告退了。」小心地起身，帶著眾妃嬪們走了。

此刻，澹台容月正按著胸口拚命壓制不安的情緒。她奉召前來凰慈宮陪太后說話，皇后與眾妃嬪來時，她不便與她們相見，只好暫時避入屏風之後。惠妃的話雖然讓她覺得很刺耳，但樂越住進了樂慶宮中這個消息卻讓她的心狂跳不已。

樂越在皇宮中，一刻鐘就能走到的地方。要用甚麼方法才能見到他呢？要用甚麼方法，才能讓他知道，她也在宮中？要用甚麼方法，才能親口告訴樂越，萬事小心。

澹台容月閉上眼睛，定定神後，轉出屏風。

太后微笑地看她：「惠妃就是那種脾氣，並無惡意。」

澹台容月斂身行禮，應了聲「是」。卻聽太后接著道：「妳與那樂越果眞認識？」

澹台容月心中一驚，拚命想要表現得鎭定，但目光和神情中的破綻根本逃不出太后的利眼。

太后慈祥地道：「認識也沒甚麼。只是妳要記得，哀家接妳入宮，是想讓妳成爲太子妃。妳父親亦是如此希望。」

澹台容月咬住下唇，低下頭。

太后看見她的神情，不由憶起自己年少時。那時，她還是個與此時的澹台容月年歲彷彿的少女，遊園會時遇見了不知名的少年，他意氣風發，氣宇軒昂，對不出風流婉約的詩句，卻舞得一手好劍。

他爲她寫過平仄、對仗亂七八糟的詩，讓獵鷹叼著送到她繡樓的窗前。

他也曾爲她學時令新曲，坐在她家後園牆下斷斷續續吹了一夜，調子跑得很滑稽，她卻哭了一夜。

因爲第二天是她入宮的日子，因爲配那曲子的詞本是這樣唱——

鴻雁已遠，新月初上，我思君心如鴻雁，君心似月光，不知映照誰家窗。

數年之後，她才知道他的名字。

熟悉的潦草筆跡，劍拔弩張地在一本奏摺中寫了一個碩大的字——冤。被她的夫君皇帝狠狠摜在地上。

寫這本奏摺的人，是剛剛伏誅的叛王百里齊。

太后溫和地向澹台容月道：「每個人都有自己的命，所以明白自己是誰最緊要。」

樂慶宮雖處於內廷西側最外的犄角處，面積不算小，只是宮牆與其他宮苑有所不同，看起來頗不和諧。

樂越覺得有些奇怪，便開口詢問，這樂慶宮是不是有甚麼特別之處。

連六和邊張兩個小宦官吞吞吐吐地不肯回答，樂越心中的怪異感越發強烈。

昭沅悄聲在他耳邊道：「這地方的氣息好像與皇宮的其他地方有些不一樣。」

琳箐道：「是呀，莫名有一股說不上來的奇怪靈氣。」

樂慶宮的宮門也開得很是古怪，居然是在犄角拐彎處，背陰，有種陰森森的感覺。內裡卻是十分開闊，殿閣雅緻，幾個宮人見他們進門，便統統在廊下俯身跪倒。

殿閣內倒是一派簇新，寬闊敞亮，桌椅案几都擦得亮晶晶的，椅榻上鋪著花樣奇巧的軟蓆，照樂越看來，比皇帝的寢宮還好些，案上的水晶盆內摞著瓜果，擺著各色精緻的點心。

邊張公公道：「已收拾出內殿兩處，世子請居南殿，這位便住在北殿吧。」

樂越和杜如淵點頭道謝，一塊點心從邊張公公身後的碟子裡嗖地平空飛起。

連六公公轉過頭：「咦？方才是甚麼……」

樂越連忙說：「沒有沒有。」

連六公公將信將疑地回身，道：「另外，宮中規矩眾多，樂慶宮雖然偏僻，到底仍在內廷之中，須要知道和避忌的，奴才們自會一一告知兩位……」

樂越和杜如淵再道謝，眼睜睜看著另一塊點心從邊張公公的身後飛起。連六公公似有察覺，再度回頭，邊張公公也側轉身左右看了看，目光掃到桌案上，頓時皺起眉：「奇怪，盤中的點心向來都是擺八塊的，爲何這兩盤只有七……」

樂越連忙道：「剛剛我和世子進來的時候，有些餓了，就隨手拿了兩塊吃，哈哈～～」

邊張公公疑惑地看他：「甚麼時候？世子和這位吃東西還眞快。」

樂越乾笑幾聲。

邊張公公道：「都晌午了，也怪不得兩位餓了。宮裡午時三刻午膳，早膳鳳時初刻，晚膳戌時末刻。自有人送來。奴才兩人這些日子暫在樂慶宮中供二位差遣，有甚麼飲食忌口，可先告訴奴才們。只是今日午膳已來不及，先請暫時將就。」

樂越忙道：「公公太客氣了。」

杜如淵從衣袖中取出兩封紅包，邊張和連六接過收進袖中，不愧是在宮中見慣了場面，態度未見有多大變化，稍許添了殷勤，再告知他們一些宮中忌諱。

最後連六公公壓低聲音道：「另外，這樂慶宮中也有些忌諱。後殿有一處所在，乃太祖皇帝初建皇宮時所立，任何人不得沖撞，兩位這段時日，也少去後殿爲宜。」

樂越頓時被勾得好奇心起，杜如淵道：「請教公公，樂慶宮昔日是哪位所居。」

邊張和連六的臉色古怪地變了變。

邊張含糊地道：「回世子，樂慶宮從太祖皇帝起，便是閒置的，兩位是頭一回住進此宮的人。」

幾人閒敘片刻，邊張和連六便告了退，回去向皇帝回稟樂越和杜如淵已安置妥當。

稍時，宮人送來午膳，碗盤碟盆堆滿一張大桌。樂越數了數，共八個涼碟，三十六道主菜，六道湯，十二道麵食甜點。送菜的宦官道，因時間倉促，未能完全按照例制，少了四道涼菜，十二道主菜，望請見諒。

樂越內心澎湃不已，應澤用法術定住了宮中眾人，琳箐和昭沅總算能和他一道現出身形，一起坐在桌前，風捲殘雲地大吃一頓。

昭沅的肥中塞滿食物，感覺無比幸福。

不消兩刻鐘，所有碗盤都見了底，應澤取出一根牙籤剔了剔牙齒，道：「唔，凡人皇宮中的廚子，倒是勉強不錯。」

昭沅摸摸脹鼓的肚子，打了個飽嗝，樂越又挑了片西瓜給他。

琳箐起身，風風火火地道：「我和傻龍去轉一轉。我們進宮這麼久，一根鳳凰毛也沒看見，太不尋常了，總覺得鳳凰在搞甚麼陰謀詭計。」

昭沅也忙忙地站起身。

應澤一臉置身事外的表情，打個呵欠，表示他老人家要先歇個午覺。

杜如淵卻道：「不用忙，難道各位不覺得樂慶宮中甚是有趣，值得先行查探一番麼？」

午時將過，正是酒足飯飽小憩一番的好時辰。樂慶宮中侍奉的宦官和宮娥們卻不敢有一絲懈怠，他們奉命抖擻精神，觀察樂越與杜世子的一舉一動。卻見樂越與杜世子出了正殿，徑直向後殿中去。邊張與連六公公尚未回來，守在殿門旁的小宦官末幺上前勸道：「世子，這位，後殿乃禁忌之地，最好不要前往。」

杜如淵微笑道：「我們只是過去看看，並無沖撞之意，公公若不放心，不如引我們過去，也好督管。」

末幺和他的名字一樣，只是個最末等的小宦官，不敢太過違逆杜世子的意思，只好勉強道：「那麼，請兩位看看便回。」

他引著樂越和杜如淵繞到正殿之後，只見一道山牆隔開了偌大的院子，山牆上一扇陳舊月門緊閉，但未上鎖。

末幺推開月門，引他們走進門內，裡面也是幾間殿閣，殿閣的屋脊和角檐與其餘殿閣不同，未有裝飾，窗扇上糊的是白紗，殿外老樹參天，幽靜陰涼。

樂越突然咦了一聲。

隱身在旁的琳箐戳戳他：「樂越，哪裡不對呀？」

樂越喃喃道：「爲何這裡會有槐樹，難道宮裡不避諱？」

槐樹乃木鬼，尋常人家都不會在家宅內種此樹，偏偏深宮內院裡竟然見到了。

更加古怪的是，兩棵槐樹各在後殿的一邊屋角處，另兩處屋角則有兩株柳樹。四棵樹枝幹虬奇，恐怕是數百年的老樹。槐爲木鬼，柳是木仙，兩棵老柳、兩棵老槐，各在對角屋角處，好像在鎮守甚麼。

琳箐和昭沅沒感覺到甚麼陰森的邪氣，只察覺此處莫名透著一股悲涼之意，滲透進骨骼。

樂越問：「我們可以進去瞧瞧麼？」

末幺猶豫道：「恐怕不行，奴才長年在樂慶宮當差，這殿中只有初一、十五或特定時日才能進入。」

樂越很是遺憾，踱到殿門前，隨手碰了碰殿門。末幺尚未來得及開口制止，緊閉的門扇因這輕輕的一碰，嘎吱緩緩大開。

殿內情形頓時坦露無餘，樂越、杜如淵和隱身在後的琳箐、昭沅都訝然。

大殿內一片空曠，唯獨正中有一口井，井沿邊立著一張矮小的石案，上有一個石頭香爐，案下擺著一個蒲團，顯然是拜祭之用。琳箐和昭沅到井邊看了看，更加愕然，其實那不是一口井，只是用石頭在平地上壘砌了一圈，看上去好像井沿而已。

末幺跪倒在門檻邊，砰砰磕了三個響頭，嘴裡嘀嘀咕咕唸道：「奴才只是無意，並非故意沖撞，太祖皇帝爺爺莫怪～～太祖皇帝爺爺莫怪～～」

一邊唸著，一邊邁進門檻，顫著手把門闔攏，再在門檻邊磕了三個響頭，爬起身瑟縮著向樂越和杜如淵道：「兩位請隨奴才快些離開。」

樂越與杜如淵不明所以地跟他離開了後殿庭院，末幺小心地關好月門。

樂越問道：「太祖皇帝的靈位，不是供在太廟中麼？」

末幺撲通一聲跪倒在地，頭磕得咚咚作響：「求世子和這位千萬別把這事說出去，不然奴才的麻煩就大了。」

樂越把他拖起來：「放心，我們也怕麻煩，肯定不會說，不過，能否請公公你把原委究竟告知，我們以後也好小心避諱。」

皇宮是個孕育鬼故事的地方，這個神祕的後殿是不是隱藏了一段關於冤魂的祕史？

末幺瑟縮著道：「其實……其實此地本該是一處福地。據說，當年太祖皇帝興大業之始便在此地，更與後殿那裡有關。所以，太祖皇帝得了江山之後，就定都於此，並特意建造樂慶宮，供奉後殿裡的井沿。」

樂越覺得這段說辭很可疑，如果當眞如此，太祖皇帝大可以氣派地建一座大殿，設個大神位參拜，爲甚麼要弄個後殿，小石案如此寒酸，還用兩棵老槐兩棵老柳鎭守四角。

末幺接著道：「另外，還有一說，殿外有木，殿中有井，其實是應了『和』這個字，是江山皇氣所在。聽說太祖皇帝曾定下規矩，本朝每位皇帝在初一、十五和祭典節慶之日都須前來祭拜。但自先鳳祥帝起，這個規矩便廢了。先鳳祥帝只信鳳神，不再祭拜其他。但樂慶宮一直也未有人居住。只是我們這些在此宮中當差的內宦每逢初一、十五都會清掃內殿，上炷清香。聽說太祖皇帝的神氣一直鎭守著這裡，不可怠慢沖撞。」他低頭。「奴才所知就只有這麼多了。」

樂越聽末幺的言語，不像在作假，但末幺所知的這些，是否是眞相就難說了。

因爲，剛剛他觸碰到後殿殿門時，懷中的《太清經》顫抖了一下，片刻間傳來異樣的灼熱。

下午，邊張和連六又帶著一群宦官、宮娥送來日常必用之物，尙衣局也派人過來，丈量樂越的衣衫鞋履尺寸。

樂越與杜如淵來往應付，團團亂轉。

琳箐趁此工夫，扯著昭沅去查看皇宮，他們縱雲浮上半空，向下俯瞰皇城。

整個皇城之中瀰漫著七彩瑞氣，那是鳳凰的氣息。

昭沅隨樂越進宮到現在，鳳凰都未曾露面。那籠罩護佑皇城的鳳氣顯示出，鳳凰根本就沒把昭沅這條進入皇城的龍放在眼中。

而內宮方向，瑞氣嫵媚綺麗，顯示那裡是后妃之所，雌凰雲集。

這樣站在雲上看，樂慶宮與其他地方並沒有甚麼分別。

反而是皇城東側的一處氣息有些異樣。

昭沅和琳箐一道往那個方向去，發覺此處七彩的瑞氣中紅氣尤甚，昭沅再仔細看，紅氣翻騰時，有些濃重得好像黑色，他揉揉眼，黑色又消失了。昭沅撓撓頭，問琳箐可曾見到。

琳箐搖頭，回說沒有。

「不過這裡紅得比別處都厲害些，肯定有原因。」琳箐拉著昭沅往下降了些許，看到了宮門前匾上的字，瞭然地哦了一聲，原來這裡是太子的東宮。

昭沅和琳箐隱身進入東宮，聽到收拾東西的宮女們正在閒談，說太子又出去啦，恐怕今日又會在京城的私邸那裡留宿。

有個宮女小聲道：「還有啊，你們太子最近頻頻去看那位郡主，住在太后宮中的澹台小姐會不會做不成太子妃了呢？」

昭沅和琳箐的耳朵一下子豎起來。

「可是澹台小姐是太后定下的。」

「太后定的又怎樣，楚齡郡主的身分可不比丞相的女兒差呀。而且太子喜歡她，就算娶了澹台小姐，將來說不定還會娶那個郡主，到最後誰才是皇后娘娘可不一定呢。」

「我遠遠瞄見過那位郡主，她不如澹台小姐好看。」

「好不好看還不是要看太子的喜好？聽說太子就喜歡潑辣些的。」

……

昭沅和琳箐互望一眼，沒想到楚齡郡主和澹台容月都在皇宮中。

琳箐說：「太子不喜歡澹台容月？那假如皇帝真的扶持樂越壓下了太子，說不定樂越和澹台容月還有希望在一起哦。」

昭沅聽著這句話，怎麼聽怎麼覺得有股濃烈的酸味。他摸摸鼻子，訕訕地道：「要不我們回去吧，把這件事告訴樂越。」

琳箐揮揮手：「待會兒再說吧，甚麼要緊的都還沒查到呢。不如趁現在我們乾脆出宮看看，找找洛凌之和孫奔在哪裡。」

洛凌之是琳箐的選定之人，按道理，琳箐應該很容易察覺到他的氣息，可是出了皇城之後，她放出神識搜了一圈，洛凌之的氣息竟然如水滴融進了大海一般，絲毫不見。

昭沅跟著琳箐在京城上空氣喘吁吁地兜了幾個來回後，反倒在一家客棧院內的樹杈上發現了正在對他們扮鬼臉的飛先鋒。

琳箐和昭沅落到客棧院內，飛先鋒哧溜從樹上躥下，手舞足蹈地領著他們到了後院。孫奔正掄著斧頭在後院的柴垛邊劈柴。

琳箐察得四周沒有其他人，便現出身形：「你眞是走到哪裡都不忘記賺錢啊。」

孫奔抬袖擦擦汗珠：「孫某沒別人那麼好命，有皇宮住。當然得時刻記著賺點盤纏。」

昭沅也解開隱身術，上前幫孫奔抱起劈好的木柴在柴垛上碼好。

琳箐問：「你有沒有查探到甚麼？」

孫奔咧嘴道：「姑娘，妳也太性急了吧？孫某今天剛進城，路面都還沒踏熟。」

琳箐眨眨眼：「我相信你的能力嘛，我知道，你連挑選哪家客棧、做哪種零工都是有深意的。」

孫奔得意地笑了：「琳姑娘眞是越來越瞭解在下了，妳是不是已經開始後悔當時選了洛凌之，沒有選我？」

琳箐嘆氣：「唉，是啊，我發現洛道士眞的不中用，根本連他跑到哪裡去了都不知道，在這方面，他比你差太遠了。」

孫奔笑得更得意了，立刻把琳箐和昭沅帶到他住的房間內，還喊小夥計要了一壺茶。

「一進城，我與洛小道士就分開了，正好發現了這邊的線索，就在這家客棧住下了。」

昭沅捧著茶杯問：「甚麼線索？」

孫奔走到窗邊，推開窗扇向外一指：「那邊的院子，就是太子的私宅。」

琳箐瞪大眼，眞心實意地稱讚道：「眞的？你太厲害了。」

孫奔謙虛道：「也是運氣好而已。」

他與洛凌之分道揚鑣後，獨自到街上轉悠，在一個飯館裡發現了兩個喬裝改扮成尋常人的道士。

琳箐詫異：「道士又不是和尚，和平常人一樣有頭髮，換上尋常人的衣服你怎麼能認得出來？」

孫奔道：「妳要想一想，孫某當年是做甚麼的。當山匪必須精通相人之術，過往客人有錢沒錢、大概甚麼出身來歷、做何營生，歷練多了，一看便知。那兩個道士雖然改穿尋常人裝束，但買的飯食皆是素食，而且他們的手上熏有香痕，身上有香火味，走路的姿態也與常人不同。」

琳箐道：「也可能是還俗的和尚呀。」

孫奔道：「孫某假裝無意與他們相撞，有一個人開口道歉時不經意地單掌立在胸前。合掌的是和尙，立單掌唸無量壽福的只有道士了。本朝尊崇玄道之術，這兩個人步履輕盈，身負武功，改裝成常人必有蹊蹺，所以孫某就尾隨去看了一下。」

孫奔尾隨這兩人到了附近一個僻靜小巷的舊宅門前，爬上牆頭窺探，恰好看見院中有一個熟人，就是在青山派山頂上曾經圍堵他們的清玄派弟子中為首的那位，名叫佟嵐的。

琳箐拍掌道：「是了，明明是太子的同門師兄弟，天下第一派的弟子，爲甚麼會鬼鬼祟祟扮成普通人藏在小院中呢？肯定有鬼，十有八九和太子有關。」

孫奔笑道：「所以孫某立刻在這家客棧住下了，打算今晚去那個院子中探探。」

琳箐摩拳擦掌，孫奔笑咪咪地問她：「要不要晚上與孫某同去？」

琳箐揚眉：「何必要晚上，我和傻龍用隱身術，現在就可以去嘛。」

她說做就做，立刻拉起昭沅，唸動法咒隱去身形，直接從窗口穿出，殺往孫奔所指的小院。

小院就在客棧對面的深巷中，院子不大，房舍也半新不舊，看起來好像尋常的民宅，沒甚麼特別的氣息。

琳箐和昭沅到了小院上方，向下一看，卻大吃一驚。

院子中站著幾人，其中一個身影他們再熟悉不過——

洛凌之。

琳箐喃喃道：「洛凌之爲甚麼會在這裡，難道他其實和太子是一伙的？」

昭沅相信洛凌之的人品：「我覺得洛凌之不是那種人。」

他慢慢壓下雲頭，聽見洛凌之與其他幾人的對話。

「……師兄還是快些離開吧，若是殿下或是佟嵐師兄回來，就不好收拾了。」

「我能否見見師父。」

「師兄，師父倘若要見你，早就見了，何必讓大家爲難呢？」

「我今日過來，只是想問青山派的鶴機子道長和那幾位師弟們，是否被太子殿下和師父關押起來了？」

「的確沒有，那位鶴道長可非尋常人，怎會輕易被我們抓到？師兄，我們不會對你說假話的……」

洛凌之沉默片刻，微點頭道：「好，多謝你們告知，我近日都會在京城內，你們將我過來的事情告訴師父與佟嵐也無妨。」

與洛凌之說話的幾人紛紛道：「師兄，我們絕不會說的。」

洛凌之抱了抱拳，轉身走出小院。他剛邁出門檻，有個人忽然追上前：「洛師兄。」

洛淩之停步回身，那人道：「洛師兄……你是否和樂越在一處？聽說他進了皇宮，你們眞的打算和太子殿下作對？」

洛淩之沒有回答。

那人的聲音有些吞吐又急切：「洛師兄……當年我剛到清玄派時，你對我諸多照顧，有些話，我不知當說不當說，雖然外人看來，我們是青山派的叛徒，可我們眞的有不得已的理由。洛師兄，你是個好人，樂越我從小看著長大，他的品格我也清楚……有句話，我想提醒你們……有些事不是表面上看起來那麼單純，有些人也不是表面看起來那麼好……洛師兄你，還有樂越，千萬不要被別人利用。」

洛淩之微微皺眉：「周師弟，你指的是何人何事，能否詳細告知？」

那人不肯再細說，只含糊道：「總之，請師兄和樂越多多留意，好自爲之。」

洛淩之沉思地看著他，轉身出了小院。

他獨自步出長長的小巷，身後有聲音喊道：「洛淩之。」

洛淩之回頭，卻甚麼也沒看到，瞭然地笑了笑：「琳姑娘？」

琳箐的聲音從空中傳下：「昭沅也在哦。孫奔住在對面客棧乙十一號房，我們在那裡等你。」

小夥計引著洛淩之進入乙十一號房時，昭沅和琳箐已經與孫奔同坐在桌邊喝茶，飛先鋒蹲在昭沅身邊剝核桃，嘎嘎吱吱叫了兩聲，以示對洛淩之的歡迎。

小夥計彎腰退出，洛淩之插上房門，走到桌邊坐下。

孫奔笑道：「洛老弟，沒想到你我分道揚鑣各自查探，竟然查到了同一個地方。」

洛凌之道：「我恰好在街上遇到了一個昔日的同門師弟，就尾隨他找到了那裡。我想，也許可以打探出鶴機子前輩和越兄師弟們的下落。」

琳箐抱著茶杯道：「結果可是聽到了一番意料之外的話啊。你覺得那人話中所指是誰？」

洛凌之搖頭：「沒有憑據之事，在下從不妄加猜測。」

孫奔湊近些問：「哦哦？甚麼？可否說來給孫某一聽？」

琳箐便將當時情景複述了一遍，昭沅默默坐在一旁。他總覺得，那人所指的，似乎是……怎麼可能？昭沅直覺認爲，這話一定不對。

孫奔聽完，呵呵笑道：「反正樂少俠也不在這裡，孫某就直說了，我覺得，這話中所指的，十有八九是樂少俠的師父吧。」

琳箐張口道：「怎麼可能嘛，鶴機子那老頭肯定是個大好人。」

洛凌之亦肯定地道：「鶴前輩的品格在下絕對相信。」

孫奔哂笑數聲，慢悠悠道：「我說句不大厚道的話，人心難測。」

洛凌之道：「孫兄從未見過鶴前輩，不便妄下論斷。」

孫奔挑眉：「我是未曾見過樂少俠的師父，但關於他的種種，有件事我一直不解。樂少俠說，當日涂城之劫時，他師父恰好路過，把他從死人堆中救出。那麼，他師父如何對樂少俠父母的來歷知道得如此詳細？姓名、籍貫、做何營生、家中有無親族，全部都清清楚楚。」

琳箐道：「可能是鶴機子遇到樂越一家人時，樂越的父母還沒有死，他們把樂越托付給了鶴機子，當然就要把姓名、身分甚麼的告訴他。鶴機子救走樂越後，又幫他打聽了家中的情況吧。」

孫奔靠在椅背上，聲音平緩地道：「好像說得通。但是，涂城之劫那日，整個涂城就是人間煉獄，只有不停地殺人和不停地逃命。進入客棧中救人，絕無可能一邊救一邊聽人訴說身世。」

琳箐反駁：「不能是在兵卒屠殺之後救的麼？」

孫奔吊起一邊嘴角：「按照現在我們查到的線索來說，涂城之劫除了對付我們百里氏之外，更是衝著越兄一家去的，妳覺得安順王和他的精兵可能漏下越兄這個嬰兒的性命麼？」

琳箐張了張嘴，想說那也不一定，你不是也被漏下了麼？可這個反駁她自己都知道有點強詞奪理，便沒有說出口，只冷笑道：「反正按照你的猜測，沒幾個人是好人！」

孫奔抱起手臂：「因爲孫某自己就不是甚麼好人，對所有的人或事，我都或多或少保留一份懷疑。世事不可盡信。」

洛凌之道：「疑點終歸不是事實，無論如何，我都相信鶴機子前輩不是那種人。」

昭沅抓緊茶杯，他也相信。

琳箐讚歎道：「看，這才是光明磊落的君子之心。」

孫奔不置可否地道：「孫某從不介意被說成小人。」

孫奔最後還是和洛凌之一道在客棧中搭伴住，只是商定每天各自出去打探，互不干涉，這樣可以避免像今天一樣查到了一塊去。

孫奔遺憾地道：「可惜洛少俠今天打草驚了蛇，那個院子今晚定會嚴加戒備，我是去不成了，只好等來日再查探。」

琳箐道：「太子也真奇怪，把他的同門師兄弟們安排在這個院子裡，偷偷摸摸想做甚麼呢？他有東宮有安順王府，又有鳳凰幫他，何必這麼做？」

洛凌之帶著那副一貫謹慎的態度道：「我只怕，太子仍然沒放棄煉製法器，追求長生。」

琳箐嘴角抽了抽：「你……你不會說太子現在還在偷偷地煉製那個鹹菜罈子吧……太慘了。」

洛凌之訝然地皺眉：「鹹菜罈子？」

琳箐猛然想起，當時樂越怕洛凌之太老實，把實情告訴太子，便沒對他說過太子的寶罈其實是個鹹菜罈子。她只好含糊地笑道：「這是樂越給那個被太子搶去的寶罈起的綽號啦，哈哈～能鎮封關著老龍的鴨蛋，那個罈子的法力說不定真的不可估量呢。」

洛凌之憂慮地道：「希望太子不要亂用。」

昭沅悶頭坐在一旁，一言不發。

天近傍晚時，昭沅和琳箐很沒義氣地丟下洛凌之和孫奔，趕回皇宮中吃晚飯。

昭沅想了半天，還是把在小院中那人對洛凌之說的話告訴了樂越。

樂越聽後大怒。對他來說，師父比生身父母還要重要，師兄們當年背叛師門去抱清玄派的粗腿也就算了，現在竟然還出言詆毀。假如那位師兄站在面前，樂越肯定立刻拔劍和他拚命。

杜如淵勸解道：「此人說出這番話，自以為出於一片好心，定然是有甚麼事情令他產生了這些想法，不排除有人刻意為之。假如越兄你因此在意，反倒上了他們的當。」

琳箐說：「是呀，眼下也沒工夫計較這些了。到底皇帝在打甚麼算盤，為甚麼鳳凰那裡一點動靜也沒有，才眞是奇怪。」

樂越握拳砸砸額頭：「滴血認親一項，大概皇帝已經有了安排，我想整個皇宮都在鳳凰的掌控之中，我們此時的一舉一動都落在他們眼裡。」

所以鳳凰也罷，安順王也罷，現在都沒有任何舉動，只是靜默察看情勢。但他們越是沒有動作，越要更加小心防備。

杜如淵摸著下巴道：「偌大的皇宮，空閒宮院甚多，皇上特意把越兄安排進這樂慶宮，大概也別有深意。我想，用意很可能就在後殿的那口假井上。」

昭沅不解。

杜如淵分析道：「按照今天下午末么公公的說法，後殿的老樹假井乃本朝太祖起家的靈蹟，這次皇帝與越兄的一場滴血認親亦安排在宗廟太祖皇帝神位前。這兩者之間必有關係。」他一臉篤定地預言。「吾敢斷定，不出明天上午，關於那口井，定有事情發生。」

昭沅聽得有些頭懵，琳箐半信半疑，應澤挾起碟中最後一筷菜，哼道：「凡人之事眞是無聊。」

晚飯之後，琳箐解開殿內宦官和宮娥身上的定身術，與昭沅、應澤、商景再度隱去身形。那些人只覺得剛看見世子與那人入席吃飯，眨眼間已碗盤皆空。而自己則腦中昏昏沉沉，完全想不起那兩人是怎樣吃飯、自己如何侍候的。回想午膳時也是如此情形，不由得倍感邪門，毛骨悚然。

邊張和連六指揮著收拾碗盤送回御膳房，兩人又回內侍府中向總管公公稟告今日樂越與杜如淵兩人的言行。稟告完畢，抄近道穿過內廷宮閣甬道趕回樂慶宮，走到凰慈宮附近，聽見岔道拐角處有人低聲召喚：「邊張，連六。」卻是太后身邊的宮女瓊雪、服侍皇后的宮女婉櫻，還有李惠妃的貼身宮女知蓮幾人。

邊張、連六被她們拉到凰慈宮外的一處遊廊角落內，眾宮女們雙目閃閃地向他們打聽，侍候那人還有杜世子的時候，有沒有發現甚麼特別與不尋常。

邊張左右張望了下，低聲道：「不瞞幾位姐姐說，我們兩個服侍了一天，就感到一個字，邪！」

宮女們吸了口涼氣，抓緊了手絹，捂住了胸口，連聲催促他快說究竟怎麼個邪法。

邊張再左右看看，聲音壓得更低了些：「這個，還眞不好說……總之，那兩位，尤其那個叫樂越的，渾身就透著邪。揀個最明顯的事情說，今天我們一堆人就在殿裡眼睜睜看著他們吃飯，愣是沒有一個人看見他們是怎麼把飯吃下去的！好像眨眼之間，所有的碗和碟子都空了。」

幽幽的，有陰涼的夜風吹過，眾宮女們情不自禁寒毛豎起，還有的打了個寒顫。

知蓮顫聲道：「我、我沒進宮前，在老家聽說過這樣的事。這是不是就是傳說中的養小鬼啊……」

瓊雪拉拉她的衣角：「千萬別亂說。」

連六悄聲道：「我和邊張剛帶他們進樂慶宮，桌子上的點心眨眼就少了兩塊。每個碟都是八塊點心，宮裡從不會出錯，他們剛一進，就變成了七塊。」

知蓮抓緊胸口的衣服：「這、這一定是他們帶了甚麼邪門的東西。」

連六道：「我聽說，讓他們住樂慶宮，也是上面特意安排的，就是因爲樂慶宮裡有太祖皇帝的寶井，可以鎭壓得住邪氣。」

婉櫻顫聲道：「我不信，樂慶宮那個地方本來就陰森森的。我聽一位老公公說，當年沒建皇宮之前，那裡死過好多人。」

連六苦著臉道：「總之，這些話都只能在私下裡說，幾位姐姐千萬別亂傳啊。」

小宮女們紛紛點頭，允諾絕對不說。

於是，半個時辰後，樂越和杜世子身邊帶了邪門東西的事情便傳遍了後宮。

月正明時，宋賢妃、莊德妃、周淑妃、李惠妃帶著一堆女官宮娥，一齊造訪皇后的凰儀宮。

「宮內謠言四起，據聞那樂越與杜世子的確有些邪性，皇后姐姐您坐鎮中宮，妹妹們實在是惶恐無措，只好再過來找皇后姐姐商議，到底我們該如何是好？」

皇后本來就不是一個有主見的人，不久前婉櫻剛剛向她祕密稟報了從邊張、連六那裡探聽來的消息，她心中也很害怕，只能強撐著安慰眾人：「太后娘娘已經下令不可再亂提此事，各宮已加派了巡防人手。本宮覺得，既然皇上和太后娘娘都放心地讓他們住進來，應該不會有事才對。」

宋賢妃低聲道：「皇后姐姐覺得，安排他們住在樂慶宮，算是放心麼？」

皇后一時難以回答。

李惠妃道：「今天我去太妃那裡坐了坐，覺得那位楚齡郡主有句話問得很對。太子明明文武雙全，品德無可挑剔，又是長公主所生，身上算是有一半和氏皇族的血，爲何皇上和太后還要相信那個來歷不明又很古怪的樂越是皇室血脈呢？」

莊德妃悄聲道：「咦？難道妳們沒有聽過最近的一個謠言嗎？聽說……太子根本就不是長公主生的，他是安順王和一個民間女子的私生子。」

燈影之中，皇后屋梁上有一隻三彩的鳳凰展開翅膀，飛出凰儀宮，飛過皇城的高牆，飛入梧桐巷的院落中。

她落在庭院內，化作一名錦衫少女，廊下的一名少女輕盈地向她跑來：「凰珠姐姐，難道是那條龍還有麒麟、烏龜在皇宮中生事了？」

凰珠搖頭：「沒有。凰鈴，君上在嗎？我想問問君上，我們到底該怎樣做。現在皇宮裡只有我一個，鳳梧哥哥不管皇帝了，鳳桐哥哥不管太子了。皇帝要和那樂越滴血認親，是不是乾脆把祭壇讓給龍算了？」

凰鈴眨眨眼：「君上已經安歇，他說這件事先不要管。龍那裡有位上古大神，我們打不過的，等天庭有回音了再作計較。至於皇帝，鳳梧哥哥說，皇帝再怎樣也違逆不了天命。」

凰珠無奈：「可天命到底是甚麼啊？」

凰鈴茫然回答：「這個……我也不知道，不過我覺得一切都在君上掌控之中，姐姐稍安勿躁。」

凰珠無語地看了看天：「好吧，那我就等君上調遣了。」重新化成鳳凰，拍拍翅膀，飛回皇城。

夜半，昭沅輕輕從樂越枕畔爬出，他聽到有一些不尋常的動靜從後殿方向傳來。

他穿過牆壁，來到殿外，肩膀處被輕輕戳了兩下。琳箐從他身後閃出，比了個小聲點的手勢，拉著他飛向後殿。

後殿荒蕪的庭院中，連六、邊張還有幾個身穿內衛服飾的人圍成一圈，搖亮火折，濃烈的松香味瀰漫，一個火堆熊熊燃燒起來。

火苗躥了半天高，那些內衛舉著半人大的銅鏡圍在火堆邊，銅鏡折射火光，直沖天上。

昭沅疑惑：「這是甚麼儀式？」

難道這些人正在爲那口假井舉行甚麼祕密祭典？

琳箐也不知道，索性拉著昭沅坐在屋脊上看。銅鏡折射的火光變成了黃色，映亮半邊天空。

這時，邊張、連六和另外幾個內衛點燃了幾盞奇怪的燈籠，一個、兩個、三個……一串光球接二連三晃悠悠升上了天空。

連六和邊張把袍子下襬掖到褲腰上，閃出後殿的宮院，快步走出樂慶宮，而後在寂靜的道路上奔跑起來，跑出很遠後，兩人突然開始高喊。

「顯靈了——！」

「神蹟啊！！」

「太祖皇帝顯靈了——！！」

「祥光！是祥光！太祖皇帝顯靈了——！！」

昭沅目瞪口呆，琳箐抱著肚子，在屋脊上哈哈笑起來。

她拉起昭沅：「凡人真有趣，看來這個皇帝是真心想用樂越對付太子。」她笑吟吟地揚起秀眉。「我們乾脆幫他們一把，讓這些凡人看看，甚麼才叫顯靈！」

皇后睡得很不安穩，她夢見樂慶宮上空浮起一個巨大的鬼影，安順王與太子在半空中把鬼影斬破，她正要長出一口氣時，太子卻提著劍，向著御座上的和韶砍去。

皇后驚叫一聲，猛地坐起身，小宮女匆匆跑到她床前：「娘娘，娘娘！樂慶宮那裡太祖皇帝顯靈了！！」

皇后披上外袍被小宮女扶著跑到廊下，果然見樂慶宮方向光芒沖天，幾點光球在半天中盤旋。

皇后不由自主扶住了身邊的廊柱，已有小宮女和小宦官跪倒在地磕頭，那幾點光球像被一隻看不見的手操縱，在半天空中連成了一個圖形，一道流金般的光芒環繞其上，勾勒出犄角鬚爪。

皇后捂住嘴，拚命壓住驚呼。

那個圖形，分明、分明是龍！

琳箐站在屋脊上拍手嬉笑：「昭沅，你這個龍畫得眞不錯，和你自己有點像喔。」

昭沅在半空裡有些不好意思地嘿嘿笑道：「還好啦。」

琳箐彈彈手指，龍影在半空中蜿蜒，她咯咯笑道：「我要不要畫個麒麟玩玩呢？」

那串孔明燈應聲而動，昭沅道：「我幫妳畫。」

他們正玩得盡興，遠遠天邊有聲音呵斥道：「你們不要太過分了！」

一道火焰呼地撲向那幾盞孔明燈，琳箐劃出一道光帶，彈滅鳳火：「呀，終於有隻小鳳凰露頭了。」

一隻三彩鳳凰展翅飛來，化作彩裳少女，站在半空，怒容滿面：「我們君上知道你們不成氣候，懶得理會你們，你們也不要太不識好歹。」

琳箐笑道：「我們都進了皇宮，鳳君還讓你們做縮頭鳳凰，他到底是懶得理會呢，還是不敢？」

凰女臉色頓青，一條彩帶狠狠甩出，琳箐拋出長鞭，繞住彩帶，依然笑吟吟道：「妳看清楚點，這次是皇帝命人故意製造顯靈假象幫助樂越，我們只是順便錦上添花而已。看來現在的皇帝已經不喜歡鳳凰了。妳要打我奉陪，不過我們打鬥的情景大概又會被當成太祖顯靈爲樂越助威的神蹟，妳別怪我沒有提醒妳喔～～」

凰女被她氣得險些吐血。

遙遙有聲音慢悠悠地道：「琳公主，何必此時就生事端？」

凰女手上的彩帶被一股法力注入，輕輕一抽，重新回到凰女手中。一個絳紅身影站到凰女身後，凰女回首看見他，頓時喊了一聲：「桐哥哥。」嗖地躲到他身後。

琳箐和昭沅並肩站在一起，笑吟吟地和鳳桐打招呼：「好久不見啊。」

鳳桐微笑道：「好久不見，琳公主美麗依舊，哦，昭賢弟似乎長大了一些。」寬大的袍袖一揮，孔明燈熄滅墜落，地上的火堆也漸弱漸滅。

琳箐拍拍手：「也罷，反正今晚樂越的神蹟也足夠了。」

鳳桐含笑：「大約明天早上皇帝就會降旨，後天乃良辰吉日，滴血認親應該是那天了吧。」

琳箐敏銳地盯著他：「你們在打甚麼算盤？」

鳳桐無辜地攤手：「甚麼也沒有，就像凰珠方才說的一樣，鳳君命我們暫時不與諸位起衝突。昭賢弟和琳公主盡可以放心，滴血認親儀式，樂越應該能順利通過。」

琳箐雙手環在胸前，挑挑眉：「那你的太子可就危險了。」

「哦？琳公主這樣以爲麼？」鳳桐的嘴角又浮起淡淡笑意。「現在斷言勝負還爲時過早。或者，天意早已註定。」

他轉身，慢悠悠踩雲飄走。

飄出些許，他又側回身：「還有，昭賢弟，都到了這個時候，怎麼你還要事事讓他人代勞？」

昭沅的心不輕不重被扎了一下。

琳箐撇嘴：「鳳君不是也事事都丟給你們這群小鳳凰代勞？」

鳳桐長笑一聲：「琳公主說的也算對吧。」與凰珠一道乘雲離去。

次日清晨，內廷總管白公公手捧聖旨，親自到樂慶宮中宣讀。

聖旨曰，昨夜子時，太祖皇帝神蹟突現，聖上感太祖皇帝神詔，爲正宗廟社稷，於明日鳳時在宗廟內舉行滴血認親儀式，朝中百官皆爲見證。若驗得樂越乃詐冒皇室血脈，則即刻推出午門，施凌遲之刑，殘骨懸掛城門一月，以儆效尤。

樂越叩拜接過聖旨。

琳箐嘀咕：「這皇帝甚麼意思呀，背地裡偷偷摸摸造出假神蹟，聖旨上卻惡狠狠說要把樂越千刀萬剮，太虛僞了。」

應澤不屑道：「凡人。這就是凡人。」

皇后在岔路之處徘徊良久，終於還是走向鳳乾宮的方向。

鳳乾宮中依然瀰漫著終年縈繞的藥味，就算燃再多熏香，也蓋不過那個味道。

在外殿中，便能聽見熟悉的咳嗽，似乎更加厲害了。皇后心中一陣酸楚，也不待通報，快步衝向內殿，挑開了水晶簾。

斜倚在御榻上的和韶看到她，愣了愣，撐起身虛弱道：「皇后，今天太陽烈，妳怎麼過來了？快些坐下涼一涼吧。」

皇后撲到御榻邊，淚水奪眶而出：「皇上，你讓臣妾該如何是好？」

和韶有些不解，和聲問：「皇后，朕做了何事令妳如斯慌張？」

皇后捂住口，淚珠滾滾：「皇上，你、你爲何不能好好保重身體？甚麼太子，甚麼和氏流落在外的血脈，臣妾都不想看到他們，臣妾只希望和皇上相守到老……」

和韶啞然失笑：「皇后，這些話不該從妳口中說出。若無太子，他日朕不在了，妳該怎麼辦？」

皇后埋首在他懷中，泣不成聲：「皇上別說不吉利的話……沒有皇上，就沒有臣妾，皇上在哪裡，臣妾就在哪裡。」

和韶輕嘆道：「妳是皇后，不能這樣孩子氣。」

皇后抬起滿是淚痕的臉，緊緊地望著他：「皇上是臣妾的夫君，臣妾爲甚麼不能這樣說？」

和韶抬手撫摸她的鬢髮，回想皇后初嫁給他時，不過才十三歲。

她是太師的女兒，自小嬌慣，穿著繁重的喜服，假裝循規蹈矩地坐著，一雙眼睛卻好奇地不住偷偷四處張望。

她拉住和韶的衣角問：「你是皇帝？看起來不比我大多少嘛，兩歲，還是三歲？」

「從今天起我就是皇后嘍？那我和你說話，是每句都要自稱臣妾呢，還是可以說『我』啊。」

「盤子裡的東西眞的一點都不能吃嗎？臣妾我好餓，娘說，我要餓三天，可我現在就忍不住了。」

「皇上你也吃一點，唔，外面的人會聽你的話守好房門吧，萬一偷吃被抓到了，我娘說，我會被廢掉。」

賢妃、德妃進宮時，她大哭大鬧，被太后罰在佛堂抄經。和韶還記得她闖到鳳乾宮中要他把賢妃、德妃趕出去時的紅腫雙眼，目光中帶著怨恨和委屈。

在佛堂抄完經後，她不哭也不鬧了，眼睛中毫不掩飾的怨恨已變成了委屈與絕望，她只是用那樣的神情問：「臣妾不想和別人分享皇上，可是皇上是皇上，臣妾只能與別人分享。我是皇后，在皇上心裡，我和她們還是不一樣的吧？」

那時候她多大？十四？十五？

離現在已近十年了。

這些年，他身體弱，沒有太留意後宮的妃嬪，包括皇后。

多年過去，皇后早非當年那個天真嬌縱的少女，但，在她的心中，或許和千萬平凡女子一樣，一直真心真意地愛著自己的夫君吧。

可他這個皇帝，在生命將要走到盡頭時，竟不知道是否能保住皇后後半生安樂。

若得來世，有緣再做夫妻，寧願只是尋常百姓，平平淡淡，相守到老便好。

皇后出了鳳乾宮，她傷心又煩悶，便棄了皇輦，慢慢步行回凰儀宮，天氣炎熱，她繞道靠近御花園的小路而行，遙遙看見一行人匆匆向著另一方走去，眾人簇擁著的那人好似是太子。

皇后便問：「那廂過去的可是太子？」

小宦官答道：「回稟娘娘，是太子殿下。」

皇后疑惑：「看他所去的方向，既非鳳乾宮，也非凰慈宮，他這是要往何處去？」

婉櫻小聲道：「皇后娘娘，奴婢大膽說一句，太子可能是往陳太妃的思容宮裡去。」

楚齡郡主與太子的傳聞皇后亦聽說過些許，這般看來，傳聞倒是真的了。她暗暗思忖，那位楚齡郡主果然有些手段，只盼別鬧出甚麼醜事。

皇后最近要愁的事情太多，撞見太子去思容宮一事，不多久就被她抛在了腦後。到了傍晚，太后命珠鶯前來傳話，讓她去凰慈宮一趟，身邊別帶那麼多人。

皇后於是只帶上了婉櫻，到了凰慈宮內，太后與她閒話幾句，笑道：「對了，皇后，今日哀家命人打理舊物，不想在箱子底找到了兩件當年先帝賜給我的首飾，我這把年紀，戴著已經不合適了，不如妳看一看，有沒有合心的，拿去戴吧。」

皇后連忙道：「既是先帝賜予太后娘娘之物，臣妾怎敢佩戴。」

太后道：「只是幾根釵而已。」拉起皇后的手。「妳隨我去選一選。」

進得靜室內，太后忽命左右退下，闔上房門，沒有傳喚，任何人不得擅入。

待四下無人時，太后示意皇后隨她走到靜室幕簾之後，鄭重地道：「皇后，哀家假託挑選首飾，讓妳到此，是覺得妳既是皇后，有些事情也該讓妳曉得。如今安順王把持朝政，手握重兵，皇上體弱，無力轄制，皇上與哀家亦是不得已，才立了慕禎為太子。如今樂慶宮那個叫樂越的少年，他是真是假不重要，但他背後有定南王。杜獻此人不如慕延那般張狂，他在南郡韜光養晦，實力其實不見得比安順王弱。樂越與太子競爭，實際就是定南王與安順王之爭。哀家說的已經夠明白，妳該懂了吧？」

皇后的心怦怦亂跳：「母后，用一頭猛虎對付一條豺狼，狼死了後，猛虎會不會反身噬主？」

太后很滿意皇后問了一句還算有腦子的話，嘆了口氣道：「這個暫時不必去想了，妳以為皇上現在還有得選麼？」

皇后不言語。

太后抬起手，擊掌兩下：「另外，哀家還想讓妳見一個人。」

從屋角屏風後，轉出一個身穿宮女服色的女子，向太后和皇后盈盈下拜，太后含笑問皇后：「妳猜她是誰？」

皇后不解，那女子緩緩抬首，刻意精修成平緩溫順的秀眉下，一雙杏目中閃爍著異樣的鋒芒：「臣女白若珊拜見太后娘娘，皇后娘娘。」

太后含笑道：「她是楚齡郡主。」

皇后大驚，她爲何會出現在此處。

太后安撫地拍拍皇后的手，向楚齡郡主道：「太子的表現如何？」

楚齡郡主福身回稟：「太子今日氣急敗壞，看樣子已按捺不住，他與國師的弟弟鳳桐的關係似乎沒那麼好。」

皇后徹底愕然，太后道：「若珊對皇上之事極其用心，太子乃安順王私生子一事，多虧她前來告知。對了，她還懂些醫理，送上一副藥方，能醫治皇上的病症。皇后，妳可不能怠慢她。人前她要假意穩住太子，私下裡，妳便當她是姐妹吧。」

「姐妹」二字讓皇后本能地覺得警惕，可楚齡郡主能醫治皇上這件事讓她欣喜若狂，她猛地抓住楚齡郡主的衣袖：「妳眞的有方子可以醫治皇上？」

楚齡郡主垂下眼簾：「臣女的母親精通醫理，她的嫁妝中有專門醫治難症的古方，臣女曾隨著學了一些，但是否能醫好，只有五成之數。」

竟有五成的希望可以醫好！皇后緊緊抓住楚齡郡主的手臂：「好妹妹，妳若眞能治好皇上，哪怕要我的命都行！」

楚齡郡主連忙作勢欲跪：「皇后娘娘此話臣女萬萬經受不起。」

太后和皇后一道攙扶起她，皇后自知方才有些激動了，稍微收斂了此情緒，眞心誠意地感謝道：「久聞楚齡郡主乃是一位奇女子，今日本宮方才眞正理解其意，妳爲皇上所做的這些，本宮一定永遠記得。」

楚齡郡主道：「臣女所做這些，只是盡本分而已。我雖是女子，也不願看到千秋基業遭人謀奪。臣女的父王在世時常教導臣女，乾綱清正，方能萬民有福。而且，於私，我也有我如此做的理由。」

太后微微頷首：「宮中耳目眾多，妳不宜在此久留，快快離去吧。」

楚齡郡主盈盈拜退，太后轉動擱架上的玉瓶，地上露出一條暗道。這條暗道通往思安宮的佛殿，住在思安宮的陳太妃卻根本不知道這條暗道的存在。

待楚齡郡主走後，暗道口闔上，太后問：「妳覺得這位郡主如何？」

「智計過人，聰慧伶俐。多虧了她了。」頓了頓，皇后有些好奇地問。「母后，她說的於私幫助皇上的理由是甚麼？」

太后道：「她本以爲父母之死是樂越所爲，最後才發現是太子。因爲鎭西王夫婦知道太子的身世祕密。」

皇后訝然道：「安順王父子膽敢謀殺同品的郡王？也太大膽了。郡主爲報父母之仇竟能與那太子虛與委蛇，臣妾好佩服。」

太后道：「妳當然要佩服她，只怕妳與後宮諸妃加在一起都比不得她。」瞟了一眼皇后木訥站著的樣子，搖頭嘆道。「妳啊，日後要多多留意小心。」

皇后立刻道：「臣妾會留意小心，好好照顧這位妹妹，又不被其他人發現。」

她自以爲這句話說得很聰明，太后的神情卻更無奈了：「唉，皇后，爲什麼有些話不說明白，妳就是不懂？倘若這個郡主變成了皇上的妃子，只怕不到一個月，妳皇后的位子就難保了。對她，與對那樂越一樣，她有她的盤算，我們有我們的主張。妳記住這句話便可。」

皇后懵懂地點頭，她發現很多事情她已越來越搞不明白了。

滴血認親儀式當日，文武百官寅時末便在太廟之前列序等待，卯時初，安順王與定南王至，兩位王爺的轎子同時到了承天門，於是在下轎後同行而來。安順王身穿松柏棲鶴紋褐色王服，定南王著流雲翔鶴紋紫色王服，兩人一路低聲談笑，在百官之首站定。

過不多久，太子駕到，神色從容，還帶著微笑與定南王閒話了幾句。

只是樂越一直未出現。

卯時中，國師到，眾官中稍起了一陣騷動。國師馮梧自今上繼位後就鮮少露面，連太子冊封大典都未出席，今天居然到場。他多年來容貌一直未變，看來依然不到三旬的年紀，寬袖道氅，手執拂塵，行至安順王與定南王面前，僅微微頷首算作招呼，便到另一側上首站定。

他自先帝時就權勢顯赫，無人能及，連見皇帝時都可不行大禮，百官中看不慣者甚多。

應朝一向尊崇玄道之術，鳳祥帝之後更甚，儒學一派的清流們一直深爲憂慮。但國師府權勢熏天，挺身勸諫的官員都沒落得好下場，眾官只敢偷偷議論道術誤國。國師府和安順王公然將非和姓之人扶上太子之位，不少官員仰天長嘆本朝亡國之日不久矣，沒想到皇上和定南王又扶持出一個出身玄道門派、裝神弄鬼的少年說是皇家血脈。

眾官早看透了，樂越對太子根本就是一場黑吃黑的較量。

他們或心灰意冷或明哲保身地一致決定，袖手看熱鬧就好。

國師到達不久，皇帝的鑾輿緩緩而來，太子、安順王、定南王與眾官叩拜迎接，唯有馮梧依然倨立原地。

和韶身著玄黑朱紅闊袖的鳳袍，帝冠珠簾後的面容似乎氣色好了些。他進入太廟，跪拜太祖太宗與眾位先帝的靈位，敬香禱祝。眾官依然沒見樂越露面，不由得暗自揣測，這少年的架子未免太大了些，也或者是皇上另有安排。

和韶跪拜完畢，問左右：「樂越何在？」

白公公道：「稟皇上，因樂越身分未明，宗廟祭拜時在場多有不妥，故在華清門外跪等宣召。」

和韶道：「傳他速速前來。」

樂越在華清門外跪了近兩個時辰，若不是昭沅向商景學了舒筋活血術一直替他施法，只怕他現在走都走不動了。

終於看到白公公疾步趕來，樂越如蒙大赦，感嘆道：「在朝廷裡混，必須要有兩條結實的腿。」

琳箐安慰他：「現在你跪一跪，以後就是旁人跪你了。」

樂越心道，老子既不想跪旁人，也不想受旁人跪。

白公公走到近前宣讀口諭，樂越方才爬起身，隨他一道趕往太廟。

樂越出現在百官視線中時，百官中又暗暗起了一陣騷動。

近日關於樂越的傳言多不勝數，眾官都聽了不少，但此時一見，發現樂越只是個十七、八歲的少年，兩道朗朗劍眉，渾身散發著樸素的鄉野之氣。穿了一件淡紫的絲袍，配著一頂玉冠，搭在他身上好像借來的一樣。絲袍的衣襬甚長，與他如飛的健步很不般配。眾官看他步履雜亂地隨著白公公走到玉階下，跪倒向皇上磕了個頭，也很不合禮體，不由都在心中搖頭。

馮梧淡淡地道：「樂少俠此次前來，眞是多得庇佑，一切周詳。」

樂越爽朗一笑：「國師過獎。」

他身後左側站著昭沅，右側站著琳箐，把應澤供在當中。杜如淵還特意出借了商景和他們同行，趴在昭沅的肩膀上。

在場眾官看不見這些，只見到一向倨傲的國師竟很不淡定地出言譏諷樂越，意有所指，樂越答得甚是張狂。

看來這少年的確不像外表看起來那麼簡單。百官都抖擻了精神，興致勃勃地觀望。

和韶自御座上站起身：「朕自繼位以來，庸庸無爲，且無子嗣，愧對太祖太宗及列位先帝英靈，幸得和禎爲子，寬厚仁德，朕稍感寬慰。然，竟聞尚有和氏宗族血脈遺落民間，朕驚喜不勝，以爲列祖列宗庇佑，特命南郡王杜獻尋其回朝。爲免冒充誤認，故在太祖太宗及列位先帝神位前行驗證之禮。眾卿皆是見證。願列祖列宗護佑朕去僞雜，辨明正，得眞正和氏血脈入宗室。」

場上諸人除馮梧之外者再次倒身叩拜，和韶又道：「既然國師今日到場，本次驗證儀式，就由國師來主持吧。」

馮梧躬身接旨。

樂越在馮梧之後踏上玉階，剛走上兩階台階，他身後的昭沅突然重重地飛了出去。

應澤一指點在樂越身後：「不要回頭，繼續向前走。」

樂越一步步向上走去，台階下，昭沅掙扎著爬起身，看見鳳桐袖手站在半天空。

琳箐跳起來：「小鳳凰，果然是你在搗鬼！」

鳳桐揚起嘴角：「否，否，我只是過來湊熱鬧，順便看一下，昭賢弟能否過得了太廟這一關。看來，還是不行。」

晨光中，宗廟上碩大的鳳凰圖騰光華燦爛，形成一個壁罩，把太廟牢牢罩在其中。

昭沅向前走了兩步，剛踏上台階，立刻又被壁罩上的光芒彈開。

鳳桐笑道：「君上一直命我們不必理會。因爲就算你們進了皇宮，宗廟裡，祭壇上，祭拜的仍是我們鳳神。宗廟的圖騰受無數香火，已自成神識，但凡不被認可的異類，統統無法踏進宗廟。這不是我們鳳神的法力，而是凡人的景仰與供奉。」

他俯視昭沅，昭沅從台階下慢慢爬起，感到了深深的屈辱。

他初次嘗到，身爲一個護脈神，因不受認可而被拋棄的羞恥。哀傷的寒意和憤怒的熱火繚繞著他的身軀，奇異地交融在一起，包裹住龍珠。

琳箐也束手無策，這道光壁是人間皇族拋棄龍尊崇鳳而形成，她可以通過，但幫不了昭沅。

她看向已站到玉階之上宗廟門前的樂越，只有當樂越成爲了皇帝，龍的圖騰重新出現在祭壇之上時，這道光壁才會消失，護脈龍神才能眞正地重獲榮光。

樂越側身站在宗廟門前，瞥見昭沅一次次被光壁彈開，鳳桐出言譏諷，不由攥緊拳頭，商景已從昭沅肩頭來到他的肩上趴下，出言提醒道：「少年，你現在動了，非但幫不上忙，反倒會耽誤大事。」

昭沅站在台階下，正抬頭遙遙看著他。

昭沅雖是一條龍，卻一直和好兄弟一樣講義氣。跟著他跑前跑後，拚命做事，一遍遍承諾「我會變強，我會幫你」。

但此時，樂越站在這裡，卻不能讓昭沅和他站在一起，他冷冷地瞥向殿內碩大的鳳凰圖騰，有朝一日，他一定親手把它砸爛。

鳳梧站在門內，脣邊浮起一絲譏笑：「樂少俠緣何愣怔？」

應澤一直負著手，一副懶得動的模樣，慢吞吞道：「一些微末玩意兒，看不順眼，打爛便是。」

商景尚未來得及阻攔，他老人家已隨隨便便一揮袖，嘩啦啦，光壁崩裂破碎，狂風驟起。眾人站立不穩，群臣驚呼，歷代皇帝的牌位乒乓搖晃，大塊大塊的碎渣從宗廟屋脊掉落。

幾個小宦官踉蹌上前，扶住和韶，鳳梧和鳳桐卻同時露出一抹欣然的笑。

琳箐恍然醒悟，跺腳道：「完了，老龍上當中了激將法！」

群臣中，已有人驚呼：「天譴，這是天譴！太祖太宗皇帝顯靈了！」「這樂越必定是冒名頂替擾亂宗室之徒！」「太祖太宗皇帝不容有人冒認宗室，顯靈發怒了！」

……

太子跪倒在地：「請太祖太宗息怒，父皇，天降責罰，請將那樂越速速押出午門，凌遲示眾，以平上天與列祖列宗的怒火！」

和韶扶著欄杆，勉強站立，心道，難道朕所做之事當眞不容於上天與祖宗？

他高聲喝道：「來人，將樂越拿下！」

「拿下」兩字剛剛出口，天空中突然降下一道閃電，落在將要一擁而上的護衛面前。與此同時，階下的昭沅化作金色長龍，升騰而起，盤踞九天。

金龍一聲清嘯，長風蕩滌烏雲，碧空朗朗，風停，地穩，宗廟停止顫抖，碧藍蒼穹中，金色晨光斜射而下，落在宗廟前站立的樂越身上。

和韶、太子及其他在場的眾人慢慢站直身體。他們的眼睛看不到金色的長龍，耳朵聽不見龍嘯，但他們看見燦爛光芒中的樂越，恍若以淺金晨光爲龍袍，宗廟琉璃瓦折射的七彩光束爲帝冕，立於玉階之上。

定南王整衣跪倒在地：「皇上，依臣愚見，此非天譴，乃上天恩澤，太祖太宗皇帝及列位先帝顯靈庇佑之吉兆。」

太子變色道：「狂風大起，天地遮蔽，宗室顚簸，列祖列宗的牌位怒顫，這叫吉兆？」

定南王道：「風起地顫，是上天與列位先帝之靈有感震動，而後天降祥瑞，光兆祥和，爲大吉大興之像。預兆大應江山定有一番嶄新繁榮，臣恭喜皇上。」

和韶露出悅色，微咳幾聲，看著身邊的樂越，內心終於平靜下來。

安順王向前一步，道：「本王嘗聞定南王兄不信鬼神，怎得今日突發此番言論？」

定南王微笑：「本王不信鬼神，但信天。」

和韶笑道：「好一句不信鬼神但信天！杜卿言之有理。」

安順王斂衣跪下：「皇上，樂越妖異非常，絕非宗室血脈，臣在九邑時便見他以孽龍作法，愚昧百姓，此人萬萬留不得，皇上若爲仁義，可饒其一條性命，驅逐出關，永世不得回朝。」

和韶道：「慕卿之忠心，朕盡知曉。但如今勢分兩派，各執一辭，一說凶兆，一說吉兆，朕也無法定奪，唯有驗證之後才知。朕早已下旨，倘若樂越冒認皇室血親，則即刻推出午門，施凌遲之刑，殘骨懸掛城樓一月，以儆效尤。難道慕卿疑心朕敢在列祖列宗牌位前包庇樂越？」

安順王叩首：「臣不敢。」

和韶接著道：「另，樂越以孽龍作法之事，恐是謠傳。在宗廟鳳神圖騰前，又有國師坐鎮，即便世上真有龍，怎能在此作亂？」

安順王不再言語。

宗廟鳳神的光壁已恢復，樂越看向天上，遙遙見人形的昭沅立在雲端，於光壁之外望向這方。即便進不了宗廟，即便現在還無人祭拜，他是樂越的護脈神，他一定會幫樂越。

驗親儀式正式開始。白公公端過來一個托盤，上面放著盛著清水的玉碗，黃緞墊布上擺著小巧的匕首。

和韶拿起匕首，正要劃破手指，鳳梧突然道：「且慢。」走上前端起玉碗。「陛下，爲保萬無一失，不妨將碗中之水改換作祭壇外的天露，如何？」

應朝歷代皇帝崇尚玄道之術，宗廟外有一尊青銅仙鶴像，口銜銅盞，承接天露，作煉丹之用。和韶最憂心的情況終於出現了。他在這碗水中做了點手腳，哪怕滴進一滴人血和一滴豬血都能融在一起。他此時如果阻攔，必定露出馬腳，只能淡定地說：「國師言之有理，便依你說的辦吧。」

樂越覷見和韶的神色，心道，老子果然沒有猜錯，當眞是在水碗裡做了手腳。皇帝一看就是不經常說謊的，說國師言之有理時，臉都黃了。

他想不通，鳳梧肯定明白有應澤和商景在場，這一關他樂越必定能過，爲何還要多此一舉換水。

可能他單純以嚇唬皇帝爲樂。

鳳梧捧著水碗到宗廟外，把水換成了銅盞中的天露。

和韶穩住心神，割破手指，滴了一滴血在水碗內。樂越接過匕首，噌地割破手指，血滴啪嗒落入碗中。

和韶不由暗暗望了他一眼，心道，這次只能看你的命了。

商景的龜殼上冒出幽幽綠光，樂越的血滴一頭向著和韶的那滴血扎去，兩滴血眨眼融在一起，變成滾圓的一大滴沉在水碗底。

白公公和一旁的幾個小宦官率先撲通跪倒在地，老淚縱橫：「恭喜皇上，老天保佑，列位先帝有靈啊！」

殿外的眾官跟著跪下，高呼萬歲。

和韶又驚又喜，幾乎不能相信自己的雙眼。難道眞的上天護佑，太祖皇帝顯靈？難道這樂越眞的是和氏血脈？

他一時情緒激動，又抑制不住地咳起來，命白公公將玉碗捧給百官驗看。

鳳梧袖手站在一旁，樂越本以爲他或多或少會使些絆子，不想竟如此順利。

白公公捧著托盤走下台階，突然天邊猛地扎來一頭鷹隼，張開利爪，口吐雷電，直向白公公撲來，昭沅急忙拋出一顆光球，白公公唉呀一聲，兩手一抖，昭沅拚命想接住玉碗，卻被光壁重重彈開，他的後背處被甚麼尖利的物體刺破，意識一空，從半空跌落。

一切都發生在眨眼之間，琳箐怒叱一聲，揮鞭甩去，商景運起法術，已都來不及。

眾人只見玉碗跌落台階，摔成了數片，一條一尺來長的物體墜落地面。

太子喝道：「龍，是龍！那樂越果然懂妖法！快！護駕！把他拿下！」

一隻火紅的鳳影在天空中幻化，直衝向地上的小龍，有人失聲高呼：「是鳳神！鳳神顯靈掃清妖孽了！」

一根燃火的長鞭和一道青虹阻擋住了鳳凰的身形，商景救起昭沅，琳箐再一鞭子向火鳳甩去，恨恨道：「讓老龍出手吧！」

火鳳在空中化作虛無，琳箐抬頭看見了天上袖手站著的鳳桐。

鳳桐用雙指夾住琳箐的長鞭，神色凝重：「琳姑娘，此事的確不是在下安排。」

琳箐怒喝：「你騙誰呀！」

鳳桐凝目望向宗廟內。

宗廟中，鳳梧微笑著看樂越和應澤：「知道你們這次輸在何處麼？」

應澤皺眉，天地一瞬間如夜般昏暗，鳳梧依然微笑：「你們輸在，有些事，你們當我不會做，但我做了。」

樂越忽然感到胸口處一涼。方才割破手指的匕首被鳳梧插進了他的左胸。

鳳梧沒有用法力。

從來沒有一個神仙會絲毫不用法力，只用凡間的兵器暗算一個凡人。

但是鳳梧這樣做了，連應澤都沒料到。

鳳梧含笑向應澤道：「上君托大了。」

商景手中的昭沅利嘯一聲，一條金色長龍猛地撞破祭壇的壁障，鱗片鮮血淋漓地衝向宗廟內，宗廟四壁和屋頂化作碎片四分五裂，鳳梧的身形倒飛向天際，應澤緩緩升到半空。

鳳梧被鳳桐接住身形，擦去嘴角的血跡道：「應龍上君……就算你現在殺了小神，也救不回那個凡人的命了。」

地上的百官倉皇四散，小宦官們簇擁著和韶踉蹌地縮在殘留的欄杆中；太子和安順王振奮地高呼「拿下妖孽」，還有琳箐的怒喝和商景焦慮的聲音。

但樂越覺得這些混亂的聲音正越來越模糊，他慢慢滑落倒地。

原來他居然會不明不白地折損在這裡。

既沒有當上大俠，也沒有做成皇帝。

就這麼窩囊地要死了。

看來樂越天生就是個尋常命，即使遇到了龍，遇到了麒麟，有大神保護，該窩囊還是窩囊。有甚麼緊緊圈住了他的身體，樂越在模糊中知道，是昭沅。

他掙扎著道：「對不住……這事……實在太窩囊了……等我掛了……你再找個像樣點的人吧……」淒厲的龍嘯聲驚天動地。

樂越迷迷糊糊地，覺得自己好像飛起來了，又落到了一處實在的地方，有人在他耳邊低聲說話。

難道本少俠已經到了地府？

樂越努力掙扎，猛地睜開雙眼，驀然看見一張熟悉的臉放大在眼前。

那張臉向他親切微笑道：「道友，人生何處不相逢，你怎麼會在這裡？」

樂越一骨碌爬起身，四下看了看。

藍天、白雲、綠樹、青草，還有兩隻蒼蠅，眷戀在他身畔，嗡嗡地叫。

他把手指伸進嘴裡，重重一咬，疼得倒吸一口涼氣。

再摸摸左胸，掌下有甚麼蠕動了一下，樂越伸手入懷，摸到昭沅涼涼的龍身，他把小龍拎到眼前，小龍的爪子動了動，身體扭動兩下，慢慢睜開眼，迷茫地看著他。

是昭沅，沒錯。

卿遙伸手摸摸昭沅的身體：「樂兄，你的這位龍友還是如此可愛啊。」

昭沅甩甩頭，再次用力地看了看樂越，下一秒渾身金光閃爍，化成了人形。

他一把揪住樂越的衣襟，樂越無奈道：「你不用扒開驗證了，我剛剛自己驗過，沒傷。」可是左手上，滴血認親留下的口子卻還在。

卿遙疑惑地問：「樂兄受傷了？」

樂越拍拍額頭：「沒有，現在好像沒事了，我還以為我做了鬼了。」

卿遙笑咪咪道：「不過，越兄，你的水遁術可真高明，那天在敝派中，你和這位龍小弟跌入池中就不見了，讓我找不著。」

樂越打個哈哈：「那個，我可能有點奇奇怪怪的毛病，自己常常不知道自己做了甚麼……對了，卿遙兄，這裡是何處？」

卿遙疑惑地看看他，道：「難道樂兄又是用甚麼法陣莫名到了這裡？此地是善安。」

善安……樂越皺眉，善安不正是京城的舊名麼？

天下皆知，應朝的京城應京昔日是個荒涼的小城善安，太祖皇帝的祖籍就是善安，後來得了天下，覺得自己的故鄉是龍興之地，就在此處定都，更名為應京。

看來，每次回到四百年前，他和昭沅也是身在穿越前所在的地方。

樂越道：「卿遙兄怎麼會在此地？」

卿遙道：「我送那隻蚌回到海中，聽聞善安城轄下有個村落崇尚道術，頗懂養生之道，所以就過來看看。哪知道進樹林找水時，就看見樂兄你躺在河邊了。」他看看旁邊那條河，再看看樂越。「是了，樂兄有龍友相伴，必然精通御水之法，所以我每次碰見你，才都在河邊。」

樂越乾笑兩聲，心道，**我只會喝水**。

昭沅乍見樂越沒事，心中一片空白，只緊緊跟著樂越，用前爪抓著他的胳膊，生怕他的胸口突然再多出一把刀子。

卿遙看看他們一人一龍，問：「樂兄你們有甚麼打算？」

樂越盤算，每次跟著卿遙，總有辦法回到四百年後，於是道：「我們莫名其妙到了這裡，沒甚麼打算，不知卿遙兄可願與我們同行。」

卿遙立刻欣然答應。

他裝滿水袋，帶著樂越和昭沅走上一條小路，道：「這個村子很不好找，我在城裡和人打聽了半天，還畫了張圖紙，依然找不到地方。」

他們沿著小路走了半晌，只看見荒山、老樹、野草和溝渠，一個茅草屋都沒遇見。

樂越不禁道：「卿遙兄，你的圖紙會不會有問題。」

卿遙唉聲嘆氣，這張圖是他在善安城裡請一個算命的畫的，花了二十文，那算命的信誓旦旦地說，絕無差錯，看來被騙了。

樂越暗道，**相信算命的不被騙才有鬼**。

他們又走了快半個時辰，兩腿痠軟，繞進路邊的樹叢想歇口氣，卻見一棵大樹下坐著三個人。

卿遙立刻精神振奮，走上前去抱拳一揖道：「幾位，打擾了，敢問可知去靈固村的路怎麼走？」

那三人有老有少，最老的大約年過六旬，衣衫破舊，一頭花白枯髮。另一人大約三旬有餘，膚色黝黑，身形健壯，一副武夫打扮。這兩人都未回話，只一臉警惕地打量卿遙及遠處的樂越和昭沅。

最年輕的那個是位二十餘歲的青年，身穿錦衣，面容俊秀，像個富貴人家的公子，他也打量了一下卿遙，和和氣氣地起身還禮道：「閣下想來是外地人吧，不知去靈固村所為何事？」

卿遙道：「我等只是路過的遊客，聽聞善安的靈固村崇尚道術，村民皆養生有道。因此想去見識一下。」

那青年再打量了一番卿遙，道：「不瞞閣下，我們三人也是去靈固村的。」

卿遙喜道：「哦？那不知能否同行？」

青年、中年漢子和老者互相看了看，中年漢子啐了一口唾沫：「也罷，都這麼多人，再加三個也行。」

卿遙欣欣然回身，向樂越、昭沅招招手，兩人一龍與那三人一道在樹蔭處坐下。

中年漢子再輪番地打量了他們三個一遍，粗聲道：「明人面前不說暗話，幾位小哥也是和我們一樣到長壽村中找靈藥的吧？」

卿遙、樂越和昭沅都一臉茫然。

青年仔細觀察他們的神情，發現不似作僞，方才微笑道：「看來幾位的確是外地客人過來遊玩的。所謂長壽村，就是靈固村，他們整村的人都能活到百歲以上，而且頭髮烏黑、牙齒堅固、身體清健，不顯老態，傳到外地，就說這裡有個長壽村。這個村子倒還有個別稱，因爲全村人都姓樂，又叫樂家莊。」

卿遙道：「哦？我們這位樂兄也姓樂，可眞是有緣分。」

那三人的目光立刻都落到樂越身上，老者甕聲道：「原來這位小哥竟姓樂，看來樂家莊的人不會將我們拒之門外了。」

青年道，靈固村一般不輕易接待外客，不過如果是有緣之人，或者可以留宿一晚。

青年又問他們名姓，卿遙、樂越和昭沅皆如實報上。

青年拱拱手：「幸會幸會，在下姓慕，單名一個綸字。這位是百里兄，名諱百里臣，我二人和幾位一樣，也是從外地慕名而來，只有這位何老丈是本地人。」

樂越聽得這幾人的姓氏，不由得有些詫異，便問道：「請問老丈的姓是哪個何？」

老者啞聲道：「人可何。」

之後攀談中，樂越得知，慕綸乃是州城的大戶人家子弟，無奈適逢亂世，家道中落。母親患了頑疾，無法醫治，聽聞善安城靈固村中有可以續命、醫治難症的妙藥，這才遠道前來。

那中年漢子百里臣軍中出身，只因鎮守邊關時凍傷了一條腿，被發還回鄉。怎料家鄉發大水，他妻子水蟲入體，患了寒症，每逢發作便生不如死。他四處尋覓藥方醫治未果，偶然聽聞善安有個長壽村，有能治百病的靈丹妙藥，於是來求。

兩人在城中打探時相遇，又在路上碰見了何老丈，便三人同行。

樂越道：「看來靈固村中人人長壽與精通醫術有關。」

何老丈搖頭嘶啞地開口道：「你們這些外地人不知根柢，樂家莊的人並不懂甚麼醫術。他們能長壽是因爲他們有一口仙井，井中之水能治百病。樂家莊的人怕井被他人佔去，才嚴禁外人進入，所謂去求藥，其實就是求一口井中之水罷了。」啞聲說完，咳咳咔咔咳了幾聲，吐出一口濃痰。

卿遙道：「那老丈此行也是爲求藥？」

何老丈道，正是，善安此地名字雖好，可百姓過得既不善也不安，去年大旱，糧食幾乎無收，又鬧了瘟疫，他唯一的兒子已死了，只剩下老伴和兒媳婦還吊著一口氣，這次的靈藥就是給她們求的。

樂越聽後甚是同情，卿遙道：「相信靈固村的人並不是鐵石心腸，一定會答應幾位的要求。」

何老丈長嘆一聲：「唉，幾位把人看得太好了。鬧瘟疫那時，死的人成千上萬，也不見他們來救。聽說靈固村中供奉著一位聖姑，全村之人都聽從聖姑的命令。救不救人也看那位聖姑的心情而定。」

慕綸接口道：「之前在下在城中打聽時，也聽人說想求藥必須先拜聖姑。」伸手從隨身包袱裡取出一把香。「喏，這就是在下在城中道觀裡請的香，聽說聖姑只受這種有茉莉香氣的香火。」

百里臣打開身邊的藤條筐，取出一枝精心保存在水甕中的荷花：「我是聽說，聖姑喜歡白色的荷花。而且必須像剛摘下來一樣新鮮才行。」

何老丈嘶聲道：「我家中連下鍋的米都沒了，實在沒甚麼東西獻給聖姑。只有我家老婆子繡的一塊手帕，希望聖姑能收下。」

樂越不禁想，不知那個所謂的聖姑甚麼來歷，竟和神仙一樣，要人叩頭跪拜。

卿遙、樂越和昭沅都是兩爪空空，沒有任何敬獻的東西。

慕綸道：「三位，你們這樣，恐怕靈固村不會讓你們進村啊。」

卿遙不禁又埋怨了一番那個畫圖紙的算命的，畫錯圖紙就算了，竟然連這麼關鍵的事情都沒告訴他。

百里臣道：「幾位如果不是爲了求藥，又何必破費？進不得村子就算了。」

卿遙嘆氣道：「話雖如此，好不容易到了這裡，沒能窺得靈固村的玄妙，總是心有不甘。」

再休息片刻，起身上路，那位何老丈知道路徑，帶著他們繞過兩道山谷，沿著一條小河而上，轉過一道山梁，眼前豁然開朗。山谷之中，一座村莊座落在河畔。四周垂柳成蔭，裊裊炊煙映著黃昏落日，一派悠然氣象。

他們踩著木橋過了河，走到莊前，有兩、三個農夫打扮的後生迎出來，抱拳施禮：「賢客何處來？」

卿遙抬袖還禮，指指自己、樂越和昭沅道：「我三人是外來的遊客，聽聞貴莊賢名，特來拜訪論道。」

爲首的後生謙和道：「無爲無爭一村莊，不敢言道。」

卿遙道：「在下天南地北一閒人，不談章法，只愛自在。」

那後生抬首掃視卿遙、樂越和昭沅，躬身道：「賢客或是有緣人，請容先去通稟一聲。」匆匆入莊，剩下的兩人看向慕綸、百里臣和何老丈。

慕綸羨慕地向樂越這方看了看，上前一揖，恭敬道：「在下三人，家中有親屬重病，聞得貴村中有靈藥，前來求乞。」

一名後生道：「敝村乃尋常農莊，既無人讀功名書，也無人有濟世藥。幾位是否投錯了路徑，尋錯了地方？」

慕綸慌忙取出請得的香束，恭敬地雙手奉上：「在下家中母親重病，急等救治，誠心求乞，請這位行個方便。此香乃我誠心敬獻，望可通融。」

後生道：「村中眞的沒有閣下所求之物，請回吧。」

慕綸苦苦哀求，百里臣自他身後上前，打開藤筐，取出那枝荷花：「鄙人是個粗人，不懂說文謅謅的話，只是偶然得到一枝荷花，覺得很漂亮，便前來此地，希望爲它尋一個懂花之人。」

他這番話說得很生硬，磕磕絆絆的，顯然是有範本背下來。那後生接過花，看了看，道：「是一枝好花，閣下請在此暫等，容我進去片刻。」匆匆進莊。

百里臣長吐了一口氣，滿臉興奮期待地站到一旁。

何老丈也上前一步，掏出懷中布包，嘶聲道：「此物是我老伴親手所繡，並非甚麼好東西，可惜無人可用，不知能否在莊裡爲它覓個主人。」

他打開布包，露出一條手帕，乃劣質絲絹所製，但繡著一幅生動的金魚戲水圖。

剩下的那名後生一臉勉強地看了看，再看看佝僂脊背的何老丈，道：「那請老丈在這裡暫等，晚輩進去幫你尋尋。」

替卿遙、樂越和昭沅通報的那個後生最早出來，抱拳向他們道：「賢客遠道而來，多有慢待，望請見諒。請三位隨我入莊，無珍饈佳餚招待，但有清茶奉上。」

慕綸、百里臣和何老丈都用又妒又羨的目光看過來。此時另外兩名後生也匆匆出來，分別向百里臣與何老丈道：「兩位請隨我進來。」

慕綸向前兩步，急切地問：「那在下怎麼辦？能否請兩位通融再稟告……」顫手捧起那束香。

「在下也……也不求甚麼了，只願將這束香獻給喜香之人。」

一個後生搖頭道：「閣下既已道明來意，又何必做作更改？你所求的東西敝村真的沒有，請早些尋覓他法，以免延誤病人。」

慕綸跪倒在地，苦苦哀求，幾名後生執意不肯。樂越和卿遙看不過眼，替他說情通融，仍然不行。三名後生領著樂越五人進入莊內，昭沅回頭看了一下，只見慕綸仍跪在莊前，看著他們的方向，滿臉絕望。

靈固村中皆是竹籬茅舍，三兩閒人聚在門前飲茶聊天，孩童四處奔跑嬉鬧。到一處岔路，兩個後生領著百里臣與何老丈向某一方向去，引著卿遙、樂越、昭沅的後生躬身向另一方向示意道：「三位請。」

蜿蜒磚路的前方，有一道屋宇，與其他房舍不同。

挑檐墨漆，花窗白牆，倒有幾分道觀或佛寺的大殿模樣。

樂越和昭沅看到這棟屋子，心中都咯噔一下。這座房屋的四角各種著兩棵柳樹，兩棵槐樹，庭院布局，與樂慶宮中的後殿一模一樣。

昭沅渾身忽然湧起一股奇妙的感覺，後頸的龍鱗有種想要豎起的衝動。就在此時，他發現，這棟很像樂慶宮後殿的屋子上坐著一個一身白衣的少女。

她看起來大約凡人十四五歲左右，相貌異常端麗精緻，卻全無表情，好像一尊冰冷的白玉像，一雙黑晶石般的眼眸冷冷地看著他們。

昭沅不由得頓住。

因爲，屋頂的少女，是一隻鳳凰。

一旁的樂越也停下了腳步，不動聲色地抓住昭沅的手腕。

知客的後生詫異地問：「二位，怎麼了？」

卿遙微笑道：「哦，在下這兩位朋友大約是看這棟房屋與別處不同，有些疑惑。」

後生立刻答道：「這是我們村中祭拜用的祠堂，自然與尋常屋子不一樣。」

後生引著樂越三人到了那道屋宇前，廊下站著一個長髯長者，向他們含笑一揖道：「有客遠道而來，未能及時相迎，還望勿怪。」

樂越一路行來，所見的靈固村人唯有此人穿了長衫，便心知其身分必在眾人之上。果然，爲他們引路的後生道：「這是敝村村長。」

樂越和卿遙連忙道失敬。

村長道：「只是多了幾歲年紀，故而勉強擔當此責，敝村之中，並無高低之分，客人不必客氣。請屋內用茶。」將他們讓向旁側的廂房。

樂越暗暗向正殿處瞄了一眼，心道，不知裡面是否也有一口水井。

那屋頂上的少女從始至終都在盯著他們。昭沅暗中戒備，直到進入屋中，鳳凰少女的目光好像還黏在他們的脊背上。

廂房內的擺設十分簡樸，一張舊桌、幾把木椅而已。

村長親自拎著一白瓷茶壺斟茶待客，茶碗都是半舊粗瓷的，茶水清香別緻。

落坐後，互通姓名，村長姓樂名頌，聽了樂越姓名，頓時笑道：「竟然如此湊巧，敝村中人，全都姓樂，所以外面也有人稱呼敝村爲樂家莊。」

卿遙道：「那說不定越兄與前輩五百年前，還是同宗。」

樂越忙道：「這倒不是了，晚輩本出身自玄道門派，屬樂字輩，其實晚輩原本姓李。」

樂頌捻鬚笑道：「原來如此。」

昭沅仔細打量這位村長，並沒有在他身上發現仙氣。卿遙與其談論各地名勝風俗，村長所知十分廣博，與卿遙聊得甚是盡興，樂越偶爾插話一、兩句，昭沅只管捧著茶碗坐在一旁，總感覺那鳳凰少女的目光穿透了屋頂，還在盯著自己。

昭沅不自在地動了動，看向屋角處的一張竹簾，那裡通向隔壁廂房，廂房內有另外一個凡人的氣息，好像也是個女子。

正在閒談間，一個青年後生走到門前，恭恭敬敬抱了抱拳。樂頌站起身，歉然道：「三位請在此寬坐，老朽暫且失陪片刻，去去就來。」與那後生走到屋角，掀開竹簾，進入內室。

他們說話的聲音很小，但自然逃不過昭沅的耳朵，樂越自從吃了琳箐的鱗片後，眼力、耳力都非同尋常，也聽得清清楚楚。

後生道：「頌翁，已經安頓那兩人在客房住下了。」

村長嘆道：「也罷，只是他們的家人恐怕病勢沉重，倘若救不了，又該如何？」

一個柔婉的女聲輕聲說：「即便救不過來，總是盡力了。神靈既然願意借我們之手救治眾生，爲何不多做些功德呢？」

後生插話道：「是啊，頌翁，這次的兩人都是窮苦人，還有一個和他們同來的，是有錢人家的少爺，我們就沒有放他進來。」

村長唉聲嘆氣道：「晴兒啊，妳救的人越來越多，我心中總是不安。我們一族供奉神明，世代守在這裡，這是天命。俗世之事，不可多問。倘若因此招來世人貪念，可能會釀成大禍。」

那女子道：「祖父放心，我知道分寸。禽鳥走獸見同族落難尚會悲鳴，況且人乎？救助有難之人，亦是我們的功德。」

後生立刻緊跟著說：「頌翁，偶爾救一、兩人，沒甚麼關係吧？來求助的人眞的十分可憐……方才我過來時聽說，我們沒讓進村的那個有錢少爺，還在村口跪著，唉。」

村長肅然說：「今日放兩人進村已是多了，那位少爺……唉，請他即刻離去吧。」

那後生忙不迭應道：「知道知道。」

樂越與昭沅詫異地互望一眼，他們本以爲靈固村的人故意拿搪端架子，不肯救人，但聽了這番話，才知村裡人有不得已的苦衷。

卿遙向門的方向比了一比，低聲道：「兩位，聽到了沒？」

樂越和昭沅點頭。

卿遙端著茶碗，露出若有所思的表情：「這個靈固村，好像越來越有趣了。」

昭沅正要說話，突然打了個激靈。那個原本立在屋頂上的白衣鳳凰少女此時正站在門前，冷冷地看著他們。

少女一步步走進屋內，昭沅渾身戒備地緊繃。少女的目光掃過樂越和卿遙，鎖在他身上，揚起下巴：「喂，龍，你從哪裡來的？」

這是在夢中，四百多年前，龍和鳳還沒有結仇，這個少女不是護脈神，而是別的鳳凰族。所以，或許她沒有惡意？昭沅心中混亂。

少女緊盯著昭沅，問：「你爲甚麼不回答？我在這裡很多年了，從來沒見過一個仙族。難道你是天庭派下來的？你們到這裡來做甚麼？」

卿遙開口道：「這位姑娘……」

他話剛出口，屋角竹簾一掀，村長和那位後生一道走了出來，詫異地看著他們道：「幾位怎麼都站著？」

卿遙、樂越和昭沅一時都不知該如何回答。

那後生道了聲告辭，轉身離去，村長含笑道：「老朽怠慢，幾位有些急了吧？罪過罪過。」拱手請樂越等再次就座，從頭到尾，都好像那鳳凰少女不存在一樣。

昭沅驚詫茫然地瞧瞧村長，又看看那少女，少女哼道：「凡人看不見我啦。」打量了一眼樂越和卿遙。「不過，這兩個凡人好像能看見我？真是奇怪。」

昭沅抓抓頭，村長疑惑地看向他：「這位小公子？」

卿遙立刻含笑道：「我們遊歷各處，第一次看到這樣悠然的世外桃源之景，一時有些出神，前輩莫怪。」隨即以此爲話頭，又開始滔滔不絕地和村長閒聊。

待卿遙吸引過村長的注意力，昭沅才用法術悄悄與那少女聊天：「我們是路過的。」

少女索性在昭沅對面的椅子上坐下，瞪著昭沅，一臉的不信：「路過？龍，你是哪位仙君座下，爲甚麼會路過這裡？」

昭沅回答：「我不是哪位仙君座下，我就是尋常的龍，沒有去過天庭，他們是我的朋友。」

少女擰起眉毛：「和凡人做朋友？你眞奇怪。」

昭沅趁機問她：「妳又爲甚麼會在這裡？」

少女老氣橫秋地長嘆一聲：「一言難盡。我從很多很多年前就在這了。大概會永遠在這待下去。」

昭沅忍不住問：「爲甚麼？」

少女瞟他一眼：「天機不可洩露。萬一你別有居心怎麼辦？」

昭沅哦了一聲，老實地不再問了。少女托著腮看了他片刻，不耐煩地皺起眉頭：「你爲甚麼不說話了？」

昭沅無奈地說：「是妳讓我不要多問。」

少女恨恨地看著他：「那你可以說別的嘛，對了，龍，你叫甚麼名字？」

昭沅報上姓名，接著問那少女的名字，少女說：「我叫白芝。這個名字是九天玄女娘娘幫我起的，怎麼樣，很好聽吧。」

昭沅連忙稱讚好聽，樂越偷偷瞟了眼白芝，心道難怪她如此倨傲，竟然是這麼大的來頭。

昭沅接著問：「這個村子裡的聖姑是不是妳啊？」

白芝道：「聖姑這種老氣橫秋的名字我不喜歡，當然不是我。這些凡人又看不見我，不過，也可以說是我。」

昭沅聽得有些糊塗，不好意思細問，便換了個問題：「那妳留在這裡，是奉了九天玄女的命令？」

白芝輕輕點了點頭：「娘娘說，等到有一天，邪魔之氣徹底消失，再也不會出現的時候，我就可以回到天庭，可這麼多年了，它一直是這樣。我想，可能我永遠也回不去了。」

她的神色有些悲傷，遙望向門外的天空。

昭沅同情地看著她：「連偷偷溜出去玩一下都不可以？天庭沒有派別人陪著妳？」

白芝抬起手腕，她的雙手和腳踝上都綁著銀色的鎖鏈：「這個村子裡的人，就是世代陪我守著這裡的。」她清亮的眼睛看著昭沅。「你們甚麼時候離開？」

昭沅有些難以回答，他既不知道卿遙打算在這裡待多久，也不知道甚麼時候會和樂越一道嗖地離開夢境。

白芝板起面孔：「你們在這裡的時候，我會盯著你們，防止你們有甚麼異常舉動。我警告你們，千萬不要動歪念頭，否則我一定會讓你們很難看。」

昭沅苦於在村長眼皮底下，不可以做出奇怪的舉動和表情，只能連聲保證。

少女站起身，像剛來的時候一樣，端著冷冰冰的態度走了出去。走到門前，忽然回過頭：「喂，龍，如果你悶的話，我允許你來找我聊天。」

村長與卿遙相談甚歡，留他們在村中住宿，讓剛才領他們過來的那個後生先帶他們去客房安置，再預備晚飯。

離開那棟房子時，昭沅回頭看了一下，白芝依然坐在屋脊上，抱著膝蓋，靜靜地盯著他。

那後生少言寡語，樂越與他攀談，只問得他的名字叫樂永，按輩分是村長的姪孫。

樂永帶他們走到一個竹籬圍就的小院前，推開竹欄院門，高聲道：「九嬸，我將客人帶過來了。」院內的茅舍中匆匆走出一個中年婦人，把手在圍裙上擦了擦，道：「正準備晚飯呢，客人已經來了。」笑著向卿遙、樂越、昭沅福身。「地方狹小，請多擔待。」

卿遙、樂越和昭沅連道不敢。

樂永道：「九嬸，這三位是貴客，今晚頌翁要設宴款待，妳就不用預備他們三人的晚飯了。」

九嬸應下，將他們幾個讓進屋中。茅屋矮小，內裡收拾得十分乾淨。挨著裡牆一張土磚壘成的大通鋪，鋪著乾乾淨淨的舊竹蓆，一溜兒擺著三個糠枕、三床薄被。

樂越扯過條凳，在大鋪邊的桌旁坐下，一隻肥碩的三花貓大模大樣進了屋內，在昭沅腳邊蹭了蹭，自來熟地跳到他的膝蓋上。

門前出現百里臣壯碩的身影，他朗聲笑道：「聽到又有三個人過來，就猜想是不是三位，果然果然。」

百里臣和何姓老者一早就被帶到這裡住下。卿遙詢問他們是否見到了聖姑拿到了藥，百里臣搖頭：「據說聖姑要晚上詢問神意才知道能不能救人，先讓我們在這裡等著。也罷，等就等吧，總比那位連門都進不了的慕公子強多了。」

過不多時，何老佝僂著脊背蹩了過來，和他們彼此訴說進村後的情況。談及慕綸沒能進村，何老也是一番嘆息：「我們在路上遇著時，慕公子一副成竹在胸的模樣，我還當他已經打聽明白，曉得關竅了。卻沒想到……唉，到底是年輕人。」

何老對靈固村所知甚多。卿遙和樂越談及方才見到村長的情形。卿遙道：「看那頌翁年不過五旬，竟然已有許多孫輩了。」

何老咳嗽了兩聲，嘶啞笑道：「五旬？你們可看走眼了。這位村長年紀起碼在八十以上。招待我們的這位樂九娘也是他姪孫女，領我們進村的幾個後生在他的孫輩中，可算年紀最小的一茬了。」

樂越訝然，村長樂頌鬚髮烏黑，臉上少有皺紋，走路步伐輕捷，怎麼看也和八十歲這個年紀不沾邊。

百里臣感歎道：「長壽村果然不一般。難道聖姑已經幾百歲了？」

何老半閉起眼睛：「那倒沒有。」詳細解釋道，靈固村中的聖姑都是終身不嫁的女子，壽數和尋常靈固村中的村民一樣。聖姑這個叫法是村外人給安上的，靈固村人管聖姑叫作女奉。上一任女奉死後，便由村長與村中長者共同在村中三歲到六歲的女童中挑選，送到神祠中驗定。能感知神意的便是繼任的女奉。這一任的女奉貌似是村長的孫女。

樂越和昭沅互望了一眼，都想到了竹簾後房間內的那個女子。只怕她就是聖姑。

感知神意，莫非是能感知到白芝的存在？

天擦黑時，樂永提著燈籠來接樂越等人。走到一處岔路口，遠遠聞得一陣嘈雜，樂永攔住一個經過的人詢問，那人道，是沒能進村的慕綸企圖翻牆進村，被發現，後生們正在把他轟出村去。

卿遙道：「在下多言一句，救一個是救，救兩個也是救，慕公子品格純厚，是個君子，救母之心懇切，孝心可嘉。爲何不能網開一面，讓他入村？」

樂永硬邦邦地道：「敝村自有規矩。」

卿遙嘆了一聲，不再多言。

去到村長家中時，飯食已經備好，因卿遙出身玄道門派，所以是一桌素席。飯菜別緻可口，酒也是村中自家釀造的米酒，香醇綿甜。

席間，樂越又忍不住提起慕綸的事情，替他說情，村長拿幾句話含糊岔了過去，最後道：「客人有所不知，我們村中人世代在此村中，乃是順天意行事，不可多干涉村外俗事，否則將引來禍端，還望客人體諒。」

樂越不好再說甚麼。昭沅一直沒有發現白芝的蹤跡，默默埋頭吃飯。

晚間，他們回到九嬸處休息，靈固村中人日出而作，日落而息，其時不過剛入更，整個村莊已關門閉戶，燈火全無，沉入夢鄉。

樂越躺在大鋪上，闔上眼，這還是他頭一次在夢境之中睡覺，頗覺新奇，不知道閉上眼之後會回到四百多年後的現實，還是進入夢中之夢。

朦朧中，樂越聽見嘈雜打鬥的聲音，還有琳箐的聲音在喊：「樂越、樂越！」似乎又有別的聲音，他掙扎著想要睜開眼，左胸處灼熱刺痛，身體像被甚麼緊緊纏住，正在掙扎不休之時，肩膀處突然被人一拍。

樂越一個激靈彈起身，有人按住他肩膀噓了一聲，卿遙的聲音在他耳邊輕輕道：「越兄，你聽。」

樂越定了定神，這才發現自己仍在靈固村的茅屋內，有淒涼的笛聲和清冷的月光一道，從窗扇門板的縫隙鑽進屋內，如泣如訴。

樂越和昭沅輕輕起身，跟在卿遙身後悄悄打開房門閃出小院。整個靈固村如同墳墓一般寂靜，天地間，只縈繞著那悲涼的笛聲。

他們循著笛聲一路向前，順著蜿蜒的磚路漸漸走到村口，突然聽到一聲幽幽的嘆息，依稀是女子的聲音。

樂越抓住昭沅，和卿遙一道飛快閃到路旁的樹後，片刻後，岔路處出現了一個女子的身影，她在月光下緩緩走向村口，婉聲問：「何人在村外吹笛？」

那笛聲頓了頓，停住，依稀是慕綸的聲音道：「回姑娘的話，是沒有資格進村的人。」

女子道：「閣下與敝莊沒有緣分，還請回吧。」

慕綸反問：「敢問姑娘，何謂與貴莊有緣？是獻上了聖姑喜愛的東西，還是明明有所求，卻要口是心非，說甚麼只爲孝敬聖姑？」

女子道：「靈固村中，只有侍奉神明的女奉，沒有甚麼聖姑。」

慕綸道：「但世人皆知，靈固村中有美麗的女子，可以聽見神明的聲音，能夠點清水爲靈藥，救助病苦之人。所以世人稱其爲聖姑。」

那女子沉默片刻，輕聲說：「或許是世人的誤傳吧。公子是不是因爲沒能進入靈固村，便覺得那聖姑有難不救？你心生怨恨，才在村外流連，吹奏這幽怨的笛聲？」

慕綸苦笑一聲，樂越和昭沅甕在樹後窺探，只見慕綸與那女子隔著村門相對而立，月光下拖曳出長長的人影。

「難道姑娘覺得在下的曲聲中有怨恨之意？這首曲子是在下的一位先人所作，藉此思念遠離的親人。在下家道中落，父親已亡故，母親病重，倘若我找不到靈藥替她醫治，可能她也會很快離我而去。心中一時所感，不免寄於曲中。」

女子道：「你在這裡耽擱，只是徒然浪費時日，何不快些離去，另請名醫替令堂診治？」

慕綸嘆息：「姑娘以爲，若有他法可爲家母治病，我還會來到這裡麼？我相信人非草木，即便是那位聖姑，也有父母，或者可以體諒到我爲母求藥的心情，准我入村。」

女子靜靜站了片刻，問：「若是一直不肯讓你入村，難道你就在這裡等下去？」

慕綸搖頭：「家母的病拖不了太久，過了今夜，我就會離開。」

他拱手一揖，在村口的老樹下坐下，悲傷的笛聲再度響起。

女子靜靜站在原地，片刻後，道：「你進來吧。」

慕綸的笛聲走了一個音，停住。那女子接著道：「你可以入村了，請進吧。」

慕綸愣怔地站起身：「姑娘……妳說的是眞的……？」

女子點頭：「只是，我並無把握能治好令堂的病。你快些隨我走，三更將至，過了時辰，今夜便無法感知神意了。」

慕綸踉踉蹌蹌地進了莊門，結結巴巴地問：「姑、姑娘妳是……」

女子道：「我叫樂晴，是靈固村這一代的女奉。」

樂越在樹後伸長脖子打量那聖姑的模樣，朦朧的月光下，只能看清一個纖弱的身影，面上似乎罩著輕紗。

目送慕綸隨樂晴走遠，卿遙低聲嘀咕：「等一下必然有靈固村的感靈祈藥儀式，不可錯過啊。」

神祠院中燈火明亮，人影攢動，樂越本以爲靈固村的人都在睡夢中，卻不想早已聚集在這裡。碩大的火堆在院子中央熊熊燃燒，空氣中瀰漫著松脂的氣息，卿遙、樂越和昭沅閃到院牆角落的陰影中，透過花磚縫隙向內看，只見一干村民圍著火堆垂手而立，村長站在上首迴廊上，見聖姑帶著慕綸進院，不贊同地搖了搖頭。

一旁的樂永開口替慕綸說情：「村長，既然女奉覺得此人與本村有緣，不妨網開一面。」

村長道：「也罷，時辰已到。請這位公子去那方等待，女奉入正殿祈福。」

圍在火堆邊的村民讓開道路，樂越瞄見百里臣和何姓老者都在火堆邊面向正殿站著，慕綸走到他們身邊站定。聖姑緩緩走向正殿，長長的白色面紗掩住了她的面容，只能隱約看見秀麗的輪廓。白色鑲墨邊的衣裙背後墨色的流雲圖案似乎在火光中浮動，昭沅驀然想起，他昔日趴在草叢中初次見到樂越和洛凌之時，洛凌之淺青衣衫背後的流雲花紋，與此時樂晴背後的流雲紋一模一樣。

樂越拍拍昭沅的肩膀，悄聲鄭重道：「正殿裡面的情況，靠你了！」

昭沅唸動隱身咒，卿遙羨慕地看著他的身形隱去：「不知道這門法術凡人能否修習。」

昭沅穿過門扇，到了正殿之內。

殿裡懸掛著經幡，貼滿道家符咒，朱漆的香案上供奉著鮮花果品，莊嚴富麗。女奉樂晴手執香束，跪在案前的蒲團上，喃喃禱祝。

香案後，沒有莊嚴的神像，只有一口井。

這口井和樂慶宮中那圈井沿的位置一模一樣，但它是一口眞正的井，陰涼的水氣直滲透進昭沅的鱗片。

井中冉冉升起一個白影，清亮的雙眼看向昭沅：「龍，是你？」

昭沅疑惑地看著白芝：「妳是鳳凰，爲甚麼會在井裡，妳爲甚麼……」

白芝的身上有一塊一塊黑色的印記，好像黑墨，潑灑在她的臉上、頸上、手上、雪白的衣服上。她的神色很憔悴，聲音虛弱：「每天太陽星歸宮之後都會這樣，我已經習慣了。」她低下頭。「所以，晚上我都不會出去，太難看了。」

女奉樂晴仍在叩拜禱祝，把雙手放進面前的一盆清水中，在水中畫著符文，喃喃唸誦，再自頸間取下一枚玉環，浸入水中，水盆中散出淺淺光暈，光暈擴散到白芝身邊，她身上黑色的印記開始逐漸變淺消退。

昭沅向井中瞄了一眼，察覺到幽不見底的寒意。

一炷香燃燒完畢，樂晴停止唸誦，把玉珮重新掛回頸間，再點燃三根香，拜了一拜，插進香爐中，接著從身邊的提籃取出百里臣帶來的荷花、何姓老者的手帕，和慕綸的香束，擺上桌案。又取出三只小小的銀瓶，分別放在三樣物品的旁邊。

白芝老氣橫秋地嘆口氣：「唉，看來又有凡人來請他們幫忙，可我今天好累，一點也不想管。」

她口中雖這樣說，還是伸出手，淺淡銀光落到那三件物品上，物品上方頓時浮起淡淡的虛像。

百里臣荷花之上的虛像是一間簡陋的屋舍，一個面色蠟黃、四肢浮腫的婦人在床鋪上痛苦地呻吟。白芝看了看，說：「這個女人是水蟲入體啦，把蟲子排出來就沒事了。」

慕綸香束之上的虛像也是一間臥房的情景，房內較為富麗，雕花的大床上躺著一名面色灰敗的中年婦人，一個丫鬟模樣的少女正坐在床頭熬藥。白芝道：「她的壽限快到了，病已無法根治。不過呢，再多活三、四年應該沒甚麼問題。」

她轉而看向何姓老者錦帕上的虛像，皺著眉搖了搖頭。

一個年輕女子蓋著破爛不堪的薄被平躺在破舊的土炕上，一名老嫗守在炕頭流淚。那女子的腹部高高隆起，顯然身懷六甲。

白芝道：「這個女人倒是可以活，可是她肚裡的孩子保不住了。」

昭沅仔細看了看，果然如此，女子的身上籠罩著淡淡的生氣，腹部處卻是一片死灰。

白芝道：「這個孩子天命註定不會被生下來，我也沒有辦法。不過這次的三個活人倒是可以救，還好。」

她雙手一拍，虛像消散，桌上的荷花與香束化成了飛灰，唯獨那方手帕只有一半化灰，仍殘留半片在桌上。

女奉樂晴看見桌上的情形，俯身三叩首。她站起身，剛要拿起桌上的銀瓶，白芝一揮手，三只銀瓶倒下，撞擊桌面，發出清脆的聲響。

樂晴立刻再跪拜叩首三次，起身扶正銀瓶，把那半片殘帕收進袖中，退出殿去。

昭沅不禁問：「這是甚麼意思？」

白芝道：「這樣就代表我今天很累，明天再說。」

果然，樂晴的聲音在殿外輕柔地響起：「今日不宜求露，明晚方可。」

百里臣粗聲道：「明天真的可以？聖姑不會在搪塞我們吧。」樂晴道：「閣下請放心。」

慕綸急切道：「敢問聖姑，在下母親的病症……」

樂晴道：「公子寬心，應可見起色。」

慕綸長舒了一口氣，道謝不迭。

樂晴蹙眉看向何姓老者：「只是，這位老丈……」

何姓老者顫巍巍地略直起腰。

樂晴淡淡道：「老丈家中的兩人，恐怕只有一人可以無礙。」

何姓老者渾身一顫，啞聲問：「敢問聖姑，老朽的老伴、兒媳與未出生的孫兒，哪個可活？」
樂晴自袖中取出那半方殘帕，帕上的金魚戲水圖被燒去大半，只餘下一點浮萍。
樂晴道：「本就無生，亦不算夭亡。」
何姓老者顫抖著愣怔片刻，撲通跪倒在地，膝行向樂晴的腳邊：「聖姑，求求妳救救我的孫兒！我兒子已經死了，兒媳肚裡的這個孩子是唯一的指望……求求妳救救他，哪怕……哪怕用我這條老命來換都可以！」
樂晴搖首。
何姓老者一把抓住她的衣襬，被眾人呵斥拖開，掙扎著哭道：「……如果一條命不夠……還有我老伴的命！還有我兒媳的命！只要我的孫兒能活，要所有人的命都行！」
昭沅在殿中聽著，有些同情，問白芝：「眞的沒救了？」
白芝哼道：「剛才你也看到了，那女子的肚子上死氣沉沉，根本是天意註定的死胎，誰能更改？凡人就是這樣貪得無厭，他的兒媳能救下來，他就應該慶幸才是。所以才不能多救人，看到實在可憐的偶爾救一救。凡人多貪念，得到一尺，就想要一丈。」
昭沅道：「可是也有好人的。」
白芝撇撇嘴：「你是想說你那兩個凡人朋友？」
昭沅嘿嘿笑著點頭。
白芝打了個呵欠：「好累啊，我要回去睡覺了。」
昭沅立刻說：「唔，那妳好好休息吧。」他正打算退出正殿，白芝又叫住他：「喂，你明天再過來也可以。」

昭沅抓抓頭：「明天說不定我們就走了，村長說只留我們住一夜。」

白芝說：「嗯，我是說，你若是不走，想過來的話，就過來。」

昭沅笑笑：「好啊，謝謝妳。」

白芝咬著嘴唇看他：「傻龍。」扭身化作一道白光，落入井中。

昭沅有些不明所以，待和樂越、卿遙一道偷偷摸摸潛回住處後，一五一十地把殿中所見說出。

樂越摸著下巴，曖昧地笑了：「依我看，那個白鳳凰姑娘看上你了。」

昭沅一口茶嗆在嗓子裡，咳嗽半晌，憋得滿臉通紅地搖手：「沒……沒這種事。」

樂越把胳膊搭到他的肩膀上：「怎麼沒有？相信我的眼光！當女孩子約你繼續見面的時候，就表示她喜歡你。」順手捏捏昭沅的臉。「唉，長大了啊。」

卿遙也笑吟吟道：「一龍一鳳，一金一銀，很是般配。」

昭沅臉上火辣辣的，結結巴巴要辯解，卻不知該如何分辯，幸虧卿遙及時拉開話題：「那口水井中的東西大概就是靈固村祕密的關鍵。」

樂越道：「鳳凰姑娘說她奉九天玄女之命守在這裡，靈固村的祕密應該和天庭有關。卿遙兄你熟知各處祕聞，有沒有聽說過關於此地的其他傳說？」

卿遙沉沉沉思片刻，搖頭：「善安雖是座老城，但並無關於此地的異事記載。就連靈固村之事，因以往多有長壽村之類的地方出現，諸人都猜測此地可能有祛病除災的祕方而已，沒太多玄妙傳聞。」

他們這麼議論著，天已漸漸亮了，院中公雞喔喔地打鳴，九嬸帶著兩個兒子開始打掃做飯。樂越毫無睡意，就開門出去，幫著九嬸劈柴掃院子，打眼看見百里臣從旁邊的屋子中踱出來，問九嬸要水盆和手巾。

九嬸的兒子小石頭道：「爐子上的鐵壺裡有現燒好的熱水，客人可以洗漱用。」

百里臣道：「吾洗臉從不用盆，就著哪裡的水擦一把便是了。這水是給何老打的，他昨晚上一宿沒睡，有些起熱。」

樂越、昭沅去看何老，果然病了，臉色青灰，兩頰暗紅，躺在床上喃喃喊著胡話，全是求聖姑救救他孫子。

九嬸忙讓小石頭去村長那裡討去熱藥，又喊另一個兒子小松拿些溫茶來。

百里臣道：「何老昨晚上和我說，兒子沒了，孫子也沒了，他覺得沒甚麼活頭了，唉。沒想到連聖姑也救不了。」

九嬸同情地嘆息：「女奉也不是甚麼病都能治好，否則我們村裡的人豈不是要和神仙一樣長生不老？生生死死，命裡早已註定。」

小松提著茶壺進來，插話道：「是啊，晴姐姐說，神殿裡的井水只能強身治病，不能救命。」

百里臣神色一愣，九嬸迅速瞪了小松一眼：「飯還在鍋裡，我先去看著。」拉起小松走了。

大約一刻鐘後，九嬸端著一碗水進來，說是小石頭從村長那裡討來的退熱藥，百里臣扶起何老，把那碗水給他灌了下去。再過了兩刻鐘工夫，樂越剛剛吃完早飯，百里臣過來說，何老退熱了，人也醒過來了。

卿遙悅道：「那就好，百里兄與何老一個屋子，多開解開解他老人家。」

百里臣道：「咱是個粗人不會說話，都要斷子絕孫了，再開解也不中用。唉。」他左右看看，闔上房門，湊到桌邊，悄聲道。「對了，方才我看到，九嬸的兒子拿了個小瓶子回來，從裡面倒出些涼水一樣的東西在碗裡，九嬸再舀了一勺涼水摻進去，端了給何老喝，他就好了。莫不是他們神殿裡真有一口能治百病的井？」

樂越乾笑兩聲：「哈哈，是嗎？也許是那位聖姑施了法術？」

百里臣一雙環豹眼中閃出沉思的精光。

卿遙道：「此是靈固村中的私隱，他們心存善念，肯救扶病苦，我等也不該多窺探私隱才對。」

百里臣神色僵了一僵，繼而爽朗地笑道：「公子說得極是。我回去瞧瞧何老。」

何老清醒過來後，情緒立刻又激動起來，硬要到神祠那裡再去求求聖姑和村長。眾人都勸他不住，也不敢太拗著他，最終由百里臣陪他去神祠。

卿遙和樂越都覺得，如果立刻跟過去，有些看熱鬧的意思，不如等一時看看情況，酌情再幫忙說情較好。恰好樂越看到九嬸後廚的水缸空了，她的兩個兒子小松和小石頭一個十歲、一個才八歲，都做不了重活，就拎著扁擔水桶去挑水。

他挑著兩桶水從村東的水井處往回走，迎面看見慕綸匆匆走來，他身側有一位白裙黑裾、白紗覆面的女子，竟然是聖姑樂晴。

「樂少俠，我聽說何老病了，現在情況怎麼樣？」慕綸急急問道，看了一眼樂晴。「我請晴姑娘來替何老診治。」

樂越淡定地看看他再看看聖姑：「何老已經好了，慕兄怎麼現在才知道消息？」

慕綸有些羞慚地道：「昨日我入村晚，在神祠那邊暫住，因此剛剛聽到消息。」

樂越又看看他和聖姑：「何老和百里兄現在應該就在神祠那邊，怎麼慕兄你……和聖姑沒遇到他們？」

女奉樂晴落落大方地福了福身：「聖姑二字當不起，少俠請喊我樂晴便是。」

慕綸的臉微微有些紅：「哦，清晨的時候晴姑娘去村邊收集百花露水入藥，我跟去幫忙，正好回來的時候聽到何老生病的消息，就請晴姑娘一道過來了。」

樂越唔了一聲。

慕綸又道：「既然如此，我與晴姑娘先去神祠看看……對了，少俠挑的水重否，需不需要……」

樂越忙道：「不需要不需要，一點也不重。何老的事比較要緊，請兩位趕緊回去吧。」

慕綸匆匆向樂越道別，與樂晴一道向神祠方向去。樂越意味深長地看著二人的背影，挑著水回到九嬸家，灌滿水缸，方才和昭沅、卿遙一道趕去神祠。

沒料到剛走到神祠外，就看見百里臣和慕綸兩人攙扶著何老走出，看神情就知道，何老的懇求未被答應。

卿遙道：「此事我們既然已知眞正根源，不便再多開口。」樂越與昭沅一道站在路邊默默看著百里臣與慕綸攙扶著何老慢慢往住處去。何老佝僂而蹣跚的身影彷彿又衰老了十幾歲。

卿遙緩緩道：「有些事，的確已無法更改。天命循環，因果環扣，相衍相生。非輕易所能破解。」

他這番話有些突兀古怪，樂越不禁轉頭看他，卿遙淺青的衣袂在風中搖曳，好似越來越遠，面目輪廓開始模糊，裝束也有改變，恍恍惚惚中彷彿升騰了起來。樂越揉揉眼，左胸處猝不及防傳來劇烈疼痛，四周景象一片混沌，樂越捂住胸口，心中忽而迷茫。

這究竟是何時？身在何處？我又是誰？爲甚麼會在這裡？究竟哪裡是夢幻，哪裡是眞實？

耳邊有急切的呼喊聲。

「樂越樂越樂越……」

「越兄越兄……」

樂越閉上眼，搖搖頭，後心處感到重重的一擊，眼前金星亂冒，再一個激靈，發現自己仍站在靈固村的路旁，昭沅抓著他的手臂、卿遙的手按在他的後心處，都一臉急切地看他。

卿遙道：「越兄，你怎麼了？方才好像體力有些不支，是不是昨夜沒有睡的緣故？」

樂越拍拍額頭，左胸的疼痛已消失了：「沒事，可能是最近疏於練功，眞氣岔道。」昭沅憂心忡忡地抓著他的胳膊，眼角餘光掃見旁側的神祠突然好像霧中暈開的水墨一樣，一片模糊。

昭沅一凜，再定睛看，神祠分明好端端地立在眼前。一個熟悉的白色身影抱膝坐在屋頂，遙遙看向這方。

樂越看看愣怔的昭沅，再望向神祠，嘿然用手肘撞撞他：「不去和人家打個招呼？」

昭沅張張嘴，剛要說話，見樂永從神祠院中匆匆走出，迎面看到他們，露出欣喜的笑意：「三位正巧在這裡，村長讓我們請問幾位，是否願意在敝村中多住幾日？」

樂越一直隱約覺得，這次的靈固村之事與四百多年後的和氏皇族大有干係，正想找藉口在此多滯留些時日，不想靈固村竟主動開口留客，頓時喜出望外，抱拳道：「自然求之不得，多謝多謝。」

卿遙也拱手道：「如此，就多叨擾了。」

樂永道：「村長還有些事想與三位商量，請幾位神祠中說話。」

樂越、昭沅、卿遙隨樂永一道進了神祠偏廂。村長滿臉憂色站在堂中，待樂永退下，闔攏房門後，對他們深深一揖。

樂越吃了一驚，連忙和卿遙一道扶起村長：「晚輩萬萬當不起如此大禮。頌翁有何吩咐，只管開口。」

村長道：「老朽雖閉居山谷，沒見過甚麼世面，但多活了幾歲年紀，還是懂些相人之術。三位出身玄道門派，談吐舉止不俗，想必在玄法之道上頗有造詣。」

樂越道：「晚輩在拳腳上還好些，玄道之術實在連皮毛都沒摸到，這位卿遙道長是清玄派高徒，於此道較為精通。」

卿遙道：「晚輩與越道友相似，尚未知皮毛。」

村長搖首：「卿遙公子不用過謙，還有這位昭沅公子，亦是高人，老朽看得出來。敝村現有一事，急待幾位幫忙。三位請隨我來。」

三人和村長一道出了廂房，走到神祠屋角處，只見鎮守屋角的槐樹半倒在院牆上，半截樹根裸露在外，根部翻起的泥土十分新鮮。

卿遙皺眉道：「是誰竟推倒了這棵老樹。」

村長嘆息：「正是剛才過來的何業。」何業是何老的名字。

樂越訝然地正了正下巴，這棵槐樹足有兩人環抱那麼粗，要說是百里臣推倒的還比較可信，何老他能掰斷一根樹枝就不錯了。

村長長嘆道：「孽緣啊……也罷，既然有求於幾位，老朽便告知你們敝村的祕密吧。」

樂越、昭沅和卿遙與村長回到偏廂中，村長闔上房門，沏上茶水：「三位可知，我們靈固村的這座神殿中供奉的是何物？」

樂越他們不能暴露自己早就知道，只能配合露出期待的神情。

村長慢慢道：「是一口水井。」

樂越和昭沅立刻再露出驚訝的表情。

村長對他們的表情很滿意，毫不懷疑地繼續說下去：「至於這口井的來歷，老朽也只是聽上代村長口述。據說，上古時，天地間曾有一場浩劫，天庭派神將平定劫難，遺留下此井。有九名仙童和九位仙娥自願下界入凡看守這口井，他們的後代都成了凡人，卻又流淌著仙族的血，遵守著祖先的諾言，永遠守在井旁，這就是敝村與樂姓族人的由來。」

「九名仙童和九位仙娥的後代都變成了凡人，天庭怕以他們的能力難以鎮守此處，於是就下賜仙樹四株，以雙柳雙槐均衡陰陽之氣，鎮守四方。樂姓族人在四株仙樹的鎮守之處蓋起神祠，挑選靈力最優盛的女子為女奉供奉。不想在幾十年前，因為這幾棵樹與莊外之人生出了一段干係，竟然牽扯到如今。」

樂越和昭沅不約而同地在椅子上挪動了一下，繼續聚精會神地聽。

村長唏噓著說出這段往事，因爲這件事，算是因他而起。

幾十年前，他剛剛接任村長之位，不幸遇上了千年難得一遇的日月雙蝕。此乃極其陰霾的大凶天象。當晚月蝕之時，西方天空九顆星連成一線，整片天空中烏雲密布，雷閃雷鳴。雙柳雙槐突然自己熊熊燃燒，幸虧神祠井中捲起水龍破屋頂而出，澆滅了火焰，可其中一柳一槐被燒焦。女奉、村長和幾位長者合力用古傳的方法救還了柳樹，槐樹卻不見好轉，女奉占卜神意翻閱典籍，得知救那棵槐樹需要世緣。取凡間陰年陰月陰日陰時出生、未滿三週歲，父母雙亡的男童之血九滴爲引，配以其他方法，才能還轉。

所幸神明庇佑，女奉占卜出善安縣境內就有一個這樣的孩子。村長帶著幾名村人按照女奉所卜出的方位尋覓，果然尋到此子。

「這個孩子不但陰年陰月陰日陰時出生，而且是個棺材子。簡直像老天特意安排給我們的救星。他本應姓李。」

樂越心中莫名一震。

「孩子的父親在妻子剛有孕時便病死了，孩子的母親生產時難產，嚥氣之後孩子方才出生。因他是棺材子，父母的家人都不肯撫養他，把他遺棄在墳地中，被一個看墳的何姓孤老收養。」

村長找到這個孩子的時候他正在出天花，只剩下半口氣吊著。村長就扮成郎中救了這孩子的命，並假裝救治須要割開他的手指，取了九滴血。

槐樹救活之後，村長以爲此事就此過去了。但萬萬沒有想到，六、七十年過去後，這個孩子竟然尚活在人間，而且爲了孫子性命，入村求藥。

方才，何姓老者到神祠中懇求村長救他孫子，苦求之下，一時悲憤，用頭撞樹。

那棵樹本因他的血才得以復原，與他血靈相通，結果何姓老者一頭撞過去，樹轟然傾倒，他卻安然無恙。

樂越抓抓後腦：「呃……頌翁難道是覺得晚輩三人與何老關係不錯，想讓我們再悄悄設法爲你取幾滴血？」

村長唉聲道：「只是傾倒，倒不必取血，但要再讓此樹入土需要三人合力施法，如今靈固村中在世者除老朽與晴兒之外，無有能力施法之人。老朽無奈，只得求助幾位。」

卿遙道：「我等不是靈固村中人，也可以麼？」

村長凝視著昭沅與卿遙道：「幾位修習過玄道法術，身上隱約有仙氣，與敝村氣息相融，乃是再合適不過的人選。」

遂整衣起身，又揖道：「萬望幾位助敝村解此困局。」

樂越與卿遙自然立刻答應。昭沅也跟著道：「只要能幫得上忙，請儘管吩咐。」

村長欣然道謝，隨即轉首喚道：「晴兒，三位貴客已經答應，妳出來吧。」

屋角竹簾一挑，女奉樂晴自內室走出，盈盈施禮，柔聲道：「可否請三位伸出右手，讓我測試一下幾位的靈力。」

樂越率先伸手，樂晴按住他的手腕處片刻，蛾眉微微皺起，又按住昭沅右手脈門，雙眉皺得更緊，再輪到卿遙時，終於褪去陰霾神色。

「樂公子靈力雜亂薄弱，這位小公子的靈力醇厚，但性屬陽，與槐木不和。唯有卿遙公子靈力綿長且溫和，是最恰當人選。」垂首向卿遙福身。「此事便拜託閣下了。」

於是定下由卿遙和村長、樂晴一道救治槐木，樂越和昭沅在一旁守護。救治槐木需要在子時施法，接連三天。只有等槐樹復原之後，才能再度舉行求藥儀式。

卿遙與村長、樂晴共同演習救治法陣，樂越和昭沅先回住處告訴那求藥的三人這件事。

走出神祠，昭沅迎面看見白芝坐在圍牆上，她的神情有些虛弱，昭沅關切問：「妳看起來有些不舒服，是不是和槐樹倒了有關？」

白芝點點頭，她左手綁著的銀鏈變成了黑色，左臂衣袖隱隱帶著灰氣：「我現在好累。龍，多謝你肯留下來幫我。」

昭沅道：「幫妳的不是我，是卿遙道長。我的法力幫不上忙，只能在旁邊守護。」

白芝淡淡笑道：「守護也是幫我啊。總之多謝。」她笑起來的樣子和之前冷冰冰傲慢的態度大不相同，望著昭沅好像要再說些甚麼，又沒有說出口，輕盈地飛回神祠正殿內。

樂越意味深長地拍拍昭沅的肩。

慕綸、百里臣和何老得知延期三天之事後態度各異。

慕綸十分急躁，他母親病得凶險，拖不了太長時間。聽樂越說完後，便寒著臉匆匆出了房門，向神祠方向去。

百里臣的妻子乃是痼疾而非急症，因此較鎮定。何老面向裡躺在床上，根本沒理會樂越的話。

樂越和昭沅閒閒無事，便去找九嬸幫忙。樂越去屋後取柴，打眼看見百里臣在院中，手裡拿著一隻紙摺的青蛙，正在逗九嬸的兒子小松。

百里臣五大三粗的，滿臉笑容哄孩子，這個情形怎麼看怎麼有些詭異。

百里臣瞟見樂越，將那只紙青蛙遞給小松，摸摸他的頭頂，站起身和樂越搭訕了兩句，也抱了些木柴同到廚房中幫忙。

飯快好時，慕綸回來了，他愁容滿面，步履緩慢，百里臣鑽出廚房拍拍他肩膀：「慕公子，俺說得不錯吧，即使你和那聖姑有些交情，這些定下的事情也改不得。」寬慰他幾句，和他一道進了房。

當夜子時，村長、樂晴和卿遙為槐樹施法救治，樂越和昭沅站在一旁守護。

三人將槐樹圍在中央畫出法陣灌入靈力，這個法陣樂越見過，就在卿遙留下的那本陣法書上，書中稱其轉陰返陽陣，原來竟來自於此。

一個時辰之後，傾倒的槐樹回歸原位，施法的三人各自收手。村長道，等明天和後天再施法兩次就可以完全無恙。

施法救治十分耗費精力，連卿遙都露出疲憊虛弱的神色，村長和樂晴更是站都不大能站得穩。

回到住處之後，卿遙倒頭便睡，昭沅唸動從商景處學來的法咒，掌心中聚集起淡淡金光，落向卿遙身上，幫他恢復元氣。

但他的法力接觸到卿遙，只覺得空蕩蕩一片，好像摸著一片虛影，昭沅一驚，法力尚未收回，眼前的景象連同卿遙一起猛地晃蕩扭曲。

樂越左胸處驟然刺痛，抬手捂住。昭沅一把抓住樂越，樂越耳邊再度響起呼喚聲。

「樂越樂越樂越……」

「越兄越兄！」

「昭沅昭沅……」

樂越踉蹌兩步，神智恍惚之際，聽到有甚麼哐噹落地的聲音，跟著一個聲音道：「怎可如此！」另一個聲音冷笑道：「慕公子何必故作姿態，我們三人之中數你最迫切。原本就是他們不仁，怎能說咱們不義。難道慕公子打算把此事告訴那聖姑，以此獻媚？」

砰的一聲，似是有手掌重擊桌面。

樂越晃晃頭，聽得慕綸的聲音道：「百里兄，你將慕某看成這種人，我無話可說。此事斷不可為。我不會將此事洩露出去，但假如你們動手做，我一定阻攔！」

腳步聲起，門扇響，似是有人摔門而出。

隨後，聲息全無。

四周一切越發混沌，樂越感到雙肩被甚麼抓住，晃了晃。他一個激靈，睜開雙眼，發現自己居然躺在床上，胸口處蜷縮著龍形的昭沅，卿遙關切的面容近在咫尺：「越兄，你怎麼了，是不是作了噩夢？」

樂越一骨碌起身，環顧四周，房間中沒有任何異樣，房中一片光明，窗戶處透進陽光。

「天亮了？」

卿遙坐到桌邊斟茶：「太陽已上三竿了，越兄和龍兄昨晚睡得真熟。」

樂越拍拍昭沅，昭沅晃晃腦袋從他懷中抬起頭，化作人形站到地面，疑惑地打量四周，張口欲言，樂越暗中一扯他的衣袖，昭沅便沒有開口，沉默地站在樂越身邊。

三人出了房門，見百里臣正在院中轉圈，樂越向他詢問何老的情況，百里臣道何老已經平復了許多。

樂越問：「怎麼不見慕兄？」

百里臣笑道：「慕公子啊，起大早就不見了。興許又是幫那位聖姑收集花露去了吧。」

用罷早飯，卿遙身體尚有些倦怠，便回房歇息。樂越、昭沅陪著小石頭去村後的山坡上挖野菜，腳下山谷中的靈固村彷彿一幅凝固在山中的圖畫。

昭沅輕聲向樂越道：「你覺不覺得……」

「很奇怪是吧。」樂越將一棵野菜扔進筐中。「我們凡間有個家喻戶曉的故事，說一個名叫莊周的人，他夢見自己變成了一隻蝴蝶，醒來後他便不清楚，到底是莊周作夢變成了蝴蝶還是蝴蝶作夢變成了莊周，到底現在是夢還是方才是夢。」

昭沅抓抓頭：「應該還是莊周作夢變成了蝴蝶吧。」

「對，所以這個故事叫莊周夢蝶。」樂越隨手抓起一撮土。「再像真的，也是夢。卿遙師祖把你我帶進夢中，大概是想告訴我們一件極其重要的事情。此事必定與我們大有關聯。」

昭沅與樂越看法相同，又有一絲困惑。

白芝她，也是夢嗎？

樂越拎著籃子站起身，拍拍衣服：「可能事情的關鍵就要出現了。」他向某個方向遙遙望去，遠遠的樹下，慕綸正捧著樂晴的手，在說著甚麼。

小石頭丟下鏟子，喊了聲晴姐姐直撲過去。

慕綸慌忙鬆開了樂晴的手，看著走過來的樂越與昭沅，笑得有些尷尬：「兩位幾時過來的？」

樂越道：「剛來。早上不見慕公子，我還向百里兄問起，原來也到村後來了。」

慕綸的神色已恢復如常：「不錯，我幫晴姑娘收集草藥，不想方才晴姑娘被草葉劃破了手。眼下正要回去，樂少俠不如同行？」

樂越婉言推拒，帶著昭沅繼續去挖菜，本已往村裡走的慕綸從後追了上來：「樂少俠，等等。」

樂越轉身，慕綸滿臉欲言又止：「樂少俠，有件事，我有些放心不下……」樂越靜候下文，慕綸停頓半晌，嘆氣。「唉，算了，興許只是我杞人憂天。」把話嚥進肚子裡，調頭走了。

昭沅道：「昨晚我聽到了隔壁房中的爭吵，百里臣他們是不是想對靈固村做甚麼事？」

樂越摸摸下巴：「十有八九，還是和藥有關。」在山坡上坐下皺眉看下面的靈固村，心中忽然一動，有件一直忽略的事情躍進腦中。「對啊，這裡是京城！」

昭沅仍有些不解，樂越猛敲自己的腦袋幾下：「我真傻了。」一把抓住昭沅的胳膊，指向山下。「你看，這裡就是應朝的京城，皇宮所在！」

昭沅看著眼前的靈固村，終於明白過來。是了，靈固村這裡就是應京皇宮所在，可是眼前此處山群綿延，地形地貌與應京皇宮一點都不一樣。

樂越撿起一塊石頭在地上寫寫畫畫：「從眼下卿遙師祖的年紀來看，此時距離應朝開國應該只有幾十年，先不論靈固村是如何敗落的，短短幾十年，這周圍山水土地怎會發生如此大的轉變？」

他皺眉直直望向靈固村的方向，扯著昭沅站起身：「走，快回村裡去，我想卿遙師祖要告訴你我的，就是這件事！」

他話音剛落，天地陡然變得一片漆黑，身邊挖野菜的小石頭消失不見，再一瞬間，他和昭沅竟站在了九嬸家門前，天上群星璀璨，家家戶戶燈火明亮，已經是夜晚。

卿遙從九嬸家的院中走出，樂越攔住他：「卿遙兄何處去？」

卿遙含著笑意望向樂越：「去神祠準備今晚救治之事，兩位不一起去麼？」

樂越點頭：「當然要去。」

快走到神祠門前，便聽見院中傳來村長的說話聲，語氣甚是嚴厲。

「……慕公子，你再如此，老朽只好趕你出村。」

慕綸聲音急切地分辯：「晚輩對女奉，一直以禮相待，從未敢有逾越。」

村長道：「慕公子應知男女之大防，且慕公子，你已有妻室了吧。」

慕綸頓了一頓，道：「晚輩，的確已有一妻，但尚未納妾。」

樂越等已走到門前，村長和慕綸看向他們，便都住了口。

村長身後站著的樂晴向前一步：「我想請問慕公子，你那句尚未納妾是何意？」

慕綸怔了一怔：「我，我沒甚麼意思……只是……」

樂晴冷冷地注視他，片刻，折轉身邁進偏廂，闔攏房門。

神祠院中一時鴉雀無聲。

樂越、昭沅和卿遙卡在院門口，尷尬地站著，進去也不是，不進去也不是。

村長顫巍巍抬起手，擺了擺：「慕公子，你請先回吧。」

慕綸僵硬地拱手退下，樂越拉著昭沅讓開道路。

村長仰首向天長嘆：「冤孽啊冤孽！如此褻瀆神明，必遭天譴！」

慕綸垂首走到院門前，樂永從外面匆匆而入，與他撞了個正著。

「頌翁，九嬸讓我問你，小松是不是到神祠來玩了，整村都尋不見他。」

村長道：「並無。」

已走出院門的慕綸突然撲回來一把扣住樂永手臂：「九嬸的兒子幾時不見的？」

樂永道：「傍晚的時候就不見了。」

慕綸臉色微變，直衝向門外。

樂越和昭沅迅速尾隨其後，只見慕綸衝入九嬸院中，推開百里臣與何老的房門，屋內漆黑，慕綸從懷中取出火折子，搖亮，房中空空如也，兩人蹤跡全無。

慕綸回身，一手揪住樂越：「兩位今天傍晚到現在見過何老和百里臣沒有？」

樂越和昭沅搖頭。

慕綸面色頓時大變，跌腳道：「不好，他們眞的做了！」飛奔回神祠，村長緊閉院門，樂永等幾個後生攔住慕綸，將其拒之門外，慕綸與樂永等糾纏著拍門高喊：「村長，晚輩實有十萬火急的事情告知，此事關乎神祠，請快快開門。」

少頃，村長終於打開門，慕綸一頭撞進去，上氣不接下氣道：「請村長立刻著人查找何老與百里兒現在何處。恐怕九嬸兒子丟失一事，與……他們相關。」

村長微微變色：「公子這是何意？」

慕綸滿臉難色，垂首道：「昨夜，百里兄與何老找晚輩商議，說靈固村有起死回生之藥，卻不肯救治何老的孫兒，恐怕眼下也是在拖延不想給我們藥。因此，他們想……想綁了九嬸的兒子讓靈固村給藥。」

慕綸不言語。

樂永喝道：「眞是豈有此理！你爲何不早說？」

另一名後生道：「此事於理不通，他們想要解藥何必綁九嬸的兒子？慕公子常近女奉身側，綁了女奉豈不更好？」

慕綸急切抬頭：「我爲甚麼要騙各位？百里兄只有一人，何老年長病弱，他們恐怕女奉會法術不好制伏，所以向小孩子下手。他們也是一時情急心思進了邪路，還請村長不要怪罪，眼下快些找出九嬸的兒子爲上。」

村長對慕綸的話並不全信，但還是吩咐樂永帶著村中青年去找尋九嬸的兒子與百里臣、何老的下落。

只不過盞茶工夫，幾名後生揪著何老回到神祠前。「村長，慕公子沒有說謊，此人說，九嬸的兒子的確被他們綁了。」

何老整了整被拉扯的衣衫，佝僂著脊背咳嗽兩聲，才慢吞吞沙啞道：「諸位不必如此憤怒，小老兒是特意回來讓你們抓我的，我正好當面與村長談談條件。那位樂九娘的兒子現在後山，請村長與女奉帶上靈藥親自走一趟，我們並不想爲難小孩子，只是求藥而已。」

村長嘆道：「老朽說過數次，放列位進村，便會盡力而爲，爲甚麼你等總是不信。」

何老道：「眼下我信也沒用，樂九娘的兒子在百里臣手上，還請女奉與村長一道和他談談，看他信不信。」

村長沉思片刻，道：「也罷。」當眞喚出樂晴，隨何老一道去後山，只命樂永等幾個後生看守神祠。

樂越和昭沅一直在旁側觀望，卿遙不知何時又站到他們身旁，道：「一道過去看看？」

樂越揚眉：「多謝卿遙兄提點。」

何老在前引路，步履蹣跚，行得甚慢，約三刻鐘後才到得村後，只見山坡的樹叢外，一人抱臂而立，正是百里臣。

村長停下腳步，拱手道：「閣下，老朽與女奉已到，不知閣下帶走的孩童在何處？」

百里臣高聲道：「咱是粗人，就不與村長、女奉拐彎子說話了，不知兩位可帶了藥來？」

村長平緩道：「閣下，靈固村的人從不說謊，有諾必遵。神祠槐樹未癒，的確無法得藥。待明日之後，定然將藥奉上。」

百里臣哈哈大笑幾聲：「笑話，村長眞把我等當三歲孩子哄了！一棵一撞就倒的朽木，與藥何干？明日復明日，你們就是不想給藥！」

村長澀然道：「閣下一定要如此說，老朽也無辦法。不然這樣，你將孩子放回，老朽親自給你當人質，待拿到藥後，你再放了我，如何？」

百里臣沉默片刻，道：「你們這些人心計高，我一個粗人恐怕算計不過你們。這樣吧，我這裡有張紙，寫明了我們會答應甚麼、不答應甚麼，你們若一一做到，我們肯定把那小兒放了。」扔過一根樹棍上的書信。

樂晴抬手接住，解下書信展開，左右將火把湊近，樂越探頭去看，只見紙上密密麻麻寫滿字跡，一條條列得十分清楚。

村長臉色陡變：「不好，百里臣一個粗人、何業一介村夫，怎會用一筆好字寫如此詳盡的條件？」樂晴猛地抬頭，林前的百里臣、方才領路的何老，早已不知所蹤。

「祖父，是調虎離山之計，快回神祠！」

樂晴足尖一點，飛身而起，縱起輕功先趕往神祠方向，人群、火把統統折返村中，剛到村子中央，便見兩、三個後生和九嬸一道快步迎過來。

「村長，剛要去告訴你，那兩人並沒有綁九嬸的兒子。」

九嬸扯著小松擠到村長面前。小松稚聲道：「百里叔叔說和我玩躲官兵遊戲，只要我能藏到三更不被找到，就給我做風箏玩。」

村長頓足，急趕向神祠。

剛到祠門前，恰遇留守的後生前來傳報：「村長，女奉已到神殿中仔細查過，神體無恙。」

村長剛鬆了一口氣，神祠內忽然傳來打鬥呵斥聲，村長領著眾人匆匆趕去，只見偏廂內，慕綸正被樂永等人按在地上，掙扎著抬頭看面前的樂晴，兀自辯解：「……在下當真不知此事……」

樂晴將方才的書信拋下：「你這僞君子，還要信口雌黃到幾時？難道百里臣和何業寫得出這封信？整件事情，根本便是你主謀策劃。」

樂越、昭沅和卿遙跟著村長走進偏廂，樂永道，方才村長和女奉走後，有一條黑影將他們引離院門，幸虧女奉檢查正殿後發現偏廂有異，方才將慕綸擒住。

慕綸掙扎道：「在下當眞冤枉……這封信是前日何老找村長求藥時讓我代寫的……我一直在神祠附近，方才見女奉歸來，就想找她問問情況，女奉與這幾位都去了正殿，我覺得不便打擾，又退了回來，偏廂房門忽然打開，裡面傳出動靜，我唯恐是百里兄或何老，便進來看看，剛一進門，女奉與幾位就趕了過來。在下的話句句屬實，絕無半點虛言！」

村長、樂晴和其他靈固村人均冷冷看著他。

村長剛要開口說話，樂越和昭沅突然聽到一聲痛楚的呼聲。似乎是……白芝的聲音。

昭沅奔出房門，頓時愕然，只見白芝站在正殿上空，身體搖搖欲墜，滾滾黑氣正從正殿中瘋狂湧出，勉強被她張開的法罩籠罩其中，偶爾漏出的黑氣如蝕骨的蟲蟻般在她的肩上、胳膊上擴散，啃食她的血肉。

昭沅踏雲而起，手中聚起法力化爲光壁相助白芝，金光觸及到白芝處，卻消失得無影無蹤，好像眼前的白芝不過是一個虛幻的影子。

昭沅愕然地站在半天空中，向下看去。樂越隨手從身邊的後生手中搶過一把刀，村長、女奉和其他靈固村的人也都奔出了廂房，剛剛被救還的那棵槐樹就在此時轟然倒地，有一人站在牆邊長笑，是百里臣。

「村長，女奉，你們既知調虎離山之計，怎不知還有一計叫作投石問路？」

他手中拿著一物，揚了一揚：「多謝女奉告訴我寶物的位置。這棵靈芝與貴村的緣分也該盡了。」

村長嘶聲喝道：「快放下那棵靈草！那是鎮壓上古妖魔的法器！神樹已倒，妖魔若出，天下大亂！」

從白芝的光罩中已冒出越來越多黑氣，遮蔽星月，百里臣卻恍若絲毫沒有看見：「妖魔？哈哈，笑話！莫非村長當我是三歲小兒，編這種故事欺哄？」

樂晴欺身上前，抬手抓向百里臣手中的物事，百里臣閃身避過，身法十分靈巧：「靈固村中的諸位可能忘了，在下乃行伍出身，兵法武藝都略懂一二。女奉大概不是我的對手。」

他輕捷地躍上院牆，樂晴再度撲過去，樂永帶著一群後生一擁而上。正在此時，屋角的另一棵柳樹轟然倒塌，神祠正殿的屋頂與門窗發出劈啪的斷裂之聲，村長臉色青黃，喃喃道：「不好，妖魔將出，妖魔將出矣……」陡然大喝道。「快，守住正殿！法器離井，搶回也無用了，拚死守住正殿！」

樂晴堪堪折回身，在傾倒的槐樹位置站定，百里臣趁機跳下院牆，剛要拔腿離開，一柄涼涼的東西橫在他的頸側。樂越手握刀柄：「百里兄，勞駕你將手中的東西交出來。」

百里臣僵硬地笑道：「少俠不是靈固村中人，何必蹚這趟渾水？這株靈芝也分少俠一份便是，說不定吃下之後就可從此長生，飛升做神仙。」

樂越道：「在下對做神仙和長生不老都沒興趣，百里兄如果現在沒了命，吃多少靈芝都救不過來了。」

百里臣沉默片刻，道：「也罷。」把手中的東西拋出，樂越接住，定睛一看，那東西分明是半截樹根，哪裡是甚麼靈芝。

他一分神，百里臣趁機閃身從刀下退出，迅速退開丈餘，呵呵笑道：「你這乳臭未乾的黃口小兒，老子當日在戰場拚殺時，你還不知在哪裡。那靈芝根本不在我手中，何業早帶著它出村了。好教你得知，調虎離山、投石問路之後，還有一計金蟬脫殼！」

他在大笑聲中縱身向村口逃去，身影轉眼沒入黑夜。

樂越情知追也晚了，正要折身返回院中，身後傳來一聲驚天動地的轟響。整座神祠爆裂開來，碎片紛飛，漆黑的戾氣吞滅天地，白芝白色的身影像斷線紙鳶一般隨瓦礫倒飛而出，昭沅疾撲上前，去接她的身體，抬手一抓，卻甚麼也沒有抓住，白芝像幻影般穿過他的手臂，墜向地面。

大地劇烈顫抖，樂越滾倒在地，聽到一聲淒哀的呼喊。

在樂越不遠處，樂晴癱坐在地，正拚命扶起一個人，那人護在她身上，滿身血跡，一根斷木插入後心，向她露出虛弱的笑容。

「女奉……妳……妳沒事就好……我真的真的沒有騙過妳……」

他抬起手，擦拭樂晴臉頰的淚水。

「……若有來生，妳……不要再做女奉……我慕綸……除了妳……再不會娶旁人……」

周圍的山群在黑暗中轟鳴，吞天滅地的戾氣漸漸遮蔽了樂越的雙眼，樂越的身體緩緩升起，彷彿一隻無形的手把他提到了半空，俯瞰著在戾氣中崩塌的靈固村。

黑色戾氣逐漸凝聚成一個猙獰的黑影。突然，一道青光閃過，戾氣凝結的黑影裂成兩半，卿遙踏著一道雲光，青衫飛揚，立於戾氣之上，群山崩塌，化作數道白光，包裹住白芝，匯聚交融，白芝的身體在耀目的光芒中漸淺漸淡，最終與白光融合成一團白色的光球，再漸漸伸展，化成一柄七彩流光的長劍落入卿遙手中。

劍身嗡鳴，白芝欣慰的聲音在天地間迴盪：「使君啊，還好正是你歸來的時候——」

劍光起，戾氣破。

樂越眼前又一片模糊，朦朧的霧氣中，漾開另一幅圖景。

圖景之中已是白天，一馬平川光禿禿的大地上，有一處土堆動了動，跟著，百里臣與何老自土堆內爬出，百里臣茫然地望了望四周：「這是哪裡？何老，你我該不會下地獄了吧。」

何老佝僂著脊背顫巍巍地四處看，百里臣驚呼一聲，指著某方：「是善安城的城牆！這裡怎會是善安城外！善安城外，怎會一馬平川，山在何處？」他滿臉不敢置信地向四周張望半晌，一拍大腿，「人常道，有寶物現世，天地大變，該不會是……」

何老啞聲道：「十有八九吧。」

他二人神色呆滯地四處看了半晌，百里臣方才回過神來，哈哈大笑幾聲：「乖乖，這個寶貝真不得了，天崩地裂，靈固村的人講的居然是眞話，眞是好寶貝啊。」

何老佝僂脊背咳嗽幾聲，沒有答話。

百里臣又向身後看了看：「也不知道那個靈固村會不會出啥要命的事，忽然有些心裡不安。」

何老再咳嗽兩聲，沙啞道：「他們享了這麼多年福，也是時候換換風水了。」

百里臣沉默片刻，道：「不錯不錯。」狠狠往地上啐了口唾沫。「反正做都做了，沒那麼多婦人之仁！」向何老索要那件寶物。

何老從懷中取出一個布包，打開，取出一樣東西。

那東西長得好像靈芝模樣，但卻通體雪白，百里臣拿著它翻來覆去地看，口中嘖嘖稱奇。

何老道：「不如你我就在此把靈芝分了，以免夜長夢多。」

百里臣道：「也好。」從腰間拿出一把匕首，在靈芝上剖下細細的一綹遞給何老。

何老怔了怔：「百里俠士，這樣分是否太不公平？」

百里臣橫起眉毛：「何老，神殿的井中有這件寶貝的事情是我從那個小崽子口中套出來的，之後栽贓那姓慕的小子投石問路的連環計雖然是你的主意，可若無我出力絕對成不了事。我拿命去拚，險些死在靈固村人的手裡，如今寶貝到手，十成功勞，我起碼佔了九成，如此分配，有何不妥？」

何老劇烈地咳嗽起來：「百里俠士，這點靈藥恐怕不足以保下我兒媳腹中的孩子，還望你大仁大義，多分我一些。」說罷連連作揖。

何老苦苦哀求，百里臣絲毫不為所動，哈哈一笑拍拍何老肩膀：「何老，連泡靈芝的井水都可以起死回生，這些靈芝足夠你用了。我這也是體諒你，你兒媳一個病得快死的大肚子婆娘，萬一沒福氣禁不住藥，喝成一屍兩命怎好？」

何老顫巍巍抬眼看了看他，百里臣噙著笑容玩弄匕首，何老再度低下頭：「百里俠士說得很是，小老兒多謝你的提點。」

百里臣再重重一拍他的肩頭：「你老眞是個明白人。」

百里臣收好靈芝，要進城去，何老阻攔道：「靈固村的人不會輕易放過你我，說不定已在小老兒的家中和善安城內埋伏。爲保險起見，還是藏一藏好。這裡雖然山都平了，所幸我還認得路，先去尋尋可藏之處。」

百里臣贊同，何老領著他避開善安城，繞行郊野，到了天快黑，走到一處荒野，此處距離靈固村已十分遙遠，並未受靈固村大變的影響。何老引著百里臣走進一片樹林，躲藏進林中一座破舊的土地廟內。

百里臣一路上隨手抓了兩隻野雞、一隻野兔，宰殺剝皮，何老在土地廟旁的溪水中洗淨，掐了些草葉塞在雞和兔子的腹中，用泥糊住，架在火堆上燒烤。

野味烤好後，百里臣切下幾塊兔肉遞給何老，自己抓起一隻雞啃了兩口，嘖嘖讚道：「香！這肚裡塞的甚麼葉子，竟讓肉香了十倍！」

何老道：「是小茴香。」

百里臣皺眉：「小茴香？不像，這個味兒我以前沒……」

他話說到這裡，突然身體一晃，按住額頭，詫異地看向何老，張口待要再說甚麼，口中湧出白沫，雙眼向上一翻，癱倒在火堆旁。

何老慢呑呑地吃完手中的肉，顫巍巍站起身，低頭看百里臣，咔咔咳嗽兩聲，映在牆上的影子跟著火光搖擺跳躍。

「當然不是小茴香，是能放倒一頭牛的草藥，方才小老兒我在飯前已經吃了另一味解藥，可惜百里俠士你沒有吃。」

何老吭吭地怪笑起來，顫巍巍彎腰將百里臣仰面放平，取出他懷中的靈芝，拿起火堆邊的匕首，雙手握緊，高高抬起，向著百里臣的脖子狠狠插下。

樂越看著眼前情形，不禁心驚肉跳，可又不能進入場景中，只能眼睜睜看著何老一刀一刀一刀落下，拖拽著百里臣的屍體扔進土地廟後的一個深坑中，推土埋上，再仔細地打掃乾淨痕跡，到河邊洗乾淨手，佝僂著身體好像沒事人一樣離開。

一隻手抓住樂越的袖子扯了扯，樂越側首，發現昭沅站在身旁。昭沅也看見了方才的全部情形，正要和樂越說些甚麼，腳下和四周又開始扭曲，樂越的身體猛地墜下，重重砸落地面，一個東西跟著咚地掉在他的胸口，蠕動了兩下。

樂越爬起身，發現自己身在一塊菜地中，頭頂藍天白雲，周圍一派農家風情，龍形的昭沅爬到他肩頭揉揉眼，不明白自己為甚麼忽然變回了原形。

菜地不遠處，有一座茅屋，屋頂上有兩個奇怪的孩童。男童穿著金色的小袍子，女童身著水藍色的衫裙，並肩坐在一起，好奇地看著樂越和昭沅。

昭沅喃喃道：「他們身上有龍氣，他們是龍。」

那男童從屋頂跳到地面，眨眼間到了樂越和昭沅的面前，側首打量昭沅片刻，周身金光閃爍，嘭的一聲化成一條金色小龍，在空中扭動兩下，飄到昭沅身邊，頭靠在他的頭旁，伸直身體，和他比了一下長短。

截。

這隻小龍似是比昭沅還年幼，儘管他努力地從龍角到尾巴梢都伸得筆直，仍然比昭沅短了一截。

小龍從鼻孔中噴出一口氣，用尾巴拍打一下昭沅的身體，嘭地又變作剛才的男童模樣。

昭沅也化成人形。他眼下是十五、六歲的少年模樣，那男童看起來比應澤還幼齒些許，至多只有七、八歲大，拚命踮起腳尖，也只有昭沅的肩膀高。

藍衣女童也跑了過來，向那男童道：「阿尙，你就不要和人家比了，差太多了。」

男童鼓起腮：「他沒我強壯！」

女孩子眨了眨眼，沒有說話，可表情中明顯寫著否定。

男童挺起胸脯，對昭沅拱拱手，老氣橫秋道：「原來你這位是龍族同宗，但不知你閣下出身哪裡何處，貴姓尊名？」

女童拉拉他的袖子，小小聲提醒他：「阿尙你說錯話了。『你閣下』這種說法是錯的，還有……」

男童抓抓頭：「是嗎？可是我聽父王他們都是這樣寒磣的。」

女童再小小聲說：「是寒暄不是寒磣。」

昭沅忍著笑說：「我叫昭沅。」

男童依然一本正經地拱手：「見過見過，我敝姓大名辰尙，是護脈龍族，不知你閣下是哪一族？」又變成金色的小龍，飄到昭沅面前，用龍角在昭沅臉頰蹭了蹭。

昭沅呆立在地，一時不知該如何是好。樂越目瞪口呆地看著眼前。

辰尙？這條小龍他他他居然是傻龍的爹？

樂越忍不住探手戳戳小龍的身體。小龍立刻扭身閃開，吹起鬍鬚：「凡人，休得無禮！」一道金色的閃電喀喇劈向樂越伸出的右手。

昭沅抬手攔下：「他是我的朋友。」

小龍再化爲人形站回地面，雙手背在身後，眉頭緊緊擰起，滿臉嫌惡地上下打量樂越：「一看就不像好東西。」上前一步，擋在昭沅面前，隔開他和樂越。「不要和他做朋友。」

女童再次拉扯他的衣袖：「別胡亂說旁人的壞話。剛剛他們兩個是一起從天上掉下來的，一定是關係很好的朋友。」

男童故作老成地拍開她的手：「棠妹，我有分寸。此人我怎麼看都不順眼。」語重心長向昭沅道。「他不適合和你做朋友。」

樂越有些哭笑不得，昭沅卻只顧著緊緊盯著那女童。因爲他剛剛從幼年的父王口中聽到了「棠妹」兩個字。

那麼這個女童，就是母后？

女童見昭沅總看著自己，便盈盈一笑，溫婉秀美的眉目中，已隱約有盛年時母后的神韻。天空之上，湧起大片爛漫的雲霞，絳紅中透著紫氣，女童抬頭望去，開心地喊道：「快了，快了呢。」

大片雲霞都聚攏向茅屋上方的天空。男童仰首看著天空，露出喜悅的神色。雲霞緋紅的光彩與他周身的金色龍氣相呼應。籠罩在茅屋四周。

難道這茅屋中的人，是……

之前種種湧上心頭，樂越突然有了一個不好的猜想……

正在此時，忽有涼風驟起，聚攏的雲霞四散裂開，一個白色身影從天而降，狠狠向著茅屋拍出一道白光。

辰尚立刻飛身而起，擋開白光，護在茅屋屋頂：「你是誰？敢妄動我們護脈龍神選中的承天命之人？」

那白色身影立在半空，冷笑：「承天命之人？這個孩子根本就是違背天道，不該出生！」

樂越和昭沅看清來者的臉，均大吃一驚，她，竟然是白芝！

樂越此時已大概猜出事實眞相，不由得毛骨悚然。

白芝像從未認識過樂越和昭沅一樣，冰冷的目光從他們身上掃過：「三條小龍和一個凡人，你們懂得甚麼才是眞的天道？這個孩子根本早就該死了，他如果出生，所有因果冤孽便會從此而起。」

她的語氣狠厲，卻透著虛弱，身體竟然是半透明的，好像下一瞬間就會消融在空中。

辰尚皺起臉：「妳是一縷精魂吧，帶著鳳凰的氣息但不是鳳凰，有些像器物又不是器物，都不知該算入哪一界哪一類，居然用這種口氣教訓我們？我們護脈龍神奉天帝旨意，觀察凡間的運數，選擇君王定下朝代，這間屋子裡的，就是我選定的開闢新朝代的帝王。妳別想傷他！」

白芝淒厲地盯著茅屋，身影在空中忽實忽幻：「不錯，我只是一縷快散的精魂而已。我留住最後一絲神念來到這裡，就是爲了結果掉這個孩子，了結這段因果孽債！」

最後一個字尚未說完，她周身白色光芒暴漲，彷彿一簇徹底燃燒的火焰，猛地撞向茅屋。

辰尚搖身變回龍形，身形驟然膨脹，張口吐出龍珠，金光萬道，與白芝化作的光芒在半空中相撞，白色光芒頓時如水浪撞上岩石般破碎四濺，星星點點的螢光微微亮了亮，便黯然熄滅。

半空中，唯有一張白紙飄飄蕩蕩落下，那張紙上，有一隻用黯沉的朱紅草草勾畫的鳳凰。

藍衣女童俯身拾起那張紙：「阿尙，她……消失了……」昭沅心臟位置好像被尖銳的東西扎到，有一種從未有過的刺痛與酸澀。

茅屋中，傳出嬰兒響亮的啼哭聲。

屋門打開，何老佝僂著脊背自門內走出，跪倒在地，朝天叩拜。

「老天，多謝你保佑我終於得了一個孫兒。我自知犯下萬劫不復的罪孽，但所有罪過，請只報應在我一人的身上。」

樂越手腳冰涼，握緊了拳。

原來如此，原來這就是和氏皇族的來歷。

原來這就是他樂越祖宗的來歷。

人可何變成了禾口和，想來是因爲何老本應姓李，這個孩子因靈固村井中的靈芝才能成活，井口之禾，故而改姓和。

史書記載，太祖皇帝之父和存，十七歲入軍，二十六歲做參將，三十四歲統領十萬兵馬割據一方，五十八歲收服中原十二郡，十分天下，已得八分。

年六十九歲時，卒，長子和恩繼承父業，終將另外兩分江山取入囊中，即加冕爲帝，定國號應，廢前朝舊都，興建新都應京。

周遭景象又漸漸模糊，年幼的辰尙和龍后、茅屋、郊野、何老，皆被抹去。混沌之中，應京氣象萬千的圖景在樂越與昭沅眼前鋪展開。

玄色金龍旗幟獵獵飄揚，恢弘殿宇之上，白髮道人向御座中的皇帝道：「千秋業，萬古城，始於龍，亂於鳳，破於百里，亡於慕。」

原來這便是眞相，原來這就是因果。

但爲甚麼要讓我知道這些？到底誰欠了誰的債？到底哪些該還？

到底我是誰？何業的後代？和氏的子孫？李庭的兒子？還是青山派道名樂越的弟子？

樂山、樂水、樂世、樂生、樂家莊、靈固村。

我究竟該是誰？

樂越茫茫然站著，朦朧中似有一幅幅圖景從眼前掠過，左胸又劇烈地疼痛起來。他咬緊牙關，狠狠一拳砸向身側的虛空，高聲道：「卿遙師祖，我知道你必定在附近，徒孫已經被你老折騰數次，你是否該坦率相告，屢屢將我帶進幻夢之中，到底是爲了甚麼？」

空茫茫只有霧氣的天地間沒有回音。

片刻後，有悠揚的笛聲響起，樂越和昭沅眼前的霧氣中，又暈開一幅圖景。

只是這幅景象，與以往，都大不相同。

這幅圖景中的天，是赤紅色的，蒼涼的大地上只有黃色的砂土和褐色的山石，有兩人站在光禿禿的峭壁上，風捲動其中一人淺青的衣袂和另一人黑色的披風，獵獵作響。

「妖魔殘部已被困在彈天谷，不用幾日，此戰應該就可以徹底結束了。只是魔帝勇猛，恐怕難以滅他。」

那黑衣人向前走了一步，冷冷道：「那麼，使君日夜盯著本將，難道是疑心我再通風報信？」

青衣人隨他轉過身：「不，小仙知道將軍不會再那麼做。小仙奉玉帝法旨前來，是爲幫助將軍，絕無監督之意。」

黑衣人注視著遠方：「也罷，如今我已是整個天庭的罪人，你即便監督著我，也是應該的。鳳使既然要幫助本將，我正有一事，想托付於你。」他解下腰中佩劍，遞予那名青衣人。「三界之中，只有我知道如何斬殺貪耆，可單憑我之力，恐無法將他滅殺。此劍名少青，與我常用的雲蹤劍本是一雙，都是三界中最鋒銳、靈氣最盛的兵器，倘若我不能完全斬滅貪耆，便要請鳳使相助，務必將他徹底鎮封。」

青衣人抬手接過劍，鄭重道：「小仙即便形神俱滅，也定不辜負應澤將軍所托。」

樂越腦中徹底混沌成一片，雙手抱頭，頭殼、左胸，都劇烈地刺痛起來。昭沅慌忙攙扶住他，腳下猛地一空。

迷濛中，樂越揮手想驅散眼前的濃霧，有誰抓住了他的雙手，提起他的領口晃了晃，耳中像從高處摔下般嗡地轟鳴一聲，接著身下感覺到了踏實的土地。

《龍緣　卷參》完

小花絮

大風颱過談《龍緣》

大風颳過談慕禎

慕禎其實也是個很簡單的人，他做一切事情都是爲了權勢，爲了稱帝。他可能會在心底對疑似親生母親的女子有幾分兒子的孝心，但考慮到皇位的話，他更願意承認高貴的公主才是自己的母親。小月亮和楚齡郡主對他來說也都是達到自己目的可以利用的棋子。當然他心裡會想，這些女人如果乖乖服從我，她和她們家族的勢力爲我所用，我也會疼惜她們一下。小月亮和楚齡郡主的性格相差很遠，他就用不同的手段對待，但本質都是利用。非常典型的熱愛權勢的大渣男心態。

不過他對琳箐是眞愛哦，大渣男也是少年人嘛，琳箐這樣又美又特別的女孩是他從不曾見識過的。而且琳箐是神，顏值和氣場都完全能夠碾壓凡人，令凡夫俗子折服。慕禎是非常本能地怦然心動了。

大風颳過談琳箐

琳箐喜歡上樂越有一部分是因爲本能吸引，由於樂越的身世（這裡就不多劇透了哈），他的血脈裏有吸引麒麟的成分。另外他的性格的確很對琳箐胃口。琳箐從小到大，見太多追捧她的人和非常有智慧與謀算的人，看到樂越這樣單純爽朗又沒表現出待她特別熱絡的少年，反倒覺得很合心意。

但她對樂越的情感是那種有心動感覺的喜歡，打個不恰當的比方，像校園裏女孩子愛上體育社團的男生，想要多和他在一起，多聊聊天，逛逛街甚麼的，屬於純純的小愛戀，並非眞正非常濃烈的愛情。所以得不到，會有傷心和失落，卻不會刻骨銘心地哀傷。

〈小花絮〉未完待續

龍緣

下集預告

從那場昭示了一切起源的夢中甦醒後，

樂越和昭沅卻發現自己與一眾盟友皆深陷囹圄。

太子再次得勢、三神元氣大傷，應澤還漸漸失去自控能力，

前方的路，他們到底該如何走下去？

擁有兩條血契法線之人的現身，將生起怎樣的波瀾？

皇宮裡，鳳桐向鳳君尊敬一躬，但那人竟是……！

出乎意料之外的眞相一一揭露，

這段驚天動地的奇緣，難道眞的命運已定？

只想遠離一切紛爭恩怨的龍與少年，又會迎來什麼樣的結局？

《龍緣》卷肆．完結篇

即將上市，敬請期待！

國家圖書館出版品預行編目資

龍緣.卷肆／ 大風颼過 著.
——初版.——台北市：蓋亞文化，2020.04
冊；公分.

ISBN 978-986-319-474-3（卷3：平裝）

857.7 109002655

大風颼過 作品

龍緣 卷參 夢中的預示

作　　者 大風颼過
封面插畫 見見
裝幀設計 莊謹銘
責任編輯 盧韻亘
主　　編 黃致雲
總 編 輯 沈育如
發 行 人 陳常智
出 版 社 蓋亞文化有限公司
地址：台北市103承德路二段75巷35號1樓
電話：02-2558-5438　傳真：02-2558-5439
電子信箱：gaea@gaeabooks.com.tw
投稿信箱：editor@gaeabooks.com.tw
郵撥帳號 19769541　戶名：蓋亞文化有限公司
法律顧問 宇達經貿法律事務所
總 經 銷 聯合發行股份有限公司
地址：新北市新店區寶橋路二三五巷六弄六號二樓
電話：02-2917-8022　傳真：02-2915-6275
港澳地區 一代匯集
地址：九龍旺角塘尾道64號龍駒企業大廈10樓B&D室
電話：+852-2783-8102　傳真：+852-2396-0050
初版一刷 2020年4月
定　　價 新台幣 280元
Published and printed in Taiwan

ISBN 978-986-319-474-3

WD011
GAEA

龍緣

卷參　夢中的預示

蓋亞文化　讀者迴響

感謝您在茫茫書海中選擇了蓋亞，您的支持是我們最大的動力。
不要缺席喔，讓我們一起乘著夢想的羽翼，穿越時空遨遊天地！

姓名：　　　　　　　　性別：□男□女　　出生日期：　年　月　日
聯絡電話：　　　　　　　　手機：
學歷：□小學□國中□高中□大學□研究所　　職業：
E-mail：　　　　　　　　　　　　（請正確填寫）
通訊地址：□□□
本書購自：　　　　縣市　　　　書店
何處得知本書消息：□逛書店□親友推薦□DM廣告□網路□雜誌報導
是否購買過蓋亞其他書籍：□是，書名：　　　　　□否，首次購買
購買本書的動機是：□封面很吸引人□書名取得很讚□喜歡作者□價格便宜□其他
是否參加過蓋亞所舉辦的活動： □有，參加過　　場　□無，因爲
喜歡出版社製作什麼樣的贈品： □書卡□文具用品□衣服□作者簽名□海報□無所謂□其他：
您對本書的意見： ◎內容／□滿意□尚可□待改進　◎編輯／□滿意□尚可□待改進 ◎封面設計／□滿意□尚可□待改進　◎定價／□滿意□尚可□待改進
推薦好友，讓他們一起分享出版訊息，享有購書優惠 1.姓名：　　　e-mail： 2.姓名：　　　e-mail：
其他建議：

廣告回信 郵資免付
台北郵局登記證
台北廣字第00675號

GAEA

TO：蓋亞文化有限公司　收

103 台北市承德路二段75巷35號1樓

Gaea

GAEA